中國語言文字研究輯刊

四　編

許　錟　輝　主編

第 1 冊

《四編》總目

編　輯　部　編

從《說文解字》中探析古代農牧漁獵

蔡　欣　恬　著

花木蘭文化出版社

國家圖書館出版品預行編目資料

從《說文解字》中探析古代農牧漁獵／蔡欣恬 著 — 初版 —
新北市：花木蘭文化出版社，2013〔民 102〕
目 6+204 面；21×29.7 公分
（中國語言文字研究輯刊　四編；第 1 冊）
ISBN：978-986-322-210-1（精裝）
1. 說文解字　2. 研究考訂
802.08　　　　　　　　　　　　　　　　　102002758

ISBN-978-986-322-210-1

9 789863 222101

中國語言文字研究輯刊
四　編　　第 一 冊　　　　　ISBN：978-986-322-210-1

從《說文解字》中探析古代農牧漁獵

作　　者　蔡欣恬
主　　編　許錟輝
總 編 輯　杜潔祥
出　　版　花木蘭文化出版社
發 行 所　花木蘭文化出版社
發 行 人　高小娟
聯絡地址　235 新北市中和區中安街七二號十三樓
　　　　　電話：02-2923-1455／傳眞：02-2923-1452
網　　址　http://www.huamulan.tw 信箱 sut81518@gmail.com
印　　刷　普羅文化出版廣告事業
初　　版　2013 年 3 月
定　　價　四編 14 冊（精裝）新台幣 32,000 元

《四編》總目

編輯部編

《中國語言文字研究輯刊》四編　書目

《中國語言文字研究輯刊》四編
各書作者簡介・提要・目次

第一冊　從《說文解字》中探析古代農牧漁獵

作者簡介

　　蔡欣恬，民國 70 年出生於台北市，畢業於國立中央大學中國文學研究所，受到系上李淑萍老師的啓發，研究興趣爲中國古代文字與古代文化生活，民國 95 年 10 月曾參加在南京大學舉行的第一屆「兩岸三地人文社會科學論壇」，並發表〈古代玉石的應用及其象徵意義〉論文。

　　畢業後曾任中研院史語所研究員洪金富先生之助理，現任職於中央研究院歷史語言所傅斯年圖書館數位典藏組。

提　要

　　本論文目的在探求《說文解字》中所反映出的中國古代農牧漁獵活動概況。由於漢字的特殊性，中國古代文化內涵往往能與古文字相互參照，而身爲中國第一部字典的《說文解字》，則涵蓋了漢代與漢代之前人民生活的各個樣貌，是研究古代文化相當重要的材料之一。

　　本論文以《說文解字》小篆爲研究中心，兼採甲骨文、金文的形構與說解，還舉出古代典籍的相關記載以及近代考古挖掘成果，並補充文化學研究，以及民族學資料，分析以上各個面向的資料，以較爲客觀的角度與態度，對於古代人們的生產活動漁獵、畜牧、農業等，做一較爲全面而完整的研究。

目　次

第二冊　郭店楚簡《老子》訓詁疑難辨析

作者簡介

　　謝佩霓，高雄縣湖內鄉人，大學就讀於中山大學中文系，師承先師孔仲溫先生開啓古文字學研究之道路；研究所畢業於埔里暨南國際大學中國語文系，承林慶勳與林清源兩位先生指導，研究領域以戰國楚簡為主，碩士論文撰寫《郭店楚簡老子訓詁疑難辨析》。碩士論文撰寫同時於中央研究院歷史語言研究所金文工作室擔任研究助理一職，研究領域得以擴展至商周金文，曾發表〈說匿字〉、〈從先秦古文字材料看「且」、「叔」二字的演變歷程〉等文，今就讀於台灣師範大學國文系博士班，研究範疇以楚地簡牘喪葬禮俗為主。

提　要

　　1993 年郭店一號墓出土一批《老子》竹簡，不僅讓《老子》最早文本得以出土，更為爭訟多時老子其人、其書的年代，及其先秦思想源流等問題提供許多重要線索。這些學術圈所熱烈討論的相關問題，溯其源立論的基礎仍須建構在《老子》文本的理解上，而對於任何出土文獻來說，文字考釋都是最基礎的工作。惟有透過文字考釋，才能正確閱讀文本。《郭店楚墓竹簡》一書出版後，內文所含括的儒道佚籍有大量的傳世典籍可相參證，其研究工作始為海內外學者所重視。截至目前為止，相關研究論文已超過數百篇，而關於郭店《老子》方面的研究成果更是豐碩，針對郭店《老子》專門性的著作多已出版，而牽涉討論到郭店《老子》文字問題的單篇論文更是不勝其數。為了正確認識《老子》文本，學者從各個角度切入討論郭店《老子》文字構形、異體字、通假字等問題，往往一個字便有數種不同說法。自 1998 年《郭店楚墓竹簡》一出，1998 年至 2001 年間便出版多位學

者對郭店《老子》研究的專書，本文就依此嘗試對郭店《老子》文字進行更深入的考釋與討論，本書改名爲「增訂版」是在碩士論文《郭店楚簡老子訓詁疑難辨析》的基礎上，又增加《上博》簡、《清華》簡兩批最新楚簡材料，剔除舊作不成熟地方，僅保留文字考釋部分，並對舊有研究成果中諸多懸而未決的爭議問題予以最新的補充和修正，並針對《老子》一書中的疑難詞義考辨亦有所涉及。

目　次

第三冊　上古「言說類動詞」詞義系統研究

作者簡介

楊鳳仙，1965 年生，女，吉林德惠人。1994 年東北師範大學漢語史專業碩士畢業，2006 年北京師範大學漢語文字學專業博士畢業。現任爲中國政法大學人文學院中文系副教授。主要從事古代漢語、法律語言、對外漢語的教學和研究工作。已經出版著作一部，先後在國內外學術刊物上發表論文 20 餘篇，如《古漢語研究》、《中國政法大學學報》、《勵耘學刊》等，其中《試論上古介詞「于」用法的演變》被人大複印資料《語言文字學》全文轉載。

提　要

漢語史研究中最薄弱的部分是詞彙史的研究，尤其對常用詞、對某一歷史時期詞彙系統的研究則更是著力甚少。本書即爲詞彙史的研究，主要選取上古「言說類」概念場詞語作研究對象，詳細考察這些成員在上古文獻的使用情，逐個做義位歸納和義素分析，然後根據義素特徵，將上古所有「言說」概念場內的詞語系

聯成不同的語義場，在同一個語義場內進行詞項屬性的辨析，對不同時期的語義場進行比較，考察歷時詞義的演變和詞彙的興替。全書主要分析了 10 個語義場，即「說話」類、「告訴」類、「詢問」類、「詈」類、「責讓」類、「教導」類、「詆毀」類、「爭辯」類、「稱譽」類和「議論」類；同時對某些涉及多個義場的重點詞語作了個案研究。

結果發現言說類動詞詞義系統中詞義的變化相互影響，一個詞義（詞項）的演變往往會波及義場其他詞項的變化。而一個詞項的生、變化或消亡是多種因素作用的結果。我們還發現有些常用詞項從古到今意義變化不大，而其組合關係發生了很大變化，如「問」、「告」等從介引關係對象到無需介詞引進。本書是在聚合關係和組合關係中考察分析詞義的演變，探求其演變規律，如綜合性較的詞演變分析性較的詞、言說義引申出認知義以及類推等。

目　次

第四、五冊　《漢書》字頻研究

作者簡介

海柳文，回族，廣西柳州人。廣西民族大學教授，漢語言文字學專業、語言學與應用語言學專業碩士研究生導師，自治區級精品課程古代漢語主持人，廣西語言學會副會長。致力於漢語史、語言信息處理研究。

主持國家社會科學基金項目 1 項，獲高等教育國家級教學成果二等獎，第六屆、第九屆、第十屆全國多媒體課件大賽一等獎。

提　要

班固撰寫的《漢書》，又稱《前漢書》，是中國第一部紀傳體斷代史，是繼《史記》之後我國古代又一部重要史書，在史學、目錄學、文學、語言學等方面具有極爲重要的價值。《漢書》記述了上起西漢的漢高祖元年（公元前 206 年），下至新朝的王莽地皇四年（公元 23 年），共 230 年的史事。在編例上，包括紀十二卷，表八卷，志十卷，傳七十卷，共一百卷，含標點符號在內，共計 972432 字。

本書以中華書局組織專家學者精校的《漢書》標點鉛印本爲研究對象，對《漢書》的 5904 個字種的各種數據進行統計。探討制定劃分字頻區段的標準，爲方便與前期所研究的十三經進行對照，仍採用與十三經相同的標準，劃分爲超高、高、中、低、超低等五個字頻區段。開列出所有字種的絕對字頻、相對字頻、累積字頻、累積覆蓋率、均頻倍值以及分布量。在統計中，注意以累積覆蓋率爲標準與十三經中相應字種進行對比，爲此設計了「差值」這項指標，更方便直觀。通過對比，可以清楚地瞭解這些字種在使用中，由先秦到東漢所發生的變化。本書還對《漢書》各頻段字種的筆劃作了統計分析；將《漢書》的相應字種與現代漢語三千高頻度漢字進行對比。

最後，還以十三經、《史記》以及《漢書》的字頻研究爲基礎，討論了古漢語常用詞詞目的確定。這項研究，比起前邊我們在十三經中的同類研究，僅依據十三經字頻統計，更進了一步。這類研究，在國內目前應該是較爲少見的。文末開列出《漢書》總集的字頻總表索引，本書還具有字頻工具書的功能。

目　次

第六冊 商代青銅器銘文集目

作者簡介

譚步雲，1953 年 9 月出生，廣東南海人，曾用筆名「淩虛」，1979 年 9 月考入

廣州中山大學中文系，1983 年 7 月，獲文學學士學位，旋即任教於廣東民族學院中文系，先後擔任「寫作」、「外國文學」等本科課程的教學。1985 年 9 月考入廣州中山大學中文系攻讀古文字學碩士學位課程，導師爲陳煒湛教授，1988 年 7 月憑《甲骨文時間狀語的斷代研究——兼論〈甲骨文合集〉第七冊的甲骨文的時代》一文獲碩士學位。1988 年 7 月任職于廣州中山大學古文獻研究所，從事古代典籍的整理研究工作。1995 年 9 月免試進入廣州中山大學中文系攻讀古文字學博士學位課程，導師爲曾憲通教授，1998 年 7 月憑《先秦楚語詞彙研究》一文獲博士學位。1998 年初調至廣州中山大學中文系任教，擔任「古漢語」、「漢字之文化研究」、「先秦經典導讀」、「古文字學」、「甲骨文字研究」等本科生和碩士研究生課程的教學，並從事古漢語、古文字、文史、方言、地方文獻等研究工作。合撰、獨撰《清車王府藏曲本子弟書全集》、《車王府曲本菁華》（隋唐宋卷）、《嶺南文學史》、《實用廣州話分類詞典》、《老莊精萃》、《論語精萃》等著作十三部，學術論文三十餘篇。1991 年晉陞爲講師，1997 年晉陞爲副教授。

提　要

1917 年，羅振玉撰《殷文存》，第一次把商代有銘青銅器別爲一編。嗣後，王辰撰《續殷文存》（1935 年），補羅氏所未及者。二書收商代有銘青銅器凡 2332 件。爲商代金文、商代文史的研究以及與殷墟甲骨文的比較研究奠定了良好的基礎。此後，商代有銘青銅器每有發現。青銅器銘文的煌煌巨著《殷周金文集成（1984-1994 年）共收 11983 器，其中可確定爲商器者超過四千。加上《近出殷周金文集錄》（2002 年）、《流散歐美殷周有銘青銅器集錄》（*A Selection of Early Chinese Bronges from Sotheby's and Christies's Sales,* 2007）及《近出殷周金文集錄二編》（2010 年），商代有銘青銅器凡 5357 件（其中同銘異器者 1269 件）。數量如此巨大的商代文字材料，卻由於編撰體例所限而不利於使用。因此，爲商代金文、商代文史的研究以及與殷墟甲骨文的比較研究計，實在有必要另出一商代金文集錄。最起碼的，應有一個類似於索引的集目，以便學者。基於此，是書採上引四集所載，裒爲一表，既可用作撰集商代金文的素材，也可用作檢索或商金文閱讀文本。

第七、八冊　先秦同形字舉要

作者簡介

詹今慧，臺灣苗栗人，國立政治大學中國文學系學士、碩士、博士。曾任中央研究院歷史語言研究所、資訊科學研究所計畫助理，以及耕莘健康管理專科學校

國文科兼任講師，現任中央研究院資訊科技創新研究中心計畫助理。著有《先秦同形字研究舉要》（政大中文所碩士論文，2005 年 1 月）、《周秦漢出土法律文獻研究》（政大中文所博士論文，2012 年 1 月），編有《Unicode 電腦漢字及異體字研究附字典》（2011 年 1 月）。

提　要

所謂「同形字」，即字形相同、卻含有不同音義的字組，且其不同音義間，彼此並無「引申」或「假借」的關係。此類字形和音義間的複雜關係，極易造成字形辨識時的錯誤認知，進而影響「地下新材料」的正確釋讀，此是所有想利用「地下新材料」進行學術研究者，皆必須面對的一項重要課題。

本論文運用「同形字」的觀念和方法，重新考釋古文字中的疑難字詞，材料以殷商甲骨文、兩周金文與戰國楚簡文字爲主。再從彙整的「同形字組」例證，歸納「先秦」出現「同形字」的成因，分別爲「字形同源」、「字形繁簡、形訛」和「構字本義不同，字形偶然相同」。最後將「同形字組」置於「先秦」時空座標，觀察古文字在不同時空中所呈現的構形與演變特色。

目　次

第九冊　楚帛書文字研究

作者簡介

鄭禮勳（Cheng Li-hsun），彰化師範大學國文系兼任講師、彰化師範大學國文系博士生，e-mail：l_h_cheng@yahoo.com.tw

研究專長：古文字學、訓詁學、左傳、書法。

學術著作（含學術期刊論文、研討會論文、專書及專書論文）：

一、會議或期刊論文：1. 楚帛書文字形構的演化與文字風格特徵（台中：靜宜大學，第九次中區文字學座談會論文，2007 年 6 月 2 日）；2. 馬王堆〈戰國縱橫家書〉文字研究（嘉義：國立中正大學中文所第四屆碩班論文期刊，2006 年 1 月）

二、碩士論文：《楚帛書文字研究》（嘉義：國立中正大學中文系，2007 年）

提　要

本論文之研究目的，在於對 1942 年出土的《楚帛書》，在文字上作一全面的分析、考察，期望對《楚帛書》文字的瞭解，以上溯春秋戰國文字、西周文字，殷商甲骨，下探小篆、漢隸。論文論述方式以文字學爲基礎，兼採「書法視角」。將六十五年來《楚帛書》文字研究的成果，作一粗淺的總結，進而探討先秦文獻書寫布局，以爲《楚帛書》文字、書法愛好者研究的素材。

本文共分爲正文與附錄兩大部分。正文是本文研究主題之相關論述，分爲六章：

第一章「緒論」，說明研究動機、目的、方法、步驟與前人結果，介紹目前《楚帛書》研究的概況、重要著作，及本文的研究空間。

第二章「楚帛書概述」，描述《楚帛書》出土及外流的經過，從措置、閱讀順序、文字佈局、四木、十二神像、形制、特殊符號來談《楚帛書》的結構，並對《楚帛書》的內容，依〈四時〉、〈天象〉、〈宜忌〉的順序，作一鳥瞰式的概述。

第三章「楚帛書國別、年別之推判」，就文字及內容、陶質金版與隨葬物、長沙封建沿革推判《楚帛書》的年代，以證據強化其爲楚物，作爲其後二章的論述基礎。

第四章「楚帛書文字形構的演化」，以《楚帛書》文字爲本，其他楚系文字爲

輔，說明《楚帛書》文字的簡化、繁化、異化、訛變現象。

第五章「楚帛書文字風格的特色」，從筆法、章法布局、風格等特徵討論楚帛書文字風格，並概述《楚帛書》對漢字基本筆劃的影響。

第六章「結論」，介紹《楚帛書》文字的研究價值，總結本文研究成果，提出對未來古文字研究的展望。

附錄有「楚帛書之照片與摹本」、「楚帛書行款表」、「楚帛書文字釋要」及「楚帛書文字編」四部分，原爲建構本文的基礎材料，今列爲附錄可作爲研究古文字之參考。

目 次

第十冊　西周金文虛詞研究

作者簡介

　　方麗娜，高雄師範大學教授。專長：漢語語法學、漢語詞彙學、華語文教材教法、華人社會與文化。經歷：高雄師範大學華語文教學研究所所長、高雄師範大學語文教學中心主任、教育部國語推行委員會常務委員兼華語組主任、美國夏威夷大學訪問學者、新加坡南洋理工大學國立教育學院客座、臺灣華語文教學學會

理事、秘書長。著作：《水經注研究》、《西周金文虛詞研究》、《漢代小學教科書研究》、《華人社會與文化》和《現代漢語詞彙教學研究》等。

提　要

夫西周鼎彝所載，上接殷契卜辭之緒，下導兩漢碑刻之先，實爲崇閎雋偉之鉅著，而虛字者，文法之靈魂也，蓋文以代言，取肖神理，抗塑之際，軒輊異情，虛字一乖，判於燕越，故本論文之深衷，在將「西周金文虛詞」作一通盤研究，探源考辨，用究文義之訓詁，以達句讀之明暢焉。

茲編計分七章，首章緒論，追述前賢研究金文學、語法學之梗概，及說明本文撰寫之動機與方法。二至六章則爲虛詞之推尋，分介詞、連詞、複句關係詞、助詞、歎詞等五部分，循序漸進，由剖析詞性、詮釋義剖，紬繹用法入手，並資取甲骨刻辭，上古典籍，酌加比較。末章結論，乃就以上各章節之探索，綜論西周金文虛詞之特色，與本文考案鼎彝文字之大端。

本文所據，有關西周器銘之資料，凡三百零二器。每釋一器，首求字形之無牾，終期文義之大安，凡疑義所在，乞靈於聲韻，借助於文法，匯集說，反覆尋繹，以定其取舍，補其缺略。

本文研究成果之較著者，在藉語法分析，逐句辨證，以歸納、統計西周金文虛詞運用之條例，溯流窮源，枝分節解，庶幾有助於研稽上古語文者云。

目　次

第十一冊　《毛詩》重言詞研究

作者簡介

杜甫曾說過：「四十明朝過，飛騰暮景斜。」四十過後，一切均已盡在不言中了。昔年讀胡適的《四十自述》是高二那年，而閱讀龔鵬程老師的《四十自述》也已是大二的事了，而今我也到了所謂「不惑之年」，眞是見識到了歲月匆匆催人老。但總得爲這人生留點痕跡，方不負自己。

從高中時代就愛上了文學，常在國文課本中寫詩，或上完某課時便在文中評論一番，當年乳臭未乾自鳴得意，而今看來只是一股文學上莫名的衝動與癖好。若未曾走過那段塗鴉時期，也不會對文學有如此深愛之依戀情誼。當我深深愛上文學時，才知那是一生的愛戀，時時刻刻在你身旁打轉，須臾不離。上中央大學時，那裏的環境提供了我高中時夢想與幻想的情思。有做夢的優雅環境、有悠遊的自由空氣、有同爲文學努力的好友、和首屈一指的教授，大學四年滋養了我、更包容我的淘氣與自負，這些足夠一生回味品嚐了。

之後到東海讀研究所，遇到文字學老師朱歧祥先生和詩經老師呂珍玉師，更厚實了我在文字學和文學上的基礎，他們不斷鼓勵我、支持我、教導我、提攜我，使我於浩瀚文學領域上，能有一個港灣、一些心得。朱老師每於上課時，常說王國維的人生三大境界，也就是做學問的境界，耳旁每每響起老師之犀利口吻，如今我只能遠眺學問之美，而未能實際參與其中了，實爲汗顏。

在不惑之年，承蒙花木蘭文化出版社願意出版我之拙著──「碩士論文」，讓我不勝感激，然文中尚有許多不足之處，冀盼各方儒者不吝指教。

陳健章　筆

民國 101 年 12 月 15 日

提　要

《詩經》這部古老的詩歌總集，集合了前人的智慧，可說是周王朝「制禮作樂」的文化產物，它流淌著周文化的精神血液，字裏行間中飄散著先民的喜、怒、哀、樂，是周人生活的反映；它是文學、語言學、社會學、文化學的瑰寶。先秦各國來

往使節或禮宴場合常引用它，諸子思想中也常以《詩》證論，可見《詩經》在先秦時期的文化、思想、社交地位。孔子在《論語・季氏》告誡兒子：「不學詩，無以言。」在《論語・子路》教誨學生：「誦詩三百，授之以政，不達，使之四方，不能專對；雖多，亦奚以爲？」這樣重視詩教的言論再三出現在他對弟子的言談中；無疑的《詩經》是當時知識份子必須熟讀的經典，而且被奉爲立身行事的準則。

但是經過秦火後，《詩經》亦難逃毀損浩劫，漢代傳《詩》者四家——齊、魯、韓、毛，爾後齊、魯、韓三家相繼失傳，現存留者唯《毛詩》。三家詩則散佚在其他書籍中，所幸清代學者加以整理蒐集。傅斯年先生認爲《毛詩》的起源不明顯，他還說：「子夏、荀卿傳授，全是假話。」這造成今日研讀《詩經》一定的困難，更別說經過唐、宋、元、明、清、民國以來不同經學思想，學術背景不同，詮詩更加的多元化了。

面對研讀《詩經》的諸多問題，撰者以爲最切要者莫過於讀懂它的語言，因而本文僅就現傳毛本《詩經》，探討其「重言」問題。根據撰者的統計《毛詩》中有一百九十二篇有重言，使用次數高達六百多次，去其重複共有重言詞三百五十六個。這些重言詞是《詩經》語言的特色，它們以不同的構詞形式表現，展現出諧美的狀聲、狀形文學語言藝術，一詞多義的語義特徵，靈活的出現在不同詩篇之中。因而想更精細的掌握詩義，對重言詞的正確理解是不能閃避的徑路，可惜目前學界尚無人全面探討與重言詞相關的各種問題；不僅對重言的定義和名稱尚有許多分歧的看法，而且對重言詞或狀聲、狀態詞的認定，各家也相當紛歧，對重言詞義的訓詁，更是含糊其詞，莫衷一是。有鑒於此，撰者不揣淺陋，刨根究柢全面處理重言詞這些一直未被說清楚的問題。

本文共分：緒論、重言定義及其與聯綿詞的關係、《毛詩》重言詞類型與修辭功能、擬聲擬態詞判定困難問題、《毛詩》重言詞構詞形式、《毛詩》重言異文、《毛詩》重言詞的訓詁問題、結語等八章，另附有《毛詩》重言表，期望能將重言詞的問題說清楚。在撰寫過程中，個人曾一一收集重言詞訓詁相關資料，計畫未來能完成一部《詩經》重言詞字典，有助於《詩經》重言詞之研究。

目　次

第十二、十三冊 大廣益會玉篇音系研究

作者簡介

楊素姿，國立中山大學文學博士。曾任私立文藻外學院應用華語系助理教授，現任國立臺南大學國語文學系助理教授。講授聲韻學、詞彙學、國音學、漢語言與文化專題等課程。專長以漢語音韻研究爲主，近年來尤其關注字書俗字及俗字與漢語音韻之關聯，著有〈《龍龕手鑑》正俗體字聲符替換所反映之音韻現象〉等多篇論文。

提 要

《大廣益會玉篇》是當今流傳於世最完整的的《玉篇》本子。顧野王《玉篇》是在許慎《說文解字》的基礎上，增加收字及改變體例的一本字書，字數增加了七千多字，體例上的變動有：收字對象改以楷書爲主、部首系統的改革、注音改

以反切爲主，間用直音、詞義之詮釋重於字形之分析等。是繼《說文》之後，又一本相當重要之字書。《大廣益會玉篇》在體例上基本上繼承顧氏《玉篇》，唯其收字更多出 5，603 字，釋義則刪略許多，然由於其中收字更爲豐富，並且切語數量也多所經過增加及更動，因此當中 24,500 多個切語和直音，是相當值得進行系統之研究的。本論文是以張士俊澤存堂本《大廣益會玉篇》的內容，作爲研究對象，共分五章論述：

第一章爲「緒論」，主要論述《大廣益會玉篇》（行文中皆稱之「今本《玉篇》」）成書之相關問題。首先從原本《玉篇》之作者及成書動機談起，以至於後來版本增損及流傳的情況，目的在溯其源流。其次，針對《大廣益會玉篇》之性質進行細密之考索，取版本刻工名錄對照，證明《大廣益會玉篇》之書名及版本最早出於南宋。復次，就大中祥符六年之牒文及題記，重新思索，得到《大廣益會玉篇》的內容，其實就是宋人根據唐孫強增字減注本《玉篇》，加以勘正字體之後的結果，其本質如同朱彝尊所云，爲一「宋槧上元本」。最後論及該書的收字體例及音切體例，以及切語之來源，並對於馬伯樂、高本漢等人所謂當中音切曾依《廣韻》修改過的說法，提出討論。再與前面所肯定「宋槧上元本」的說法，相互印證，確認此《大廣益會玉篇》之音切，所代表的可能就是唐音，作爲本文往後研究之基調。

第二章「音節表」。本文進行初始，已將澤存堂本《大廣益會玉篇》中，所見約 24，500 個音切（含直音 860 例），鍵入資料庫中，並從中篩選出同音節字，各音節中又有各種切語用字不一的情形，爲儉省篇幅，本音節表僅從切語用字一致的例子中，選其一爲代表，取意同《廣韻》之「小韻」。最後依橫聲縱韻的排列方式，每一音節只錄小韻及其反語。各表的排列順序依果、假、遇、蟹、止、效、流、咸、深、山、臻、梗、曾、宕、江、通等十六攝，果攝至流攝屬陰聲韻、咸攝至通攝屬陽聲韻及入聲韻，各攝之內的次序爲先開後合。此外，本章亦同時進行校勘工作，包括和音韻有關的錯誤，以及聲韻配合與常例不符的小韻。

第三章「聲類討論」。本章共分「聲類之系聯」及「聲類之討論及擬測」兩個部分。系聯方法是依據陳澧系聯《廣韻》反切上字之法，即同用、互用、遞用等條例。此外，今本《玉篇》也存在不少「一字重切」的情形，這種形義相同，而於書中分置兩處的情形，與《廣韻》之互注切語相似，故遇有切語上字以兩兩互用，而不得系聯者，即依陳澧補充條例定之。再其次，有兩兩互用，且無相當之「互注切語」可循者，又依陳新雄先生所作之「切語上字補充條例補例」定之。系聯討論的最後結果，共得三十六聲類。討論中，並逐一爲之進行音值構擬。

第四章「韻類討論」。本章包括「韻類之系聯」及「韻類討論及擬音」兩個部

分。系聯方法是依據陳澧系聯《廣韻》反切下字之法，即同用、互用、遞用等條例。遇有兩兩互用而不得系聯，然實同類的情形時，亦觀察「一字重切」的情況定之。韻部最終之分類結果，基本上是依切語下字之系聯與否而定。但是某些訛誤導致的本爲兩類之韻，系聯爲一類的情形，則仍進一步視其內部證據而定。討論順序，一依本文第二章音節表，並逐一討論各韻類之音值。最後得到 177 韻，比《切韻》的 193 韻及《廣韻》的 206 韻爲少，主要是因爲當中一些開合韻併爲一類，如《廣韻》中嚴凡、刪山等韻，以及有些二等韻及三等韻的合併，如《廣韻》中的眞臻欣併爲一韻等複雜原因所致，也可見今本《玉篇》音系，並不同於《廣韻》音系。此外，如李榮等人所主張《切韻》韻系中有重紐 A、B 兩類的對立，在今本《玉篇》中則不存在這種對立性，因爲我們在系聯韻類的過程中，經常發現此 A、B 兩類併爲一類，或者當中的某類併入他韻的情形。

第五章「結論」。第一節「今本《玉篇》之音韻系統」，總結三、四二章的討論結果，列舉今本《玉篇》之音韻系統，包括「聲類表」及「韻類表」，並附帶論及今本《玉篇》共有平、上、去、入四個聲調，與《切韻》系統無甚差別。第二節「今本《玉篇》的語料性質」，認爲今本《玉篇》是：1、一部唐代語料，乃今日可見最早、收字最多的一部字書全帙。2、在南朝雅音及唐代雅音的基礎上，雜揉西北方音成份的新語料。第三節「本文之研究價值」在於：1、確立《大廣益會玉篇》的時代性，利於說明歷代文字觀念遞變的軌跡。2、所呈現之音韻現象完整，可與前人有關唐代語料之研究相互參證。

目　次

上　冊

自　序

第十四冊　《四聲等子》音系蠡測

作者簡介

　竺家寧，現任國立政治大學教授。

　曾任韓國檀國大學（Dankook University, Korea）客座教授、巴黎 École des hautes études en sciences sociales（EHESS）訪問學者，維也納大學漢學系客座教授，中正大學中文系主任暨中文所所長、美國 IACL 理事（member of Executive Board, International Association of Chinese Linguistics, 2005-2007, U.S.A.）。韓國「國語教育學會」（국어교육학회 Korean Language Education Society）2007 聘爲「海外學術委員」。著有《四聲等子音系蠡測》等專書二十多部。所著《古今韻會舉要的語音系統》一書，日本駒澤大學譯爲日文本發行。前後在國外及大陸講學 60 多次。包含美國伊利諾大學、捷克布拉格查里大學、北京大學、清華大學、人民大學、南京大學、復旦大學、武漢大學等。2004 年獲選入「中國語言學會」評選之《中國現代語言學家傳略》。曾主講聲韻學、訓詁學、語音學、漢語語言學、詞彙學、漢語語法、佛經語言、語言風格學等課程。已故之國學大師嚴學宭先生曾撰文稱道竺家寧的古音構擬，建立了嚴格的構擬原則。並稱道竺家寧是「著述最豐的音韻學家」。

　現任其他學術職務：

　中華民國聲韻學會常務監事

　世界華語文教育學會監事 World Chinese Language Association

　國際中國語言學會會員（美國 IACL）International Association of Chinese Linguistics

國際華語教學學會會員（美國 CLTA）Chinese Language Teachers Association

提 要

　　等韻圖之產生約在唐代中葉，今傳最早之等韻圖為南宋紹興年間張麟之刊行之《韻鏡》及鄭樵通志中之《七音略》，其底本均出自唐人。早期韻圖以韻書之音讀為據，故可作為擬構切韻音之主要材料。

　　宋元間，為適合實際語音之趨於簡化，且通韻併韻之風氣日盛，因而等韻表亦改變其面目，由原有之四十三轉併為十六攝。其中以《四聲等子》為最早。另有偽託司馬光作之《切韻指掌圖》、元劉鑑之《經史正音均韻指南》。

　　《四聲等子》屬北宋之音韻圖表，其音韻系統既有異於切韻音，復與官話音不同，實為上承切韻音，下開官話音，承先啟後之樞紐。由此材料可考見中古韻母發生如何之省併，早期官話之系統如何逐漸形成。故《四聲等子》之研究自有其重要性在焉。

　　本論文的內容分為下列幾個部分。第一章：《四聲等子》研究，論述《四聲等子》之時代與作者、《四聲等子》之編排與內容、編排概況、《四聲等子》之內容、三、四等之混淆、輕重開合之問題、《四聲等子》之門法。第二章：《四聲等子》之語音系統，論述《四聲等子》聲母研究、《四聲等子》韻母音值擬測、《四聲等子》聲調研究。第三章：歷史之演變，論述從《切韻》至《四聲等子》、《四聲等子》與早期官話之關係。

　　本論文的撰寫完成，時間在 1972 年，目前由花木蘭文化出版社結集出版學位論文叢書，為了保存論文寫作當時的原始面目，雖然時隔四十年，沒有加以更動，這樣比較能夠看出當時思維的脈絡。

目 次

從《說文解字》中探析古代農牧漁獵

蔡欣恬　著

作者簡介

蔡欣恬，民國 70 年出生於台北市，畢業於國立中央大學中國文學研究所，受到系上李淑萍老師的啓發，研究興趣為中國古代文字與古代文化生活，民國 95 年 10 月曾參加在南京大學舉行的第一屆「兩岸三地人文社會科學論壇」，並發表〈古代玉石的應用及其象徵意義〉論文。
畢業後曾任中研院史語所研究員洪金富先生之助理，現任職於中央研究院歷史語言所傅斯年圖書館數位典藏組。

提　要

　　本論文目的在探求《說文解字》中所反映出的中國古代農牧漁獵活動概況。由於漢字的特殊性，中國古代文化內涵往往能與古文字相互參照，而身爲中國第一部字典的《說文解字》，則涵蓋了漢代與漢代之前人民生活的各個樣貌，是研究古代文化相當重要的材料之一。

　　本論文以《說文解字》小篆爲研究中心，兼採甲骨文、金文的形構與說解，還舉出古代典籍的相關記載以及近代考古挖掘成果，並補充文化學研究，以及民族學資料，分析以上各個面向的資料，以較爲客觀的角度與態度，對於古代人們的生產活動漁獵、畜牧、農業等，做一較爲全面而完整的研究。

致 謝 辭

　　回首這些日子，眞是百感交集，終於，這本學位論文完成了。這條研究之路，我走得跌跌撞撞，但也甘之如飴。這是因爲有許多師長、同學的鼓勵與扶持，讓我更有信心繼續走下去。

　　感謝父母與三位姊姊這麼多年以來的支持，你們從不質疑我選擇的路，只是默默地撐起我背後的一片天，讓我安心展翅；謝謝指導教授李淑萍老師，從大學時代的諄諄教誨到研究所時期的悉心指導，我從未忘記過；感謝兩位口試委員：蔡信發老師與洪燕梅老師，您們的指導與建議，讓這篇論文更臻完善；謝謝學倫學長與怡如學姐的提點與鼓勵，你們的意見都很寶貴；還有同窗四年的同學：瀅瀲、爲萱、莞翎、毓絢、巧湄，這條漫長的研究之路，有你們的陪伴和打氣，我走得很開心；此外，還有許許多多打球時認識的外系朋友，休閒時刻有你們的陪伴也是讓我保持積極心情、樂觀態度的重要動力。

　　在這本論文付梓之前，我懷抱著感恩之心，謝謝至今一直支持、鼓勵、指導我的所有人，謝謝你們的照顧與關懷，我才能完成這本論文。

2009 年　於雙連坡

目
次

圖目錄

第一章　緒　論

第一節　研究動機與研究方法

（一）研究動機

人類生存的最基本條件，就是食物之取得，而農牧漁獵乃古人取得食物的重要手段，不管在各種工具的發明與改良、生產技術的進步與提高各方面都反映了珍貴的古代物質文化以及古人的生活智慧，值得吾人深入探究。學界關於古代社會生活或文化意涵的著作甚多，但或為綜述性的作品，或為單篇通論文章，聚焦在古代農牧漁獵的研究論著仍屬少數，此為本文之研究動機。

漢字重要的特色之一，就是以形聲為主，且是現今世界上僅存的、並仍在使用中的形系文字。加上漢字雖經歷了幾千年的使用，形體頗有改易、甚至訛變，然而吾人仍可由古代保存的文字資料窺其原貌，也能據此來探索古文化的內容。

東漢大儒許慎所著《說文解字》是中國第一部字典，此書有系統地以五百四十部首統攝九千三百五十三小篆，除了保存古形、古音、古義之外，更包含了許多漢代及漢代之前珍貴的資料，是研究古代社會十分重要的材料。其保存的小篆、古文、籀文字形，往往能夠向上溯源至金文甚至甲骨文，是古文字學

無法忽略的重要參考依據。因此以《說文解字》爲研究中心，輔以甲、金文的古文字形，參以商周卜辭記錄、古代典籍與重要史料記載、民國以來考古挖掘的成果，以及前人對於文化學與民族學的研究等多方資料，更可以全面瞭解中國古代各方面的生活內容與文化意涵。

因此筆者以「從《說文解字》中探析古代農牧漁獵」爲主題，試著作一較深入且全面的研究，以擴充此一領域的研究成果。

（二）研究方法

本論文題爲「從《說文解字》中探析古代農牧漁獵」，因此首先要掌握《說文解字》一書所記載關於農牧漁獵的材料，此書以五百四十部首統攝九千三百餘字，所謂「分別部居，不相襍廁」，部內收字之先後，則「以義之相引爲次」（頁1），因此以相關部首所收字群爲基礎，查察其古形古義，並配合近代學者對《說文》收字的考證，便可對古人農牧漁獵的對象、用具、方法、技術、觀念等各方面得到一概略的印象。

然而《說文》雖然經過許慎加以分部整理並寫定，具有系統性、完整性，然而與甲骨文、銘文相比，畢竟屬於晚出字體，難免有訛變或錯誤之處，因此近世出土的商周甲骨文以及銅器上鑄刻的銘文成了重要的輔助資料，由於先賢前輩的努力，甲骨文與金文的識讀與考釋都獲得很大的成果，除了能校正訛誤的小篆，還保存了更接近上古初文的字形，而商周的甲骨卜辭更透露了當時漁獵、畜牧、農業的早期概況。

除了古文字的考釋與驗證之外，中國古代典籍的內容亦不容忽視，例如《詩經》有許多記載人民經濟生活的篇章，很能反映當時的獵者、牧人以及農民的生活情狀；而《周禮》記載理想官制及其掌管的事務，其中甚多掌理經濟生活的官職，可以窺見當時經濟生活各方面的發展程度。此外《左傳》、《國語》、《戰國策》、《史記》、《漢書》等也都是重要史料。

另外，考古挖掘的成果與研究在近年來甚爲豐碩，石器時代以降，包括夏、商、周、秦、漢等時代的古遺址陸續出土，有漁獵農業工具、家畜遺骸、穀物遺存等，而漢代石刻畫象也常繪有古代生活的圖像，這些都是提供具體證據的重要材料。又，近來文化學與民族學亦相當受到學界重視，相關著作很多，皆能補古代典籍或考古發掘之不足。

　　要之，本論文在討論中國古代農牧漁獵內容時，從《說文》出發，除了參考甲骨文、金文的形構與說解之外，還舉出古代典籍的相關記載以及近代考古挖掘成果，並補充文化學研究，以及民族學資料，期能勾勒出較爲全面而完整的古代農牧漁獵圖像。

（三）相關研究成果

　　近年學界關於漢字與漢文化關連的研究成果甚夥，多重視《說文解字》與甲骨文、金文的互相參照：或以《說文解字》爲主，以甲骨文、金文爲輔，例如王寧等著《說文解字與中國古代文化》；或以甲骨文、金文爲論述主軸，再配合《說文解字》進行有系統的說解，例如溫少峰等著《殷墟卜辭研究——科學技術篇》；或以中國文化爲經，以古代文字爲緯，交互論述，例如劉志成《文化文字學》、許進雄《中國古代社會》等，這些著作均作了指引學界的良好示範。

　　相關論述甚多，例如：

1. 白川靜著；溫天河、蔡哲茂同譯：《甲骨文的世界——古殷王朝的締構》（臺北市：巨流圖書公司，1977 年 9 月初版）、

2. 康殷：《文字源流淺說》（北京市：新華書店，1979 年 11 月初版）。

3. 白川靜著；加地伸行、范月嬌合譯：《中國古代文化》（臺北市：文津出版社，1983 年 5 月）。

4. 溫少峰、袁庭棟：《殷墟卜辭研究——科學技術篇》（成都市：四川省社會科學院，1983 年 12 月第一次印刷）。

5. 李民主編：《殷商社會生活史》（鄭州市：河南人民出版社，1993 年 8 月第一次印刷）。

6. 李玲璞、臧克和、劉志基：《古漢字與中國文化源》（貴陽市：貴州人民出版社，1997 年 7 月一刷）。

7. 許進雄：《中國古代社會》（臺北市：臺灣商務印書館，1998 年 11 月第二次印刷）。

8. 何九盈：《漢字文化學》（瀋陽市：遼寧人民出版社，2000 年 1 月第一次印刷）。

9. 周有光：《漢字和文化問題》（瀋陽市：遼寧人民出版社，2000 年 1 月第一次印刷）。

10. 趙誠：《甲骨文與商代文化》（瀋陽市：遼寧人民出版社，2000 年 1 月第一次印刷）。

11. 王寧、謝棟元、劉方：《說文解字與中國古代文化》（瀋陽市：遼寧人民出版社，2001 年 1 月第二次印刷）。

12. 胡雙寶：《漢語‧漢字‧漢文化》（北京市：北京大學出版社，2001 年 8 月第二次印刷）。

13. 何九盈、胡雙寶、張猛：《中國漢字文化大觀》（北京市：北京大學出版社，2002 年 4 月第三次印刷）。

14. 劉志成：《文化文字學》（成都市：巴蜀書社，2003 年 5 月第一次印刷）。

15. 許嘉璐：《中國古代衣食住行》（北京市：新華書店，2005 年 7 月第六次印刷）。

16. 陸忠發：《漢字文化學》（長春市：吉林人民出版社，2005 年 7 月第一次印刷）。

17. 王貴元：《漢字與歷史文化》（北京市：中國人民大學出版社，2008 年 1 月第一次印刷）。

18. 尹定國：《說文所存古史考》（輔仁大學中國文學研究所碩士論文，1968 年）。

19. 徐再仙：《說文解字食、衣、住、行之研究》（政治大學中國文學研究所碩士論文，1993 年）。

20. 沈銀河：《殷代卜辭中所見田獵方法考》（成功大學歷史語言研究所碩士論文，1994 年）。

21. 謝康：〈許氏說文所見中國上古社會生活〉《中山學術文化集刊》第四集，民國 58 年 11 月，頁 103〜176。

22. 劉興林：〈甲骨文田獵、畜牧及與動物相關字的異體專用〉《華夏考古》1996 年第 4 期，頁 103〜109。

相關著作甚多，不一一列出，以下擇要進行簡略說明。

許進雄所著《中國古代社會》一書共二十章，介紹古人生活的各個具體面向，並結合中國文字「表意」的特性，對古人飲食、衣著、娛樂、工藝、醫學、祭祀等各種社會生活，提出簡要、有條理、正確的敘述與解釋。書中與本研究相關的章節有四：分別是「漁獵與氣候」、「畜牧」、「農業的發展與中華民族的

形成」，以及「糧食作物」，對於中國古代的農牧漁獵作了概述性的說明。

尹定國所著《說文所存古史考》，亦以《說文》爲主要材料，推演古代漁獵、畜牧、農業的方法與用具，輔以甲骨卜辭和銅器銘文，信而有徵，可惜僅以文字說解爲主，對於近年考古發掘以及民族學資料的補充較爲缺乏，爲其美中不足之處。

劉志成所著《文化文字學》一書，針對近年新興的「文化文字學」作了詳細解釋，包括漢字的產生、漢字性質與華夏文化的契合、漢字演變與中國社會、古文字形體爲史前文化的投影……等等議題，書中雖無直接論述文字與古人農牧漁獵等生產活動的關係，然而對於先民的生存環境、居住場所、飲食服飾等內容，皆有深入淺出的說明。

另，王寧、謝棟元、劉方等合著的《說文解字與中國古代文化》一書，運用對《說文解字》的探究，反映許多古代社會的情況，例如神權思想、王權思想、奴隸生活、玉石文化、樂器文化、飲酒文化等等，敘述簡明而有系統，可惜關於農牧漁獵的部分著墨不多。

此外，由北京大學出版，何九盈、胡雙寶、張猛等學者主編的《中國漢字文化大觀》，廣泛地討論了漢字與中國文化的關係，包括漢字的字形演進、漢字的特點與應用、漢字形音義的問題、漢字與民生、漢字與經濟活動、漢字與自然……等等十六大主題，論述深入，資料豐贍，爲此一領域之重要著作，可惜古代經濟生產活動方面僅論農、工、商業，未及畜牧、漁獵等，頗有遺珠之憾。

其他相關著述多不勝數，可見此領域之快速發展，然而以文字反映農牧漁獵生活爲主要對象的著作尙爲少數，且確有其研究價值。因此本研究將以前賢成果爲墊腳石，進一步瞭解古人在農牧漁獵方面，較爲全面完整的的生活情狀。

第二章　《說文》與中國古代漁獵

第一節　前　言

　　人類漁獵的歷史甚早，遠在舊石器時代就能用粗糙簡單的砍砸器獵捕小動物，後來經過長時間經驗的累積與發展，人類發明更多精細的工具，想出更多有效率的方法，也大大增加獵物的質與量。

　　中國古代漁獵的手段種類甚蕃，根據目前的卜辭材料與考古發現，大致可歸類爲「逐」、「焚」、「射」、「阱」、「網」等五類。〔註1〕「逐」，就是徒步追蹤捕捉；「焚」，就是焚燒山林，將藏身其中的野獸趕出；「射」，就是利用石球或弓箭，直擊獵物；「阱」，就是在固定地點設置陷阱，等待獵物陷入；「網」，則是定點或非定點都可用的工具，機動性最高，也同樣適用於捕捉飛禽、走獸以及魚類。這些方法雖在甲骨卜辭有所記載，但多爲片段記錄，難以索究；考古發現彌足珍貴，然仍須文字補證，才得完整。《說文》關於古代人民生活的文化資料保留完整，五百四十部首中，同一部首的字又大多有相關性，加上歷來各家的註解研究，是很好的材料來源。

　　在中國語文中，雖然「漁獵」兩字時常連用，然而由於捕捉水中魚類與捕

〔註 1〕見李民：《殷商社會生活史》（鄭州市：河南人民出版社，1993 年 8 月第一次印刷），
　　　　頁 195。按狩獵手段的分類說法甚多，下文另有討論，在此爲求行文簡便，先以李
　　　　民先生的分類爲據。

捉陸上禽獸，二者不管在對象上、方法上、工具上，均有著相當程度的差異，因此本章大致將「漁」與「獵」分開討論。除了運用《說文》各部收字、甲骨金文成果、古代典籍記載之外，還補充了考古證據以及民族學資料等等，期望能以較爲全面完整的層面來加以討論。

第二節　古人對「魚」的認識與獵取

中國古代文明多半依傍河流發展，因此對於魚的認識甚早。現存能識讀的最早文字殷墟卜辭中，就有很多魚的字形，圓轉的金文更加細膩，種類亦多，加上先秦典籍也有相當數量談論到魚類，如《詩經・周頌・潛》曰：「猗與漆沮，潛有多魚。有鱣有鮪，鰷鱨鰋鯉。」〔註2〕短短四句之中就有六種魚類名稱，可知當時古人對於魚是有一定程度的認識的。

魚　《說文・魚部》曰：「𤋳〔註3〕，水蟲也。象形，魚尾與燕尾相似。凡魚之屬皆从魚。」（頁580）〔註4〕

許愼以「水蟲」解釋「魚」，並從小篆出發，認爲魚（𤋳）與燕（𤉤）因爲尾巴開岔相似，因此下部字形相同。然小篆晚出，已有訛變，須對照較早的甲骨金文，才能溯其原貌。

「魚」字在甲骨文作（明藏七二六）、（卜七四九）；金文作（伯魚鼎）、（魚父癸觶）、（魚女觚），多仔細描繪出魚眼、魚鰭、魚鱗等等部位，鉅細靡遺，每一種又多少有所不同，可見早在商周時期，人們對於魚的外型與種類都有相當的熟悉與認識。在《爾雅・釋魚》裡，就收有以魚爲偏旁的字四十三個，包括我們現在仍很熟悉的「鯉」、「鯊」、「鰹」、「鮪」等字，以及後來人們較不熟知的許多魚種如「鰼」、「鮦」、「鮤」、「魥」、「鱦」、「魾」等等。《爾雅》在部分字頭之後還附有簡單的說明，例如「魢，黑鰦」、「鱎，大鰕」、「鯤，

〔註2〕見《詩經・周頌・潛》（四部叢刊正編，臺北市：臺灣商務印書館，1979年11月臺一版），卷十九，頁9，總頁152。

〔註3〕本論文中使用的大量小篆以及罕用字，乃是採用中央研究院資訊科學研究所文獻處理實驗室所研發「漢字構形資料庫」之中的字體。

〔註4〕本論文所用《說文解字》版本爲〔清〕段玉裁注：《圈點段注說文解字》（臺北市：萬卷樓圖書股份有限公司，2002年8月再版）。

魚子」等等。到了許慎《説文解字‧魚部》，更收入一百零三字，説解更爲精確具體，可知古人對魚的認識，從《爾雅》到《説文》，有了不少進展。

在魚的獵取方面，可以從「漁」字入手。

漁　《説文‧𤂾部》曰：「𤃇，搏魚也。从𤂾水。𤃣，篆文𤃇从魚。」（頁 587）

小篆構形从水从魚，許慎以「搏魚」釋之。在古文字裡，有單純从魚从水，如𤎆（鐵一八四‧一）、𤃧（六中五七），與隸定後的「漁」字近似；也有作持竿釣魚狀，如𤎂（燕五二五）、𤃤（乙七一九一）；有作張網捕捉狀，如𤃨（後二‧三五‧一）、𤃦（粹一○三九）；更有作徒手捕魚，以手持之之形，如𤃩（籀文）、𤃪（卣文）等等。可知在造字之時，捕魚方法最少有三種，已經趨向多元化了。

除了古文字形能證明古代捕魚方法的多元之外，這樣的情況亦反映在考古發掘與殷墟卜辭上面。例如比殷墟文化早的鄭州商文化二里崗遺址以及河北藁城台西商遺址中，都發現有漁網墜，分爲陶質和石質，形如棱、錐、鼓、圓柱狀，上鑽有窆以利穿繩拉網。還發現有青銅魚鈎，有的鈎尖上還有倒刺。〔註5〕另外，距今約 9000～7000 年的河南舞陽賈湖遺址以及距今 6800～6300 年的西安半坡遺址都有出土不少網墜與魚叉之類的漁獵用具，見下圖。

圖 1　賈湖陶網墜與陶垂球〔註6〕

〔註 5〕見李民：《殷商社會生活史》，頁 200。

〔註 6〕圖片來源：柳志青、柳翔：〈新石器時代早期華域先民的漁獵〉，載《浙江國土資源》，2006 年 9 月。

圖 2　半坡文化石網墜
〔註 7〕

圖 3　半坡文化骨魚鏢
〔註 8〕

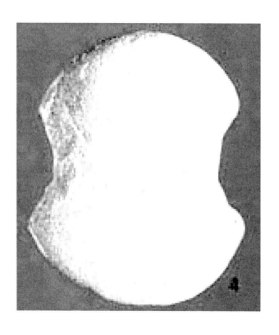

除了考古發掘之外，殷商甲骨卜辭也有大量關於漁獵的記載，其方法有釣、網、射、筌等等。還把捕魚稱爲「狩」〔註9〕：

　　……卜，賓貞：翌乙亥……狩魚？（巴六）

　　戊寅（卜）：……王狩亳魚，擒？（合集一〇九一八）

　　還有以名詞魚作動詞捕魚用的，如：

　　王魚□勿魚？（合集六六七反）

　　庚寅卜，爭貞：魚？惟甲寅，十月。（甲一九五八）

　　王魚□十月。（合集一〇四七五）

「王魚」說明了商王親自捕魚，可知漁業生產在商代相當受到重視。可知古代捕魚的方式相當多元化，有叉魚、射魚、網魚、釣魚、以竹器木器捕魚等等。而《說文》所收字中，部分也反映了這些多樣的捕魚方法。

〔註7〕 圖片來源：賈蘭坡、杜耀西、李作智：《中國史前的人類與文化》（臺北市：幼獅文化事業公司，1995 年 9 月初版），頁 136。

〔註8〕 圖片來源：賈蘭坡、杜耀西、李作智：《中國史前的人類與文化》，頁 136。

〔註9〕 見李民：《殷商社會生活史》，頁 200。

第三節 從《說文》看捕魚的方法

（一）叉魚、射魚

所謂的叉魚，就是利用削尖的器具，刺殺魚類並將其扎出水面，是相當古老的捕魚方式。先民將捕獸或戰爭所用的矛應用在水域捕魚，就發展為魚鏢，一般來說魚鏢指的是單齒的尖銳器具，〔註10〕而魚叉的前端是兩股、三股或四股。〔註11〕現今一些少數民族在捕魚時，仍舊使用這種原始的工具，例如雲南少數民族使用的魚叉，依學者歸類，形制大概有四種，見圖。

圖4 雲南納西族、布依族、彝族、傈僳族、
怒族等少數民族使用的魚叉〔註12〕

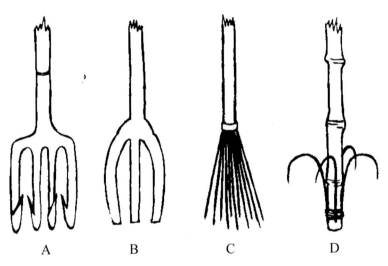

A B C D

A.納西族　B.布依族　C.彝族　D 傈僳族、怒族

叉　《說文・又部》曰：「弖，手指相錯也。从又一，象叉之形。」段注曰：「謂
　　手指與物相錯也。凡布指錯物閒而取之曰叉。因之凡岐頭皆曰叉。」（頁
　　116）

　　「叉」字甲骨文作 （前二、一九、三）、 （後二、三七、六），象手指

〔註10〕見宋兆麟：《中國風俗通史——原始社會卷》（上海市：上海文藝出版社，2006年
　　　　3月第二次印刷），頁333。

〔註11〕見宋兆麟：《中國風俗通史——原始社會卷》，頁334。

〔註12〕圖片來源：羅鈺《雲南物質文化採集漁獵卷》（昆明市：雲南教育出版社，1996年11
　　　　月第一次印刷），頁144。

與物品相錯之形，有把手掌張開，以手指取物之意，而手掌張開後手指即呈現分歧狀，因此段玉裁注曰：「凡岐頭皆曰叉。」魚叉正是利用若干分歧的尖齒取物，與《說文》和民族資料相符。然而從考古挖掘成果看來，舊石器與新石器時代遺址之中，皆不曾出土過前端分歧的魚叉，而僅有單齒的魚鏢而已。這是因為石器時代人類製造工具所使用的材料多是石頭、木材竹材，或者動物骨角，這些材料要製成分岔的魚叉有相當的困難度，即便製造出來，也容易損壞。因此魚叉應是金屬大量被人類使用後的產物。〔註13〕

而考古挖掘出現頻率甚高的魚鏢，一開始是以修長的竹竿或木桿，將一端削尖即可運用，為了增加耐用度或破壞力，先民也用堅硬的石頭或動物骨角製作鏢頭，再安裝在木竹竿上使用，因此後來考古發掘都僅僅挖出鏢頭，不見鏢柄。

鏢　《說文・金部》曰：「鏢，刀削末銅也。从金票聲。」（頁717）

段玉裁於「鏢」字下注云：「刀室之末以銅飾之曰鏢。鞞用革，故其末飾銅耳。而高誘注〈天文訓〉云：標讀如刀末為鏢。《通俗文》曰：刀鋒為鐰。皆自刀言，不自刀室言，與許說異矣。」（頁717）

許慎以「鏢」為皮革刀鞘末端的銅飾，段玉裁指出許說與高誘注《淮南子》以及《通俗文》裡面的記載有異。對此，張舜徽補充云：「鏢之得名，但就物之耑末言耳，初無刀與刀室之殊也。刀削末銅謂之鏢，猶木末謂之標，艸末謂之藨。」〔註14〕直指「鏢」、「標」、「藨」三字皆有「末端」一義，解釋了段玉裁未明言之處。段玉裁又在「標」字釋文「木杪末」下注曰：「謂末之細者也。」（頁252）可知「鏢」本義為「刀鋒之末端」，引伸為「末端」，又引伸為「末端尖細的部分」，因而有「尖刺」之義，例如同聲符的有「剽」字，《說文・刀部》曰：「剽，砭刺也。从刀票聲。一曰剽劫也。」段注曰：「砭刺必用其器之末，因之凡末謂之剽。」（頁183）即是例證。

所謂魚鏢，就是可直接投擲、刺殺魚類的尖銳器物。考古發現甚多，多以動物骨角或石頭磨製而成。目前考古上發現最早的魚鏢出土於舊石器時代的海城小孤山遺址（見圖），這個魚鏢材質為骨料，在圖的下方是殘缺的鏢頭，鏢身長約十八公分，兩側共有三個倒刺。這種倒刺的設計能使被叉中的獵物難以脫

〔註13〕見宋兆麟：《中國風俗通史 —— 原始社會卷》，頁334。
〔註14〕見張舜徽：《說文解字約注》（臺北市：木鐸出版社，1984年7月初版），頁3694。

逃,運用在水域,增加了殺傷力與捕獲率。而底端一側有突出構造,乃是用來固定在鏢柄上面的。

圖5 海城小孤山遺址魚鏢[註15]

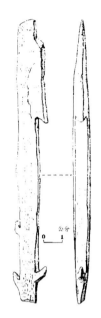

鏢身有若干倒刺,底端有突出或鑽孔,是魚鏢在考古發掘中常見的形式,學者們在廣西桂林甑皮岩遺址更發現多達六個倒刺的魚鏢鏢頭(見圖)。其殺傷力可以想見。

圖6 桂林甑皮岩遺址骨魚鏢頭[註16]

6

〔註15〕圖片來源:賈蘭坡、杜耀西、李作智:《中國史前的人類與文化》,頁90。

〔註16〕圖片來源:賈蘭坡、杜耀西、李作智:《中國史前的人類與文化》,頁124。

　　雖然用魚鏢叉魚幾乎不見於古籍記載，然而早期臺灣原住民的生活圖像，幸運地以番社采風圖的形式被保存下來，裡面有著臺灣原住民使用魚鏢捕魚的珍貴畫面，不失為可供參考的資料之一，見圖。

圖 7　《諸羅縣志》「捕魚」（局部）〔註17〕

　　除了魚鏢捕魚之外，還有所謂的射魚。使用弓箭在古代是十分普遍的打獵方法，先民也很早就將弓箭運用至水域，獵殺水中的魚類。

矢　《說文‧矢部》曰：「 $\hat{\uparrow}$ ，弓弩矢也。从入，象鏑栝羽之形。古者夷牟初作矢。凡矢之屬皆从矢。」（頁 228）

　　「矢」字甲骨文作 $\oint$ （前四、五一、三）、 $\hat{\uparrow}$ （甲三一一七），金文作 $\hat{\uparrow}$ （盂鼎二），都象箭頭、箭身、箭羽之形，許慎以「弓弩矢」釋之無誤，然而所謂的「从入，象鏑栝羽之形」則是以晚出的小篆為依據，這是要特別注意的地方。

　　不管在舊石器或新石器時代的遺址中，都出土不少箭鏃，可見弓箭的應用相當普遍，為了增加殺傷力，骨鏃必須要堅硬耐用，因此其材質有動物骨角、貝殼、石頭或金屬等等，形制可見圖。

〔註17〕圖片來源：蕭瓊瑞：《島民‧風俗‧畫》（臺北市：東大圖書股份有限公司，1999年4月初版）頁196。

圖 8　桂林甑皮岩遺址骨鏃 [註18]

　　這個骨鏃的形狀與甲骨金文「矢」字的箭頭部分相類，與陶文 ⯅（古陶文字徵一、三三）更是近似，可說是文字與實物十分吻合的例子。此字在先秦典籍中僅出現一次與射魚有關的記載，而且當動詞使用，《左傳·隱公五年》有「矢魚于棠」 [註19] 的紀錄。

躲　《說文·矢部》曰：「躲，弓弩發於身而中於遠也。从矢从身。𮥈，篆文躲從寸。寸，法度也，亦手也。」（頁 228）

　　此字甲骨文作 𝆏（甲五、五五）、𝆏（菁七、一），俱象箭在弦上；金文更加生動，如 𝆏（靜簋）、𝆏（鬲攸比鼎），作一手拉箭，蓄勢待發之形。可知小篆從「身」的字形並非此字的原貌，許慎「弓弩發於身而中於遠」之說解也是依據小篆所做的延伸。「射」字在古代很少當「射魚」用，比較著名的一段出現在《史記·秦始皇本紀》，記載了「以連弩候大魚出射之」和「至之罘，見巨魚，射殺一魚」 [註20] 之事。

　　《說文》一書，關於弓、矢、箭、鏃之類的字記載甚多，可惜沒有直接用於水域的證據；考古挖掘出的箭鏃雖也屢見不鮮，然而古代典籍中也僅有數條簡短的紀錄可供參考，此時番社采風圖就適時提供了鮮明的圖象，讓吾人可藉此想像先民操作弓矢捕魚的情狀（見圖）。此圖除了表現原住民以魚鏢射魚之

[註18] 圖片來源：賈蘭坡、杜耀西、李作智：《中國史前的人類與文化》，頁 123。

[註19] 見《左傳·隱公五年》（四部叢刊正編，臺北市：臺灣商務印書館，1979 年 11 月臺一版），卷一，頁 9，總頁 13。

[註20] 並見《史記·秦始皇本紀》（北京市：中華書局，1982 年 11 月第二版），卷六，頁 263。

外，還有背著箭囊，緊盯水面，準備射擊的生動描繪。

圖9　《史博本》「射魚」（局部）〔註21〕

其實不僅在中國古代有這樣的獵魚方式，世界上一些偏遠地帶的原始民族至今仍有許多使用弓箭射魚的例子。例如南美洲的馬艱卡族擅長用弓箭射殺淡水中的魚。在大洋洲的所羅門民族更使用弓箭射殺海裡的魚，技術精湛純熟（見圖）。

圖10　南美洲馬艱卡民族用弓箭射魚〔註22〕

〔註21〕圖片來源：蕭瓊瑞：《島民・風俗・畫》，頁19。

〔註22〕圖片來源：日本學習研究社：《世界民族大觀——南美洲》（臺北市：自然科學文化事業公司出版部，1978年9月初版），頁18。

圖11 所羅門人用弓箭射殺躱在珊瑚礁裡的魚〔註23〕

（二）網　魚

　　捕魚發展到用「網」已經是進步許多的方法了，查察甲骨文，有一字作 （乙四三八〇），正象一人高舉網子，進行漁獵活動之形。

网　　《説文・网部》曰：「，庖犧氏所結繩呂田呂漁也。从冂下象网交文。凡网
　　之屬皆从网。，网或加亡。，或从糸。，古文网从冂亡聲。，籀
　　文从冈。」（頁358）

　　「网」字甲骨文作（甲二九五七）、（佚七〇二），正象網子孔目交錯
之狀。許愼的説解取自《周易・繫辭下》：「古者包犧氏……，作結繩而爲罔罟，
以佃以漁。」〔註24〕這段話表明了三個重點，第一：網子相傳爲包犧氏（即伏
犧氏）所發明；第二：網子乃以繩索製成；第三：網子的用途可以田獵、可以
捕魚。

　　關於網子爲伏犧氏所發明的傳説，典籍多不勝數，不再贅述。而網以繩結
成，古代繩索材料爲葛麻一類的植物纖維，容易損毀。因此考古發掘中，多半

〔註23〕圖片來源：日本學習研究社：《世界民族大觀──大洋洲》（臺北市：自然科學文化事
　　　　業公司出版部，1978年9月初版），頁90。

〔註24〕見《周易・繫辭下》（四部叢刊正編，臺北市：臺灣商務印書館，1979年11月臺
　　　　一版），卷八，頁2，總頁49。

僅能發現能夠使魚網快速沈入水底的「網墜」，而少見難以保存、容易腐朽的魚網。另外，网在典籍中多作「網」，古代普遍運用於漁業與田獵，用於捕魚者，例如《國語・魯語》記載：「今魚方別孕，不教魚長，又行網罟，貪無藝也。」〔註25〕用於田獵者，例如《呂氏春秋・異用》記載：「人置四面，未必得鳥；湯去其三面，置其一面，以網其四十國，非徒罔鳥也。」〔註26〕在這裡先談以網捕捉魚類的部分。

魚網的起源應該是「套魚」，就是用繩索套住魚的鰓或鰭，發展到後來才變成用網狀纖維來捕魚，起初可能是一些竹筐、藤籃之類的，後來才慢慢發展出各式各樣的魚網。〔註27〕從《說文》「网部」所收字來歸類，有「手抄網」、「覆網」、「抬網」、「圍網」、「罾網」等五種。

1. 手抄網

所謂「手抄網」，就是抄在手上的網，又稱「手網」，是一種較為古老的網具。其構造包括網圈與網片，有的還會有柄。中國各地的手抄網多圓口、木柄，使用時直接以手持之。這種網具是在小河或水中撈魚用的，有時釣魚時也用以取魚。《說文》中的「罕」字，就是這裡所說有長柄的「手抄網」。

罕　《說文・网部》曰：「罕，网也。从网干聲。」段注曰：「按罕之制蓋似畢，小网長柄。」（頁358）

「罕」方便手持，與現代一般最普遍可見的魚撈相似。所從的「干」，是歧頭的木杖，可知「罕」一開始乃是在歧頭木杖上面加一小網，以方便撈取遠處的魚。

手抄網在國外民族有作三角形的，捕撈面積更大；亦有無柄的手抄網，結構簡單，主要在小溪小河裡進行捕撈，這在世界各地民族都有所應用，見圖。

〔註25〕見《國語・魯語》（四部叢刊正編，臺北市：臺灣商務印書館，1979 年 11 月臺一版），卷四，頁 13，總頁 42。

〔註26〕見《呂氏春秋・異用》（四部叢刊正編，臺北市：臺灣商務印書館，1979 年 11 月臺一版），卷十，頁 10，總頁 60。

〔註27〕見宋兆麟：《中國風俗通史 —— 原始社會卷》（上海市：上海文藝出版社，2006 年 3 月第二次印刷），頁 347。

圖 12　在湄公河利用三角網捕魚的人們〔註28〕

圖 13　非洲恩加陀族婦女捕小魚專用的手撈式魚網〔註29〕

〔註28〕　圖片來源：日本學習研究社：《世界民族大觀——東南亞》（臺北市：自然科學文
　　　　　化事業公司出版部，1978 年 9 月初版），頁 118。

〔註29〕　圖片來源：日本學習研究社：《世界民族大觀——非洲》，頁 121。

2. 覆　網

「覆網」又可稱為「撒網」、「甩網」或「掩網」，形狀與抄網類似，但有兩點不同：一是比手抄網更大，且在網口拴有網墜，使其能快速沈入水中；二是沒有竹木製的網圈或長柄。使用時拴上一繩，用雙手將它甩出去，普遍使用於各地。〔註30〕《說文》有「罨」字。

罨　《說文‧网部》曰：「罨，罕也。从网奄聲。」（頁358）

「罨」字從「奄」，有覆蓋的意思，〔註31〕而覆網就是將魚網甩入水中，利用網墜快速沈入水底，覆在魚上以捕之，與「罨」字大同。這種魚網十分普遍，使用情形見圖。

圖14　撒網捕魚的收網〔註32〕

3. 抬　網

「抬網」的網片呈長方形，兩側有木杆、竹竿支撐，附有網墜。捕魚時，由若干人手持木杆在水中行走，把魚逼到一定角落後，再抬網以得魚。這種魚網的特徵，恰與「网」字小篆
、甲骨文
（甲二九五七）、
（佚七○二）字形十分相似。從民族學資料來看，雖找不到宋兆麟所說「兩人持木杆在水中行走」〔註33〕的資料，然而有操作方式不同但網子形制卻相似的例子。如下圖飛

〔註30〕見宋兆麟：《中國風俗通史 —— 原始社會卷》，頁347～348。

〔註31〕見《說文‧大部》：「奄，覆也，大有餘也。」（頁497）

〔註32〕圖片來源：柳志青、柳翔：〈新石器時代早期華域先民的漁獵〉，載《浙江國土資源》，2006年9月。

〔註33〕見宋兆麟：《中國風俗通史 —— 原始社會卷》，頁348。

枝（斐濟）群島單人操作的小型手網。

圖 15　飛枝群島的特殊景觀 —— 手網捕魚〔註34〕

4. 圍　網

　　根據宋兆麟之說，「圍網」有長袋式與囊式兩種，使用時將網口用柳條撐開，並以石頭或木杆壓住，使之沈入水底，網兩邊以柳條所製的簾子圍起，僅留河口放置圍網，魚鑽入後，即可取之。〔註35〕以這樣的定義來看，「圍網」與「魚笱」相似，《說文·句部》曰：「𦥑，曲竹捕魚笱也。從竹句，句亦聲。」（頁 88）乃指一種竹編漁具，古代「魚笱」常與「曲梁」配合運用，以達最大效益。《說文·网部》有一字意義與「笱」字相近，即「𦋙」字。

𦋙　《說文·网部》曰：「𦋙，曲梁寡婦之笱魚所留也。從网留，留亦聲。𦋕，𦋙或從婁。春秋國語曰：溝眾𦋙。」（頁 359）

　　馬敘倫說：「木部枛樏實爲轉注字。……𦋙之於笱，猶樏之於枛。」〔註36〕可知「笱𦋙」爲轉注字，從部首來看，「笱」之材質爲「竹」，「𦋙」之性質爲「網」，這是它們的不同之處，而其使用方法相當接近，都是放置在天然的或者人工製造的狹小出入口，增加魚蝦進入的機率，並且藉由其特殊構造，使魚

〔註34〕圖片來源：日本學習研究社：《世界民族大觀 —— 大洋洲》，頁 106。

〔註35〕見宋兆麟：《中國風俗通史 —— 原始社會卷》，頁 348。

〔註36〕見馬敘倫：《說文解字六書疏證》（臺北市：鼎文書局，1975 年 10 月初版），卷十四，頁 1975。。

獲能進不能出，魚進入罶之後無法掙脫，也就是「留」的意思。現在台灣七股潟湖的漁民仍使用著類似的捕魚器具，如圖。

圖 16　魚罶（定置網）〔註 37〕

5. 罾　網

　　罾網形制為正方形的網片，網子四角由繩索拴在一個木架上。其使用方法，就是將魚網沈入水中，魚網上面放置誘餌，過一段時間將網子吊起，如此反覆操作，這種魚網不需要網墜與浮漂。

罾　《說文‧网部》曰：「罾，魚网也。从网曾聲。」段注曰：「師古曰：『形如仰繖，蓋四維而舉之。』」（頁 359）

　　「繖」即「傘」，「罾」之形制正象雨傘，是一種四邊有支架的方形魚網，捕魚時將其舉起，也稱為「吊網」。這種捕魚方式相當古老，《爾雅‧釋器》曰：「翼謂之汕。」郭注曰：「今之撩罟。」〔註 38〕，「罾」、「翼」字異而義同。這是一種節省人力且科學的捕魚方法，表現古代人們智慧的一面，見圖。

〔註 37〕圖片出處：台南市七股區公所網站

　　　　http://web2.tainan.gov.tw/Cigu/CP/10271/industry-1.aspx

〔註 38〕見《爾雅‧釋器》（四部叢刊正編，臺北市：臺灣商務印書館，1979 年 11 月臺一版），卷中，頁 3，總頁 12。

圖 17　《爾雅・釋器》：「翼謂之汕。」〔註39〕

（三）釣　魚

　　釣魚在中國屬於很重要、也是很早就出現的捕魚方式之一，雖說單次產量不高，但自古至今一直都被廣泛運用著。中國古代就有許多與釣魚有關的故事，如《史記》中，韓信釣於城下，漂母飯之；〔註40〕《呂氏春秋》中，太公釣於滋泉，得遇文王賞識；以及《論語》所記載孔子釣而不綱，弋不射宿之德。

　　釣魚活動的形象也可從文字窺見，例如甲骨文的「漁」字字形種類甚多，有一些作持竿或持線釣魚狀，如 （乙七一九一）、 （燕五二五），這兩個字都生動地表現出魚上鉤的樣子，第一個字形作魚兒被絲線牽引狀，而第二個字形不僅有魚竿，連持竿之手都呈現出來了。

　　除了甲骨文，漢代《說文》也有一些字能提供參考。

釣　　《說文・金部》曰：「鈞，鉤魚也。从金勺聲。」（頁 720）

　　許慎簡單以「鉤魚」解釋「釣」字，段玉裁補充曰：「以曲金取魚謂之釣。」（頁 720）意指用彎曲的金屬取魚，另外，《說文・句部》曰：「鉤，曲鉤也。

〔註39〕圖片來源：〔晉〕郭璞：《爾雅音圖》（臺北市：藝文印書館，1988 年 3 月初版），頁 49。

〔註40〕詳《史記・淮陰侯列傳》，卷九十二。

從金句，句亦聲。」（頁 88）正是釣魚所用的工具。其實早在新石器時代早期
的半坡文化，以及新石器時代晚期的大汶口文化，都出土了骨製的魚鉤；筆者
也曾在帛琉國家歷史博物館見到當地原住民使用的玳瑁魚鉤，形制與中國古代
出土的魚鉤相仿，可知在金屬魚鉤發明之前，人類使用的魚鉤有多種材質，因
此偏旁從金的「鉤」，應是晚出之字。其初文當爲「句」字。

句　《說文・句部》曰：「𧰆，曲也。从口丩聲。凡句之屬皆从句。」（頁 88）

　　此字甲骨文作 𠃌（前八、四、八），金文作 𠃌（殷句壺）、𠃌（句它盤），
作勾曲之形，到底此勾曲之物爲何，歷來有不同說法。高田忠周認爲：「聯字
分疆所以局言者也，此當句字本義，即言語之曲折也，轉爲凡事物之曲屈。」
〔註41〕高氏以「言語曲折」爲「句」字本義。魯實先先生認爲：「句於彝銘作 𠃌、
𠃌，象帶鉤，借爲章句，所以孳乳爲鉤。」〔註42〕以服飾上的「帶鉤」爲本義。
伍華認爲：「『句』金文作 𠃌（鑄客鼎），上部象釣鉤之形，下部象魚口，本義
是鉤魚，會魚口吞鉤之意。……鉤魚既爲漁獵生活的主要內容之一，那麼，以
『句』名之順乎情理，這樣，釋『句』爲以鉤取魚就有了客觀依據。『鉤』字
的出現，大概相當晚。」〔註43〕伍華以「鉤魚」爲本義，並解釋「句」字不從
金的原因是因爲出土遺址中，早期的魚鉤非金屬所製之故。以甲骨文、金文等
字形，以及上古出土的魚鉤皆以木竹或獸骨磨製來看，伍華之說可從。

　　要之，「句」本指魚鉤，一開始以竹、木、石或骨角等材質製作，商周之後
金屬的使用大爲廣泛，因此在「句」字假借爲章句之意以後，遂孳乳了以「金」
爲偏旁的「鉤」字。

　　在新石器時代的遺址中，半坡文化出土的魚鉤尖端具有倒刺，在鉤住魚口
後，魚難以脫逃；而大汶口文化的魚鉤更磨製出便於繫繩的凹槽，相當精細，
見圖。可見當時漁業發展之進步。

〔註41〕見高田忠周：《古籀篇》（臺北市：大通書局，1982 年 9 月初版），卷五十一，頁
　　　　27，總頁 1332。
〔註42〕見魯實先：《轉注釋義》（臺北市：洙泗出版社，1976 年 5 月初版），頁 10。
〔註43〕見伍華：〈說"句"〉，載《中山大學學報》，1983 年第四期，頁 113～114。

圖 18　半坡文化魚鉤〔註44〕　　圖 19　大汶口文化魚鉤〔註45〕

　　除了魚鉤之外，魚線也是釣魚時重要的用具之一。《說文》書中也收了一些相關的字。

緡　《說文・糸部》曰：「緡，釣魚繳也。从糸昏聲。」（頁665）

罠　《說文・网部》曰：「罠，所㠯釣也。从网民聲。」段注曰：「緡、罠古今字，一古文一小篆也。」（頁359）

　　緡為釣魚用的絲線。用絲作的釣線，堅韌而有彈性，自古就被廣泛使用，如《詩經・召南・何彼襛矣》所謂的：「其釣維何，維絲伊緡。」〔註46〕另外還有「罠」字。段玉裁認為此二字為意義相同的古今字，因此「罠」字本義為用來釣魚的絲線，其從「网」，表現取魚的功能，而「緡」字從「糸」，著重於釣線的材質。

　　「罠」字後來有「麋網」、「麑網」，甚至「兔網」的解釋，則是段氏所謂的「古今義殊」（頁359）了。

繳　《說文・糸部》曰：「繳，生絲縷也。謂縷系矰矢而㠯隿射也。从糸敫聲。」（頁665）

　　此字在《說文》裡的解釋指的是繫在弓矢上、用來弋射的絲線，然典籍中

〔註44〕圖片來源：賈蘭坡、杜耀西、李作智：《中國史前的人類與文化》，頁136。

〔註45〕圖片來源：賈蘭坡、杜耀西、李作智：《中國史前的人類與文化》，頁172。

〔註46〕見《詩經・召南・何彼襛矣》，卷一，頁20，總頁11。

此字也引申作爲釣線，如《韓非子・說林下》客諫靖郭君勿城於薛的故事：「君聞大魚乎？網不能止，繳不能絓也。」〔註47〕所謂的「網」乃指用網捕魚，所謂的「繳」則指用絲線釣魚。

釣魚時，最基本的魚線形態除了單純的一線一鉤之外，一線數鉤也是很普遍的，中國雲南少數民族釣魚時，把一線數鉤稱之爲「串鉤」，如圖。用串鉤釣魚時，多半不需守候在旁，而是將魚線綁在岸邊或固定在大石頭上，過一陣子才去察看，有時候一次能收穫數條。

圖 20　串鉤〔註48〕

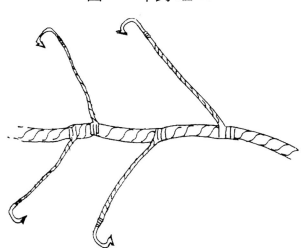

除了魚鉤與魚線外，餌也是釣魚十分重要的一環，基本來說只要能吸引魚類吃食，誘餌可以是任何東西，現今民族地區所使用的釣餌約可分爲兩大類，一種是眞的食物，如蚯蚓、蝦、小魚、肉塊、肝臟、麥粒、草根、麵團、蘆葦等；另一種是擬餌，如羽毛、棉球、獸皮、金屬等，這些不僅爲擬餌，也有一定的味道，可以誘魚上鉤。〔註49〕

䭓　《說文・弜部》曰：「䬼，粉餅也。从弜耳聲。餌，䭓或从食耳。」段注曰：「餌，釣唅魚者。」（頁113）

所謂「粉餅」，指的是用米粉或麵粉製成的糕餅類食品，可見此字一開始與

〔註47〕見《韓非子・說林下》（四部叢刊正編，臺北市：臺灣商務印書館，1979 年 11 月臺一版），卷八，頁 5，總頁 41。

〔註48〕圖片來源：羅鈺《雲南物質文化採集漁獵卷》，頁 140。

〔註49〕見宋兆麟：《中國風俗通史——原始社會卷》，頁 350。

釣魚的誘餌無甚關係，後來從「粉餅」的意思，引申爲一切食物，再輾轉引申爲用以引誘動物的食物，因此段玉裁直接以「釣啗魚者」釋之。

「餌」字在文獻中除了《周禮》、《禮記》裡有少數幾條以「粉餅」本義出現之外，其他多半指「釣餌」或「誘餌」而言，例如《莊子‧外物》：「五十犗以爲餌，蹲乎會稽，投竿東海，旦旦而釣。」〔註50〕或《呂氏春秋‧功名》所記：「善釣者出魚乎十仞之下，餌香也。」〔註51〕可見「餌」字用作指「釣餌」的情況甚早，亦甚普遍。

魚竿是釣魚時方便持執之用，可有可無，上文所提到的「串鉤」就沒有使用魚竿。從「竿」字可知，古代魚竿多爲竹製，這是因爲釣魚有時會猛烈拉扯釣線，需要有彈性的釣竿，而竹竿較木桿有彈性之故。

竿　《說文‧竹部》曰：「竿，竹梃也。从竹干聲。」段注曰：「引伸之木直者亦曰竿。」（頁196）

所謂「竹梃」，就是竹之直者。早在《詩經》時代就有人們以竹竿釣魚的紀錄：「籊籊竹竿，以釣於淇。」〔註52〕後來以竿釣魚更普遍，典籍中遂有以「持竿」直接代表釣魚的，如《莊子‧秋水》曰：「楚王使大夫二人往先焉，曰：『願以竟內累矣！』莊子持竿不顧。」〔註53〕「持竿不顧」，指的就是繼續釣魚，不理會楚王所派來的大夫。除了河釣，也有用竿海釣的，如《莊子‧外物》曰：「任公子爲大鉤巨緇，五十犗以爲餌，蹲乎會稽，投竿東海，旦旦而釣。」〔註54〕可見竿釣後來有規模漸大的趨勢。

（四）竹器木器捕魚

除了一般的叉魚、網魚和釣魚之外，中國古代還流行一種更廣泛的捕魚方法，就是利用竹子編成的器具或設備捕捉魚類。這種捕魚方法包括「笱魚」、「罩

〔註50〕見《莊子‧外物》（四部叢刊正編，臺北市：臺灣商務印書館，1979年11月臺一版），卷九，頁3，總頁193。

〔註51〕見《呂氏春秋‧功名》，卷二，頁11，總頁17。

〔註52〕見《詩經‧衛風‧竹竿》，卷三，頁15，總頁28。

〔註53〕見《莊子‧秋水》，卷六，頁27，總頁127。

〔註54〕見《莊子‧外物》，卷九，頁3，總頁193。

魚」、「罧魚」。除了「罩魚」之外，其他兩者屬於被動的、固定地點的，並且通常更爲多產的捕魚方法。

1. 笱　魚

笱　《説文・句部》曰：「𦭨，曲竹捕魚笱也。从竹句，句亦聲。」段注曰：「笱，曲竹爲之，以承孔，使魚入其中不得去者。」（頁88）

「笱」類似一種水中陷阱，常常和「魚梁」配合運用。古人用石頭在河流、溪水築成壩、牆，阻隔水道，此即「魚梁」，能將魚蝦的活動路徑限制住，並只留一出口，在水流處設置「笱」，「使魚入其中不得去者」。

「笱」是竹子編成的魚籠，其形制有大有小，特色在於口徑處裝有細竹編成的「倒鬚式編斗」〔註55〕，魚、蝦、蟹等動物，順竹片落入笱中，但因倒鬚式的設計，無法逃出。這種捕魚方法在中國古代相當普遍，早在《詩經》時代就有使用笱來捕魚的記載了。〈齊風・敝笱〉曰：「敝笱在梁，其魚唯唯。」毛傳曰：「唯唯，出入不制。」〔註56〕講敝敗之笱，無法阻擋魚兒隨意進出，反之完好無損的笱可以捕獲游魚。

2. 罩　魚

罩　《説文・网部》曰：「罩，捕魚器也。从网卓聲。」（頁359）

這是一種簡單的捕魚方法，又稱「扣魚」，用一個無底的筐籃從上往下罩住水中的魚，然後直接用手取出。早在《詩經》時代已經有這種捕魚方法了，《詩經・小雅・南有嘉魚》曰：「南有嘉魚，烝然罩罩。」毛傳曰：「罩罩，籗也。」〔註57〕《説文・竹部》曰：「籗，罩魚者也。」（頁196）知「罩」、「籗」兩字同義，「罩」字从网，著重取魚之意；「籗」从竹，著重其製作的材質。

這種當頭罩下的捕魚方法，適用於較淺的水域，所捕魚類較小，爲增加捕獲機率，必須先將河水（海水）攪混，使魚類看不清楚，罩到魚後，從魚罩上方直接伸手取魚，十分便利。在早期台灣以及世界各個民族都有這樣的捕魚方法。如圖。

〔註55〕見宋兆麟：《中國風俗通史——原始社會卷》，頁341。

〔註56〕見《詩經・齊風・敝笱》，卷五，頁6，總頁42。

〔註57〕見《詩經・小雅・南有嘉魚》，卷十，頁1，總頁71。

圖21　《諸羅縣志》「捕魚圖」，描繪臺灣
早期原住民罩魚、捕魚的情況〔註58〕

圖22　湄公河庫米爾小孩利用竹製魚罩捕魚的情況〔註59〕

〔註58〕圖片來源：蕭瓊瑞：《島民‧風俗‧畫》，頁196。

〔註59〕圖片來源：日本學習研究社：《世界民族大觀——東南亞》，頁119。

3. 罧　魚

罧　《說文·网部》曰：「罧，積柴水中吕聚魚也。从网林聲。」（頁 359）

　　「罧」字从网林聲，表現這是一種與木柴相關的捕魚方式，《詩經·周頌·潛》曰：「猗與漆沮，潛有多魚。」〔註 60〕朱熹注云：「蓋積柴養魚，使得隱藏避寒，因以薄圍取之也。」〔註 61〕《爾雅·釋器》曰：「椮謂之涔。」郭注亦曰：「聚積柴木魚水中，魚得寒入其裏藏隱，因以簿圍捕取之。」〔註 62〕「涔」字《說文·水部》曰：「涔，漬也。」（頁 563）此字本義水漬，引伸有積水、累積等義。

　　可見這種技術在中國行之已久，其具體作法就是將木柴堆積在水中，冬天時魚爲了避寒，會躲在木柴下面，人們再用木片竹片漸漸縮小魚的活動範圍，並且加以圍捕，收穫往往甚爲豐富。這種捕魚方法，漢族稱作「窩魚」，在寒冷冬天也能順利捕魚。

　　類似的捕魚方法記載在《淮南子·說林訓》。高誘注云，「罧」法是把許多木柴堆積在水中，然後扣擊船板，魚聽到敲擊聲藏到柴下，再用魚網圍捕。高誘還說：「今兗州人積栗水薄魚爲罧，幽州名之爲涔也。」〔註 63〕可見這種方法普遍在中國許多地區都有採用。

　　從上述魚鏢叉魚、弓箭射魚、網罟捕魚、絲線釣魚、竹具捕魚這些各式各樣的捕魚方式可知，中國古代捕魚技術十分精良，運用到的工具也十分多樣化，這些文化內涵多少都反映在文字之中，成爲我們探求漁獵文化的線索之一。利用這些文字，配合其他資料，更能較完整地勾勒出中國古代捕魚的概況。

第四節　文字反映出的古人狩獵對象

　　在農業發展之前，除了採集，狩獵是最重要的生產活動，《說文·犬部》曰：「獟，放獵，逐禽也。从犬鼠聲。」（頁 480）「放」字《爾雅》作「畋」，釋爲「畋獵」其義方通，之所以从犬，則是因爲最早的狩獵方法之一，就是帶著嗅

〔註 60〕見《詩經·周頌·潛》，卷十九，頁 9，總頁 152。

〔註 61〕見〔宋〕朱熹：《詩集傳》（臺北市：華正書局，1982 年 8 月初版），頁 230。

〔註 62〕見《爾雅·釋器》，卷中，頁 3，總頁 12。

〔註 63〕見《淮南子·說林訓》（四部叢刊正編，臺北市：臺灣商務印書館，1979 年 11 月臺一版），卷十七，頁 8，總頁 130。

覺靈敏的獵犬，追捕獵物。

除了魚類，其他各種動物也是先民賴以維生的食物來源，從考古學者在先民生活遺址中，挖掘出的動物遺骨來看，一開始是不分品類的廣泛捕獵，例如猴、豬、鹿、犀、象、狗、貓、鼠、豹等等；到了商代則走向少數特定經濟價值較高動物的捕獵或豢養，如豬、鹿、牛、狗、羊等等。〔註64〕

這些獵捕或豢養的對象往往也表現在古文字中，例如「逐」字甲骨文有從豕作圖（甲二三一八），也有從鹿作圖（前六・四六・三）；甲骨文「阱」字也有從鹿作圖（甲一〇三三）；另外還有圖、圖、圖等字，夏淥將這些字都解釋為「阱」，並云：「上面不限于一獸之名，象、虎、豸、兔、……，均代表被窄擒的對象，它是象形表意字，部件不作聲符用，變換捕捉對象，于字音義不變。」〔註65〕雖然如此，還是有一些文字是專指獵取某些動物的，例如《爾雅・釋器》就提到：「鳥罟謂之羅，兔罟謂之罝，麋罟謂之罞，彘罟謂之羉，魚罟謂之罛。」〔註66〕捕魚的部分上文已有論述，因此下面就捕鳥、捕兔、捕鹿、捕彘等的相關文字進行討論，在《說文》一書中，這些字為數不少。

（一）與捕鳥有關的字

鳥類體型不大，人們取其肉主要當作調劑生活的副食品，因此古代捕鳥仍然相當普遍，除了取其羽毛，有許多是為了阻止鳥類對農田作物的傷害。中國古代設置了與捕鳥相關的官職，《周禮》有「羅氏」，曰：「羅氏掌羅烏鳥，蜡則作羅襦。」〔註67〕有「射鳥氏」，曰：「射鳥氏掌射鳥祭祀。以弓矢敺烏鳶。」〔註68〕還有「翨氏」，曰：「翨氏掌攻猛鳥，各以其物為媒而掎之，以時獻其羽翮。」〔註69〕在《說文》當中，有網羅捕鳥、弋射捕鳥、媒鳥引誘等方法。

〔註64〕見許進雄：《中國古代社會》（臺北市：臺灣商務印書館，1998年11月第二次印刷），頁44。

〔註65〕見夏淥：〈學習古文字瑣記二則〉，收《古文字研究 第十輯》（北京市：中華書局，2005年6月2第二次印刷），頁105。

〔註66〕見《爾雅・釋器》，卷中，頁3，總頁12。

〔註67〕見《周禮・夏官・射鳥氏》（四部叢刊正編，臺北市：臺灣商務印書館，1979年11月臺一版），卷七，頁32，總頁149。

〔註68〕見《周禮・夏官・射鳥氏》，卷七，頁31～32，總頁148～149。

〔註69〕見《周禮・秋官・翨氏》，卷十，頁7，總頁168。

1. 網羅捕鳥

以網捕鳥在《說文》有「羅」、「罻」、「罜」等字。

羅　《說文・网部》曰:「▨,㠯絲罟鳥也。从网从維。古者芒氏初作羅。」（頁
359）

「㠯絲罟鳥」也就是用網子捕鳥。《詩經・小雅・鴛鴦》有「鴛鴦于飛,
畢之羅之。」〔註70〕而《詩經・王風・兔爰》亦有「有兔爰爰。雉離于羅。」
〔註71〕表現古代以網羅捕鳥之普遍。

「羅」字甲骨文作▨（乙四五〇二）、▨（甲二三六〇）等形,俱象隹在網
羅之中,然而一形从网,网在隹上;一形从畢,畢在隹下,兩者略有差異。商
承祚云:「凶象張網,▨象鳥形,▎象柄。」〔註72〕指的是後者▨;陳夢家亦云:
「天羅即張網于空中也。卜辭或省隹作▨,亦羅字。《說文》增系為羅,仍象
以網羅隹。」〔註73〕指的則是前者▨。這樣的捕鳥方式在《爾雅音圖》可以看
到。見圖。

圖 23　《爾雅・釋器》:「鳥罟謂之羅。」〔註74〕

〔註70〕見《詩經・小雅・鴛鴦》,卷十四,頁 7,總頁 103。

〔註71〕見《詩經・王風・兔爰》,卷四,頁 4,總頁 31。

〔註72〕見羅振玉考釋;商承祚類次:《殷虛文字類編》（臺北市:文史哲出版社,1979 年
10 月初版）,卷七,頁 15,總頁 228。

〔註73〕見陳夢家〈史字新釋補證〉,《考古學社社刊第五期》（1981 年上海書店據 1937 版
影印）。

〔註74〕圖片來源:〔晉〕郭璞:《爾雅音圖》,頁 51。

罻　《說文・网部》曰：「罻，捕鳥网也。从网尉聲。」段注曰：「王制注曰：
　　罻，小網也。」（頁 359）

此字不見於甲骨文，其形制或捕獵方法難以瞭解，然典籍之記載稍可供為
參考，《禮記・王制》曰：「鳩化為鷹，然後設罻羅。」〔註75〕鷹為高飛之鳥，
所以捕捉方法推測是採用「掛網」的方式，將網高掛在鷹可能飛行的路線，待
其自投羅網。

罜　《說文・隹部》曰：「罜，覆鳥令不得飛走也。从网隹。讀若到。」段注曰：
　　「网部有罩，捕魚器也。此與罩不獨魚鳥異用，亦且罜非网罟之類。謂家
　　禽及生獲之禽，慮其飛走而籠罜之。」（頁 145）

許慎此字以「覆鳥令不得飛走」釋之，而段氏認為此字乃指一種拘束被捕獲
之禽鳥或被豢養的家禽之牢籠。然而卜辭有「甲寅卜，乎鳴罜隻獲。」（甲三一
一二）可知這裡的「罜」字當是以罕畢之屬网鳥的意思，〔註76〕段氏之說不確。

2. 弋射捕鳥

《說文》有「雉」、「磻」、「斂」等字。

雉　《說文・隹部》曰：「雉，繳射飛鳥也。从隹弋聲。」段注曰：「經傳多假
　　弋為之。」（頁 145）

這是古代一種十分流行的捕鳥方法，雉射的作法，就是將縛了繩索的弓矢
射向天空，靠繩子來束縛飛鳥的頭項或羽翼來獲得獵物，〔註77〕而非直接以箭
頭射穿飛禽，從《新序・雜事》記載：「鴻鵠……脩其六翮，而陵清風。麃搖高
翔，一舉千里。自以為無患，與民無爭也。不知弋者選其弓弩，修其防翳，加
矰繳其頸。」〔註78〕可以得知，雉射就是以矰繳「加」之於飛禽頸項的方法。

〔註75〕見《禮記・王制》（四部叢刊正編，臺北市：臺灣商務印書館，1979 年 11 月臺一
　　　　版），卷四，頁 6，總頁 40。

〔註76〕見李孝定：《甲骨文字集釋》（臺北市：中央研究院歷史語言研究所，1974 年 10 月），
　　　　卷四，頁 1289。

〔註77〕見申永峰：〈將翱將翔　弋鳧與雁——漫談古代的弋射〉，載《尋根》2006 年第 5
　　　　期，頁 80。

〔註78〕見〔漢〕劉向：《新序・雜事》（四部叢刊正編，臺北市：臺灣商務印書館，1979
　　　　年 11 月臺一版），卷二，頁 10，總頁 12。

漢代石刻畫像與青銅器銘刻有一些雉射圖,是非常寫實的珍貴資料。

圖 24 弋射圖 河南南陽靳崗村漢墓〔註79〕

上圖出土於河南南陽靳崗村漢墓。上部是一群陣列飛行的禽鳥,下部的獵人其中一個以帶繩的弓箭縛住鳥頸,將鳥從天空拖下;另一個則手提獵物,表現出闊步昂首的得意樣貌,可謂栩栩如生。

圖 25 車馬獵紋壺 成都百花潭出土〔註80〕

〔註79〕圖片來源:申永峰:〈將翱將翔弋鳧與雁──漫談古代的弋射〉,頁81。

〔註80〕圖片來源:容庚、張維持:《殷周青銅器通論》(臺北市:康橋出版事業有限公司,1986年5月),頁120。

　　上圖更爲生動，除了可以看見獵人跪射的姿態，他們用來矰射的弓與短箭、以及繩索纏繞鳥頸的細節也都清晰可辨，有意思的是，獵人腳邊放置著一種半圓形的器具，繫著已被捕獲的飛鳥，防止他們帶著繩索逃脫。申永峰認爲這是一種較爲完善、類似轆轤的「磻」，用以牽制飛鳥、並可方便收拾繳繩。〔註81〕《說文·石部》有「磻」字：「磻，吕石箸矰繳也。从石番聲。」（頁 457）這就是矰射時綁在繳繩尾端的石頭。

　　正如段玉裁在「矰」字下所注：「經傳多假弋爲之。」「矰」字在典籍中多作「弋」，如《詩經·鄭風·女曰雞鳴》曰：「將翱將翔，弋鳧與鴈。」〔註82〕《左傳·哀公七年》曰：「曹鄙人公孫彊好弋，獲白鴈獻之。」〔註83〕《論語·述而》曰：「子釣而不綱，弋不射宿。」〔註84〕《呂氏春秋·功名》曰：「善弋者下鳥乎百仞之上，弓良也。」〔註85〕等等，這些都是弋射捕鳥相當有名的例子。

弋　　《說文·厂部》曰：「弋，橛也。象折木衺銳者形。厂象物挂之也。」（頁 633）

　　「弋」字金文作𢎺（農卣）、𢎼（致鼎），朱芳圃認爲：「字象橛形，今呼木椿，上象槎枒，丶所以固之。或以繫牲，或以縣物，用途甚廣。」〔註86〕「弋」字小篆作𢎺，本指椓於地上的木椿，用於繫物或繫牲。此字後來在典籍中大量被假借爲「弋射」義，因此其「木椿」之本義不顯，人們遂造「杙」字代之。如《詩經·周南·兔罝》「肅肅兔罝，椓之丁丁。」毛傳曰：「丁丁，椓杙聲也。」〔註87〕

　　張舜徽於「矰」字下補充曰：「以絲縷係矰仰射及之，散其絲縷以縛兩翼，使不得飛而下之也。」〔註88〕除了更進一步解釋了「弋射」的方法，也提到了

〔註81〕見申永峰：〈將翱將翔　弋鳧與雁——漫談古代的弋射〉，頁 82。

〔註82〕見《詩經·鄭風·女曰雞鳴》，卷四，頁 13，總頁 36。

〔註83〕見《左傳·哀公七年》，卷二十九，頁 13，總頁 253。

〔註84〕見《論語·述而》（四部叢刊正編，臺北市：臺灣商務印書館，1979 年 11 月臺一版），卷四，頁 7，總頁 30。

〔註85〕見《呂氏春秋·功名》，卷二，頁 11，總頁 17。

〔註86〕見朱芳圃：《殷周文字釋叢》（臺北市：臺灣學生書局，1972 年 8 月），卷中，頁 76。

〔註87〕見《詩經·周南·兔罝》，卷一，頁 9，總頁 5。

〔註88〕見張舜徽：《說文解字約注》，頁 978。

「散」這個字，謂弋射乃「散其絲縷以縛兩翼」，「散」字《說文·肉部》曰：「🝔，襍肉也。」〔註89〕（頁 178）襍肉與弋射無關，因之這裡的「散」字應當指的是「檆」字。

檆　《說文·隹部》曰：「🝔，繳檆也。从隹檆聲。一曰飛檆也。」（頁 145）

此字釋爲「繳檆」，方與繳射意思相符。段氏並且於「檆」字下注曰：「繳檆者，謂縷繫矰矢放散之加於飛鳥也。」已經將其意義補充得相當明白。

3. 鳥媒與套足捕鳥

所謂「鳥媒」捕鳥，就是利用相應的活鳥（包含同類的鳥，或者猛禽所獵的鳥），放在陷阱附近，引誘飛禽靠近並捕獲之。用鳥媒狩獵的方法多半配合其他技術一同使用，例如網罩、扣籠、套足等，以增加捕獲機率。

這樣以鳥媒誘捕飛禽的手段，《說文》記載有「囮」字。

囮　《說文·口部》曰：「🝔，譯也。从口化聲。率鳥者繫生鳥呂來之，名曰囮。讀若譌。🝔，囮或从繇。」（頁 281）

所謂「率鳥者」，就是捕鳥者；所謂「生鳥」，乃指活鳥。段注曰：「譯，疑當作誘。」（頁 281）可知這個方法是捕鳥者將活鳥繫住，用以引誘獵物。

段注又云：「媒者，少養雉子，至長呷人，能招引野雉，因曰之媒。」（頁 281）人類知道鳥類有群居的習性，因此自小馴養雉雞，利用其氣味或叫聲引誘或招來同類，可以當作捕獲野雉的手段之一。因此張舜徽云：「許以譯訓囮，謂效鳥語以招之也。……今語稱騙誘爲譌詐，當以囮爲本字。」〔註90〕補充說明了《說文》「讀若譌」之語。

利用鳥媒，只是使飛禽靠近，必須加上其他方法才能真正捕獲獵物。包括網羅、扣籠、套足等，其中套足相當有特色，且在中國古代被使用得很普遍。

古代典籍中，以鳥媒引誘，並套足捕鳥的方法被記載下來。例如《周禮·秋官·翨氏》記載：「翨氏掌攻猛鳥，各以其物爲媒而掎之，以時獻其羽翮。」鄭玄注曰：「置其所食之物於絹中，鳥來下則掎其腳。」〔註91〕所謂「所食之

〔註89〕案「散」解釋爲「襍肉也」，其取義乃來自於「檆」字，《說文·林部》：「檆，分離也。从林从攴。林，分檆之意也。」（頁 339）

〔註90〕見張舜徽：《說文解字約注》，頁 1695。

〔註91〕見《周禮·秋官·翨氏》，卷十，頁 7，總頁 186。

物」，到底指的是什麼，並未明言。然賈公彥疏曰：「云『各以其物爲媒』者，若今取鷹隼者，以鳩、鴿置於羅網之下，以誘之。」〔註92〕可知這裡的鳥媒是鷹隼平日狩獵的對象。除了以狩獵對象當鳥媒，也有以同類當鳥媒者。上文段玉裁引徐爰所謂「媒者，少養雉子，至長呷人，能招引野雉，因曰之媒」就是如此。

　　不用鳥媒，光以食物引誘的方法更是省事。查察民族學資料，雲南永寧摩梭人一般會在飛禽常常落腳的地方，釘上木樁，木樁上拴一根幾十公尺的繩索，結爲活套，並在地面撒上糧食，套住來吃糧食的飛禽。〔註93〕見圖。

圖26　摩梭人的鳥套〔註94〕

　　《說文・网部》有跟這種狩獵設計相應的字，即「羉」、「翼」兩字。

羉　《說文・网部》曰：「羉，网也。从网戀，戀亦聲。一曰縮也。」段注曰：
　　「糸部曰：戀，落也。落者，今之包絡字。羉网主於圍繞，故从戀。」
　　（頁358）

　　段玉裁提到所謂的「羉网」，就是套足之網。《周禮・秋官・翟氏》記載：「鳥來下則掎其腳。」〔註95〕就是將鳥足拖住使不得離開。徐中舒亦云：「□乃馬尾絲結成之圈套，以爲捕鳥之用。□字正象圈套纏絡鳥足形。故□乃羉之本

〔註92〕見《十三經注疏 周禮》（臺北市：藝文印書館，1997年8月初版十三刷），卷三十
　　　　七，頁3～4，總頁557。

〔註93〕見宋兆麟：《中國風俗通史 —— 原始社會卷》，頁367。

〔註94〕圖片來源：宋兆麟、馮莉：《中國遠古文化》（寧波市：寧波出版社，2004年12月
　　　　第一次印刷），頁73。

〔註95〕見《周禮・秋官・翟氏》，卷十，頁7，總頁186。

字。」〔註96〕即是以繩索環繞足部的方法捕捉飛禽。

與「羈」字相似的，還有「翼」字。

翼 《說文・网部》曰：「翼，网也。从网巽聲。𦊕，翼或从足巽。逸周書曰：不卵不翼，吕成鳥獸。翼者羈獸足，故从足。」（頁358）

「不卵不蹼，吕成鳥獸。」這段話，是在勸導人們對於自然山林的取用要有所節制，不要過量捕捉鳥類，更不要拿走牠們的卵，以保全其生存。由此可知，翼足捕鳥的方法在古代是相當普遍的，收穫量想必也很高。

（二）與捕鹿有關的字

野生鹿性喜水草，繁殖快速，加上習性溫和，一直都是先民喜愛捕獵的對象，甲骨文中的鹿字作 𩇥（甲三八二一）、𪉀（乙三〇八），生動表現出其分叉的鹿角。鹿類的皮、骨、角、肉都有利用的價值，然而在商周時代，捕鹿有另一層經濟考量，農民種植莊稼之處常是鹿類游食的地方，每每妨礙的農作的生長，因此農民多致力捕捉鹿群，以防作物受其破壞。《左傳・莊公十七年》就有「冬，多麋」的記載。〔註97〕

上文提過，「逐」字、「阱」字甲骨文都有從「鹿」者，卜辭也常提到「射鹿」，如「射鹿，獲一」（後上三〇、一三）以及「丙申卜，㱿，我其逐麋，獲。」（丙二九一）可見捕捉鹿類在先民時代十分普遍，方法也相當多元。漢代畫像石中，就有「逐」與「射」並行的捕鹿圖像，其中獵者持弓騎馬飛奔，以及鹿角的形象，都有生動的描繪，見圖。

圖27　田獵圖　陝西綏德出土〔註98〕

捕鹿專字反映在《說文》的是「麗」字。

〔註96〕見徐中舒：《甲骨文字典》，卷七，頁854。

〔註97〕見《左傳・莊公十七年》，卷三，頁11，總頁31。

〔註98〕圖片來源：吳曾德：《漢代畫像石》（臺北市：丹青圖書有限公司，1986年3月臺一版），頁180。

麗　《說文·网部》曰：「罻，罜麗也。从网鹿聲。」（頁359）

　　關於這個字，李孝定云：「麗爲魚罜，當仍由麋罜一義所引申，引申之義專行，遂別造『罜』字以當之。」〔註99〕李氏認爲此字本義是捕鹿的網罜，後來才引申爲小魚罜。

　　陳邦懷認爲「麗」字的甲骨文作 **（圖）**，云：「**（圖）**（前四、九）……此字從网從鹿省，當爲麗字。」〔註100〕徐中舒亦云：「**西**爲麋頭，麋爲鹿屬，故此字會以网冒挂鹿頭捕獸之意，當即《說文》之麗字。」〔註101〕陳徐二人認爲上部的「**西**」是鹿之省形。陳夢家則將此字直接隸定爲「罶」。〔註102〕

　　另外，有更多學者採用《爾雅·釋器》「麋罜謂之罘」之說，認爲此甲骨字形應釋爲「罘」，例如王國維云：「蓋麋鹿大獸，不能以网网其全身，但冒其頭已足獲之。此字正象以网冒鹿首之形，殆即爾雅罘字也。」〔註103〕然而《說文》未收「罘」字，李孝定認爲「罘」字乃後世別造的。

　　由此可知，此字專指捕捉鹿類而言，其方法乃是在鹿類常經過的地方，用網子或繩索設計一定高度的圈套，纏住鹿類的角，使之動彈不得，鄂倫春族的排套就是類似的設計，如圖。

圖28　鄂倫春族的排套〔註104〕

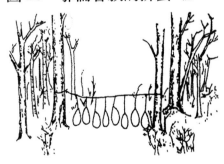

〔註99〕見李孝定：《甲骨文字集釋》，卷七，頁2564。

〔註100〕見《古文字詁林》，第七冊，頁129引陳邦懷《殷虛書契考釋小箋》。

〔註101〕見徐中舒：《甲骨文字典》（成都市：四川辭書出版社，1988年11月第一次印刷），卷七，頁855。

〔註102〕見陳夢家：《殷虛卜辭綜述》（北京市：中華書局，2004年4月北京第二次印刷），頁514。

〔註103〕見嚴一萍：《戩壽堂所藏殷虛文字攷釋》（臺北市：藝文印書館，1991年1月初版），頁265。

〔註104〕圖片來源：宋兆麟、馮莉：《中國遠古文化》，頁73。

（三）與捕兔有關的字

與鹿類相比，兔子繁殖力更加驚人，肉與毛皮亦有其經濟價值，因此一向也是先民喜愛獵捕的對象，然而俗語「狡兔三窟」，加上兔類奔跑迅速，在獵捕上也不甚容易，兔子之難追，從《說文》「逸」字之說解可見一斑，《說文・兔部》曰：「𨓼，失也。从辵兔。兔謾訑善逃也。」（頁 477）

為了提高兔子的獲取機率，人們發明了許多獵捕兔子的方法，有些民族會用大頭的短棒拋擲擊兔，避免了追逐的困難；有的使用絆腳索的方法，獲取活兔；有的則藉著訓練過的獵鷹或獵犬協助捕捉，〔註105〕如《詩經・小雅・巧言》記載：「躍躍毚兔，遇犬獲之。」鄭箋云：「犬，犬之馴者，謂田犬也。」〔註106〕。

《說文》也收了一些與捕兔相關之字，因應兔子的善奔習性，這些方式多屬於設網捕取，以逸待勞的方法。

罘　《說文・网部》曰：「𦉢，兔罟也。从网否聲。」段注曰：「隸作罘。」（頁359）

此字《古文字詁林》不錄甲骨文，然戴家祥云：「（𦥑）此字从网从畠，許書所無，以聲類互易求之，殆罘字也。」〔註107〕但此字不管偏旁从「不」、从「否」、或从「畠」，皆無所取義，〔註108〕戴家祥又云：「罜罤罠羅罘罧罿即一字之聲類互易例也。」〔註109〕李孝定更補充云：「兔罟為罘之說，當是後起形聲字。猶麋罟為罞、豕罟為羉，並屬後起。」〔註110〕並認為甲骨文中网下从兔从鹿从豕等字才是這些字的初文。

除了「罘」字，《說文》還有「罝」字。

〔註105〕詳宋兆麟：《中國風俗通史——原始社會卷》，頁 354～355，367～372。

〔註106〕見《詩經・小雅・巧言》，卷十二，頁 17～18，總頁 90～91。

〔註107〕見戴家祥〈釋甫〉，載《清華國學論叢》第一卷第四期（臺北市：臺聯國風出版，1973 年），頁 24。

〔註108〕《說文・見部》曰：「畠，蹲也。」（頁 233）；《說文・不部》曰：「不，鳥飛上翔不下來也。」（頁 590）；《說文・不部》曰：「否，不也。」（頁 590），此三字皆與釋為「兔罟」的「罘」沒有字義上的關連。

〔註109〕見戴家祥〈釋甫〉，載《清華國學論叢》第一卷第四期，頁 24。

〔註110〕見李孝定：《甲骨文字集釋》，卷七，頁 2567。

罝　《說文・网部》曰：「，兔网也。从网且聲。，罝或从組作。，籀文
　　从虘。」段注曰：「釋器、毛傳皆曰兔罟也。」（頁360）

「罘」、「罝」這兩字皆解釋爲捕兔之網。《詩經》更「兔罝」連用，有「肅
肅兔罝，施於中林」。〔註111〕

甲骨文中从网从兔的字，學者釋爲「罝」字。羅振玉云：「，象兔在罟下。
王氏國維謂即爾雅釋器『兔罟謂之罝』之罝。」〔註112〕商承祚云：「此从网兔，
當爲罝之本字。」〔註113〕

「罘」、「罝」這些捕兔用具，在《說文》中並未詳細敘述其使用方法與地
點，然從《詩經・周南・兔罝》所謂「肅肅兔罝，椓之丁丁」、「肅肅兔罝，施
於中逵」、「肅肅兔罝，施於中林」〔註114〕等文句，可以得知以網捕兔的方法，
就是在四通八達的道路，或者樹林中兔子時常經過之處，打上木樁，設立靠近
地上的網羅，兔子奔過即被纏住擒獲。正如張舜徽所云：「罝之言阻也，兔行至
是爲所阻，不得復進也。」〔註115〕。

圖29　《爾雅・釋器》：「兔罟謂之罝。」〔註116〕

（四）與捕彘有關的字

《爾雅・釋器》曰：「彘罟謂之羉。」〔註117〕《說文》未收此字。歷來字

〔註111〕見《詩經・周南・兔罝》，卷一，頁9，總頁5。

〔註112〕見羅振玉：《增訂殷虛書契考釋》（臺北市：藝文印書館，1981年3月四版），卷
　　　　中，頁50。

〔註113〕見羅振玉考釋；商承祚類次：《殷虛文字類編》，卷七，頁15，總頁228。

〔註114〕並見《詩經・周南・兔罝》，卷一，頁9，總頁5。

〔註115〕見張舜徽：《說文解字約注》，頁2037。

〔註116〕圖片來源：〔晉〕郭璞：《爾雅音圖》，頁51。

〔註117〕見《爾雅・釋器》，卷中，頁3，總頁12。

書皆從《爾雅》之說，將「羉」字釋爲「麑罟」、「豕網」或「麑網」等。〔註 118〕

甲骨文有（鐵四三、四）、（鐵一五二、一）等字形，商承祚云：「此字《說文》所無，从网从豕，當爲《爾雅・釋器》麑罟謂之羉之羉字。」〔註 119〕然李孝定云：「按字从畢从豕，而說文無畢部，从本書之例，此字又不能入豕部。姑隸定作䍗，次之於此。商釋羉，其意雖是，而逕釋爲羉則非。」〔註 120〕李氏認爲，此甲骨文的字形結構雖然能解釋爲《爾雅》「麑罟謂之羉」的「羉」字，然而光憑這點，商氏就將這個甲骨字形隸定爲「羉」字，乃有失謹慎之舉。

至於「羉」是怎樣的捕麑方法，《爾雅新義》記載曰：「羉使勿進焉。」〔註 121〕《爾雅義疏》則記載云：「網麑者，必罥其足。孟子云：『又從而招之。』趙岐注：『招，罥也。』亦謂罥其足也。」〔註 122〕可以得知，「羉」是一種纏住麑足，使其不能前進的方法。

清代學者嚴元照云：

> 釋文云：「羉本或作罠。」案說文网部無羉字。罠說文訓釣，亦非此義。疑當作䍘。說文：「䍘，网也。从网从繯，繯亦聲，一曰綰也。」孟子「又從而招之」，趙岐曰：「招，罥也。」罥即䍘字。說文所無。〔註 123〕

嚴氏主張「羉本作䍘」，「䍘」字在本文捕鳥一節曾經談過，段玉裁於「䍘」字注曰：「糸部曰：繯，落也。落者，今之包絡字。䍘网主於圍繞，故从繯。」（頁 358）是以纏繞並拖住鳥足的方法捕獲飛禽，這種機關若設置在走獸經過之路，亦能捕獲獵物。而要纏繞豕足，就要用絲線製成的網罟，這也是「羉」字从「䜌」

〔註 118〕《玉篇》、《廣韻》、《類篇》、《四聲篇海》等釋「麑罟」；《龍龕手鑑》釋「豕網」；《集韻考正》、《字彙》等釋「麑網」；《集韻》「麑罟」、「麑網」皆錄。

〔註 119〕見羅振玉考釋；商承祚類次：《殷虛文字類編》，卷七，頁 16，總頁 229。

〔註 120〕見李孝定：《甲骨文字集釋》，卷七，頁 2576。

〔註 121〕見〔宋〕陸佃：《爾雅新義》（叢書集成初編本，北京市：中華書局，1985 年新一版），卷七，頁 217。

〔註 122〕見〔清〕郝懿行：《爾雅義疏》（四部備要本，臺北市：中華書局，1966 年 3 月），卷中之二，頁 3。

〔註 123〕見〔清〕嚴元照：《爾雅匡名》（續修四庫全書，上海市：上海古籍出版社，2002 年 3 月第一次印刷），卷六，頁 4，總頁 255。

的原因，因此清代王闓運云：「毳，野豕，不可罟制，必繠其足也。繠从言絲，語不絕也。因謂挂罟爲繠。」〔註124〕

　　除了用網捕，還有許多捕豕的方法，如「逐」、「射」等，下文將會再進一步討論。

毳　　《說文・互部》曰：「毳，豕也。後蹏廢謂之毳。从互从二匕矢聲。毳足與鹿足同。」（頁461）

　　甲骨文有 ⟨象形⟩ 字（前四、五一、三），象箭矢穿過豕腹，學者釋爲「毳」，乃是以射獵捕獲之豬。從甲骨文來看，「毳」字到了小篆已有訛變，失其初形。

　　由於甲骨文中，毳的捕獲有賴於射獵，與飼養家中的豬不同，因此學者多將此字作「野豬」解。羅振玉云：「毳殆野豕，非射不可得，亦猶雉之不可生得。」〔註125〕王襄云：「契文之毳象豕著矢形，疑毳是野獸。」〔註126〕說野豕「非射不可得」在強調野豬性情凶猛，若靠近追捕會有危險，因此以矢所射之豬當爲野豬。

　　除了依字形解釋爲「野豕」之外，「毳」在卜辭中亦有「射獵」的意義。例如：

　　　　庚午卜，賓貞；田毳冤。（合集一一○正）

「田」字除了當作農田之外，也能解爲殷代狩獵之總稱。這句卜辭是說，貞人賓於庚午日卜問，「射毳」與「網兔」吉或不吉。因此可知「毳」除了當野豬，亦是狩獵方法的名稱。

第五節　從《說文》看古代狩獵的方法

（一）狩獵方法的分類問題

　　古代狩獵方法相當多元，在漫漫歷史中留下許多證據，學者們在分析卜辭、

〔註124〕見朱祖延主編：《爾雅詁林》（武漢市：湖北教育出版社，1996年11月第一次印刷），卷中，頁1955。

〔註125〕見羅振玉：《增訂殷虛書契考釋》，卷中，頁28。

〔註126〕見王襄：《古文流變臆説》（上海市：龍門聯合書局，1961年10月第一次印刷），頁67。

典籍或民族資料之後，對中國古代狩獵方法的分類意見有許多歧異，例如宋鎭豪云：

> 商代比較常用的狩獵手段有禽（擒）、狩（圍獵）、小狩（小規模圍獵）、射、焚、阱（設陷阱）、網、罟、衰（搏）、鲁（兜捕）、圍（幾人圍捕）、羅（設羅網）、彈（投石）、衣逐（合逐）等等。〔註127〕

然此分類顯然不夠明確，例如「狩」、「小狩」與「圍」這三者同是圍獵；「網」、「罟」、「羅」等三者又十分類似。以下再紹介其他說法。

宋兆麟將原始時代的狩獵方法分爲「標槍和石球」、「射獵」、「套夾和陷阱」、「動物捕獵」、「雞哨與鹿笛」等五大類，〔註128〕此分類主要是參考中國大陸偏遠民族還在使用的狩獵方法，與《說文》甚至甲骨文中的卜辭較無關連，因此本文不加以討論。

另外，陳紹棣參考《周禮》、《左傳》、《詩經》等典籍，將兩周的狩獵方法分類爲「車攻」、「犬逐」、「焚山」、「矢射」、「布網」、「設阱」、「弋射」等七類，〔註129〕已相當具體，然「弋射」僅施於鳥類，而「車攻」又往往輔之以「犬逐」，因此分類尚可再加以修正。

劉志成的分類則爲「石擊」、「箭射」、「網兜」、「單捕」、「陷阱」等五類，第一類「石擊」有相關考古證據（例如石球的大量出土），且古文字中亦有相關佐證與記載如「彈」字，然而應與箭射歸於同類，因此本文不多論述；而「單捕」必須與「逐獵」同步，因此名稱亦能加以修正。

許進雄的分類則有「阱」、「逐」、「焚」、「射」等四種，且強調每一種都有可能交互運用，例如許氏在「逐」法下云：

> 應用這種方式時，前頭應有坑陷或網羅在等待著。〔註130〕

然而其四大分類中已有「阱」一類，其說較不明確，且筆者以爲「網」這一方法雖可與「逐」共同運用，然而《說文》所載以網捕獵的資料甚爲豐富多元，且不一定必與「逐獵」共存，當獨立爲一種方法，因此許說亦有待商榷。

〔註127〕見宋鎭豪：《中國風俗通史——夏商卷》，頁152。

〔註128〕見宋兆麟：《中國風俗通史——原始社會卷》，頁354

〔註129〕見陳紹棣：《中國風俗通史——兩周卷》，頁434。

〔註130〕見許進雄：《中國古代社會》，頁57。

　　黃琳斌將狩獵方法分為「集體圍獵」、「焚田而獵」、「陷阱捕獸」、「弓箭射獵」、「網罟和機關捕獸」、「獵犬助獵」等六大類，〔註131〕然「集體圍獵」應該屬於狩獵的組織形式，也就是打獵的規模，與陳紹棣所談到「二人圍捕」是相對而言的。〔註132〕另外「獵犬助獵」則用在「逐獵」之上，因此黃氏之說亦可修正。

　　孫雍長的分類有八，各是「徒手捕捉」、「棍棒搏擊」、「弓矢射取」、「布設網罟」、「安置陷阱」、「投放誘媒」、「烈火焚攻」、「獵犬相助」等等，〔註133〕算是範圍相當完備，然筆者認為，其「徒手捕捉」分類中舉的字例「隻」（獲）與「隸」（逮），表現的是手中握住動物（鳥類或獸尾），不足以獨立出來作一種狩獵方法；「投放誘媒」，在前文曾提過，運用的時候與網罟或陷阱皆密不可分，因此亦不當自成一類；此外獵犬的使用多半與「逐獵」配合，因此可歸在逐獵之下。相關的討論分法甚多，以上僅舉若干學者說法。

　　對於古代狩獵的方法，不少學者不作完整的討論，多半只就其中數種提出意見，例如于廣海主編之《追溯文明的星河》一書對於狩獵方法僅提到「以石塊或弓箭射殺」一種；〔註134〕謝康在〈許氏說文所見中國上古社會生活〉一文中，對於狩獵提到的，有「射獵」、「羅網」、「陷阱」相關文字，可惜每一類著墨不多，僅作簡單說明而已。〔註135〕

　　從上面各家說法不一的情況來看，要明確定出狩獵方法的種類，的確有其困難，一方面是因為各家所取用的材料不同，另一方面是因為各種方法時有兼用的情形存在。本文主要討論對象為《說文解字》所收字，因此在檢視《說文》收字，並參考相關資料與說法，試著做出簡明的分類。

　　本文將《說文》中古代狩獵的方法大致分為四類，分別是「逐獵」、「射獵」、

〔註131〕見黃琳斌：〈周代狩獵文化述略〉，載《文史雜志》2000 年第 2 期，頁 40～42。

〔註132〕見陳紹棣：《中國風俗通史——兩周卷》，頁 435。

〔註133〕見孫雍長：〈從甲骨文看殷周時代的田獵文化〉，載《廣州大學學報——社會科學版》2007 年 1 月第 6 卷第 1 期，頁 77～80。

〔註134〕見于海廣主編：《圖說考古——追溯文明的星河》（濟南市：齊魯書社，2006 年 3 月第二次印刷），頁 15～16。

〔註135〕見謝康：〈許氏說文所見中國上古社會生活〉，載《中山學術文化集刊》第四集，民國 58 年 11 月，頁 143～144。

「網獵」、「阱獵」，其中「逐獵」範圍甚大，還包括了古代流行的「犬助」、「單捕」、「火攻」等等。以下試論之。

（二）逐　獵

在古代發明網罟陷阱、運用車馬弓箭之前，打獵靠的是徒步追蹤，對於行動較慢的動物，當然容易鎖定目標；而對於善於奔走或藏匿的動物，就常常要靠足跡氣味的辨識來加以追尋，《説文》也記載了一些相關的文字，如「逐」、「采」、「番」、「厽」、「瞳」、「臭」、「單」、「獵」等等。

1.「逐」字與狩獵

逐　《説文·辵部》曰：「𨓯，追也。从辵豕省聲。」段注曰：「按鉉本作从豚省，鍇本韻會作豕省。二字正『豕省聲』三字之誤也。」（頁74）

其實考察甲骨文或金文，都沒有「从豚省」或「豕省」或「豕省聲」的情形，因此「逐」字釋形當作「从辵从豕」。

許慎以「追逐」互訓，兩字意義相近，然依據楊樹達考訂，「追」、「逐」二字在甲骨卜辭中本義有別，楊氏云：

> 甲文追字作𠂤，象師在前而人追逐之，蓋追字用於戰陳，見追者必為人也。……甲文逐字作𧿧，象豕在前而後有逐之者。亦別有从犬从兔與从鹿者，或云與逐為一字，未知信否。逐字本專用於狩獵，見逐者乃禽獸而非人，故與追為追人者不同。然則二字用法之殊，由於二字構造之本異。〔註136〕

楊氏之說甚是，另外還舉了一些卜辭例子做為佐證，例如：「乙巳卜，出貞，逐六馬，禽？」（後上、三十、十）這裡講的是逐馬；「今夕隻？王其坒逐鹿。」（前三、三二、五）這裡講的是逐鹿；還有講逐兔者，「□子卜，翌辛丑，王逐兔？」（前六、四九、六）以上所「逐」者皆是動物。

另外，卜辭還有「癸未卜，賓貞，由禽坒。追羌？」（前五、二七、一）以及「貞乎追寇，及？」（鐵一一六、四）所謂「追羌」、「追寇」指的都是追擊敵人。由此可知在殷商卜辭時代，「逐」字用於追擊獵物，「追」字用於追蹤敵人，

〔註136〕見楊樹達：〈釋追逐〉《積微居甲文說》（臺北市：大通書局，1974年3月再版），卷上，頁15～16。

這兩字的用法大致上是劃然不紊的。

「逐」字甲骨文作（甲二三一八）、（前六、四六、三）等形，羅振玉云：「象獸走壙而人追之，故不限何獸。」〔註 137〕「不限何獸」除了表現在字形方面，也表現在卜辭內容裡，如：

其西逐有麋□巛畢。（合集二八三五六）

王其逐兕隻弗歨兕隻豕二。（合集一九〇正）

庚申卜，𣪊貞乎逐兔。（合集一七七二正）

以「逐獵」所獲的獸類種類甚多，有豕、兕、鹿、麋、麑、兔等等，越到後來規模也越大，常動用眾人，以車馬或獵犬包圍追逐，並配合陷阱、弓箭、网罟等等，成爲古代相當重要的狩獵方法之一，更是古代上位者的生活樂趣，也往往成爲君王放蕩逸樂的原因之一，《史記》記載：「陛下逐走獸，射蜚鳥，弘游燕之囿，淫縱恣之觀，極馳騁之樂，自若也。」〔註 138〕

2. 禽獸足跡的追蹤

原始的逐獵，常常需要追蹤獵物的腳印，以辨別獵物的種類、大小以及行經路線，《說文》收有「釆」、「番」、「厹」、「疃」等字。

釆　《說文・釆部》曰：「，辨別也。象獸指爪分別也。凡釆之屬皆从釆。讀若辨。，古文釆。」（頁 50）

此字甲骨文作（粹一一二）、（甲八七五），與小篆差別不大，正如許慎所說，象野獸指爪分明的樣子。李孝定釋「釆」字云：「卜辭作，與小篆形近，疑與番爲一字，並象蹏迒之迹。」〔註 139〕

番　《說文・釆部》曰：「，獸足謂之番。从釆，田象其掌。，番或从足从煩。，古文番。」段注曰：「下象掌，上象指爪，是爲象形。」（頁 50）

「番」字下所从的「田」，許慎認爲是象掌之形，歷來學者也多主此說，孫雍長提出解釋：「『番』即『釆』，大概因爲甲骨文『釆』與『米』形近易混，所

〔註 137〕見羅振玉：《增訂殷虛書契考釋》，卷中，頁 70。

〔註 138〕見《史記・平津侯主父列傳》，卷一百一十二，頁 2957。

〔註 139〕見李孝定：《甲骨文字集釋》，卷二，頁 285。

以才在『釆』字下加一獸掌之形以強調原來的構形之意。」〔註140〕然而有學者持反對意見,林義光云:「釆已掌指爪,其下不當復象掌形,从田者獸足所踐處也。」〔註141〕林氏認爲「番」字所从之「田」就是野獸踐踏之處,也就是「田獵」之「田」。戴家祥《金文大字典》亦從林氏這個說法。這種解釋表現出先民對於追蹤禽獸足跡與田獵的關聯實爲重視。

另外談到動物足跡的字,還有「厹」與「疃」字。

厹　《説文・厹部》曰:「厹,獸足蹂地也。象形,九聲。尒疋曰:狐貍貛貉醜,其足蹯,其迹厹。凡厹之屬皆从厹。蹂,篆文厹。从足厹聲。」(頁746)

「尒疋」即「爾雅」。許慎以野獸踐踏地面解釋,並認爲「厹」爲从「九」聲的形聲字,王筠曰:「蹯之古文作番,象獸掌也。以番而印於地,豈一𠃌足以象之哉?其外必有匡郭,其內必有凹凸。故厹之內以象其指迹,外以象其圻鄂,乃爪所擢畫也。」〔註142〕認爲此字爲象形,本義爲獸足蹂地。林義光亦認爲此字象形,並云:「古作屮(虢叔鍾　萬字偏旁)、作屮(禹敦　禹字偏旁)……,又變作屮(禽彝　禽字偏旁)。」〔註143〕補充了三個在偏旁裡的字形。

疃　《説文・田部》曰:「疃,禽獸所踐處也。詩曰:町疃鹿場。从田童聲。」(頁704)

野獸踐踏地面爲「厹」,野獸所踐踏的地方則爲「疃」,《詩經・豳風・東山》曰:「町疃鹿場。」〔註144〕講的是被鹿群踐踏過的地方,其實「疃」泛指一般禽獸所踩之處,因此段玉裁曰:「本不專謂鹿,詩則言鹿而已。」(頁704)

古人藉由辨別獸足鳥跡來追蹤獵物,因此對於山林中的足跡檢視特別敏銳,甚至傳說其與文字的初創有關,段注「釆」字云:「倉頡見鳥獸蹏远之迹,知文理之可相別異也,遂造書契。釆字取獸指爪分別之形。」(頁50)當然此

〔註140〕見孫雍長:〈從甲骨文看殷周時代的田獵文化〉,載《廣州大學學報——社會科學版》,頁76。

〔註141〕見林義光:《文源》,卷一,頁11。

〔註142〕見〔清〕王筠:《説文義證》(北京市:中華書局,1987年12月北京第一次印刷),卷十一,頁21,總頁257。

〔註143〕見林義光:《文源》,卷四,頁8。

〔註144〕見《詩經・豳風・東山》,卷八,頁7,總頁63。

說僅屬傳聞，然而也可以見到古人對於獸蹄鳥跡的辨識是十分重視的，因此古代甚至有專門負責偵察和通報禽獸行蹤的田獵小吏，《周禮·地官》就有「迹人」一職。〔註145〕

3. 獵犬的運用

古人經由辨識禽獸的足跡來確定動物移動的方向或數量，然而要真正追蹤或靠近獵物，還是得利用其他手段，獵犬的運用就是最有效的手段之一。早在舊石器時代晚期，人們就將犬隻應用在狩獵之中，犬隻的敏銳嗅覺、靈活身手，以及容易馴養等等優點，都是在狩獵中極為有利的條件，除了能追逐獵物，也能保護獵人。在中國目前的考古發現中，明顯地區別於狼而接近現代家犬的遺骸，出土於河南舞陽賈湖遺址（距今九千年左右），有十一條狗被分別葬在居住地與墓地裡，稍晚的河北武安磁山、河南新鄭裴李崗、浙江餘姚河姆渡等遺址也都有出土狗的骨骼。〔註146〕

古代典籍裡也有關於獵犬的記載，如《詩經·齊風·盧令》所謂的「盧令」，就是指獵犬頸中所繫的鈴鐺聲；〔註147〕另外《詩經·秦風·駟驖》所謂「輶車鸞鑣，載獫歇驕。」毛傳曰：「獫歇驕，田犬也。長喙曰獫，短喙曰歇驕。」〔註148〕不僅僅提到古人以犬為獵的習慣，更早已將犬隻以外型作簡單分類了。「歇」字《說文》作「猲」，「驕」字《說文》作「獢」，《爾雅·釋畜》曰：「長喙獫，短喙猲獢。」〔註149〕，《詩經》音近訛變為「歇驕」，已失本義。

犬隻在狩獵活動中的重要性，亦可以從《說文》犬部所收許多與狩獵相關的字來加以瞭解。如「獸」、「狩」、「獵」、「獲」、「臭」等等。

獸　《說文·嘼部》曰：「嘼，守備者也，一曰兩足曰禽，四足曰獸。从嘼从犬。」
　　（頁 746〜747）

〔註145〕《周禮·地官·迹人》：「迹人掌邦田之地政，為之屬禁而守之，凡田獵者受令焉，禁麛卵者·與其毒矢射者。」疏曰：「迹人主迹，知禽獸之處，故知掌邦田之地政。」見《十三經注疏　周禮》，卷四，頁 37，總頁 78。

〔註146〕詳見于海廣主編：《圖說考古——追溯文明的星河》，頁 48。

〔註147〕《詩經·齊風·盧令》：「盧令令。」毛傳曰：「盧，田犬；令令，纓環聲。」見《詩經·齊風·盧令》，卷五，頁 6，總頁 42

〔註148〕見《詩經·秦風·駟驖》，卷六，頁 10，總頁 51。

〔註149〕見《爾雅·釋畜》，卷下，頁 16，總頁 27。

狩　《說文·犬部》曰：「㹬，火田也。从犬守聲。易曰：明夷于南狩。」
　　（頁 480）

　　「獸」、「狩」二字一爲會意一爲形聲，許愼說解亦有不同，看似是兩個無關的字。然「狩」字甲骨文作 𢁿（鐵一〇、三），「獸」字作 𤝣（前六、四九、五）作 𤝪（佚九二六），都是从犬从單，學者主張二者關係密切。羅振玉云：「商人卜辭中狩獵字皆作 𤝣 𤝪 𤝪 諸形。即狩之本字，四足而毛爲獸，乃後起之義。」〔註150〕楊樹達亦云：「獸蓋狩之初文也，……獸爲會意字，變爲形聲之狩。」〔註151〕楊氏認爲，古代的「獸」字代表打獵之義，後來此義爲後起「狩」字所獨佔，而「獸」字卻只具後起的禽獸之義。

　　「火田」，指的是古代焚田爲獵的活動，古代獵人以焚燒森林來驅趕野獸，並帶著獵犬、手持武器進行狩獵。

獵　《說文·犬部》曰：「㹱，放獵，逐禽也。从犬巤聲。」（頁 480）

　　此字說解有些分歧，段注《說文》與《說文解字義證》和《說文通訓定聲》等皆云「放獵逐禽」；《說文句讀》云「校獵逐禽也」〔註152〕，唯《說文解字繫傳》作「畋獵也，逐禽也。」〔註153〕無論何者爲是，「獵」字本有「逐禽」之義，其又从犬，可知此字意味著利用獵犬從事逐獵的活動。

　　以獵犬逐獵，除了倚賴其靈活矯健的身手、忠心勇敢的個性之外，最重要的就是犬隻靈敏的嗅覺，能正確判斷獵物行經路線與藏匿地點，使獵人事半功倍。《說文》有「臭」字。

臭　《說文·犬部》曰：「臭，禽走臭而知其迹者犬也。从犬自。」段注曰：「走
　　臭猶言逐氣，犬能行路蹤迹前犬之所至，於其气知之也。」（頁 480）

〔註150〕見羅振玉：《石鼓文考釋》（叢書集成三編：臺北市，新文豐出版社，1997 年 3 月
　　　　臺一版），箋四，總頁 559。

〔註151〕見楊樹達：〈釋獸〉《積微居小學述林》，卷二，頁 66。收《金文文獻集成》第三
　　　　十六冊。

〔註152〕見〔清〕王筠：《說文句讀》（北京市：中華書局，1988 年 7 月北京第 1 次印刷），
　　　　卷十九，頁 23，總頁 377。

〔註153〕見〔南唐〕徐鍇：《說文解字繫傳》（北京市：中華書局，1998 年 12 月第二次印
　　　　刷），卷十九，頁 10～11，總頁 198。

段氏於「禽走臭」句讀,「走臭」解釋為「逐氣」,未及「禽」字意義,難以理解。王筠《說文句讀》於「禽走」斷句,可解釋為禽獸趨走,能倚靠嗅覺而知其行蹤的,即是犬。〔註154〕王氏之說較為合理。由此可知,犬的靈敏嗅覺早為古人發覺,並且在狩獵時運用於追蹤獵物。

4. 持單狩獵

除了辨識足跡、追蹤氣味外,獵人手上也會攜帶棍棒類的工具,除了可攻擊獵物,亦可自衛,後來為增加殺傷力,有的會在棍棒前端繫以尖狀物。前文提過,「獸」、「狩」等字的古文皆表現出持單狩獵的樣貌,另外在《說文》中還有「單」字。

單　《說文‧吅部》曰:「單,大也。从吅甲,吅亦聲。闕。」(頁63)

許慎以音訓解釋「單」為「大」,於其字形無法得到「大」義。查察其古文字,甲骨文作 (乙一〇四九)、作 (京津一四二四),金文作 (單異簋)、作 (王盉),與許氏所謂「从吅甲」的說解有出入,魯實先先生云:「單……乃旃之象形,上象旒鈴,中象輻柄,是即旃之初文。」〔註155〕又云:「單所以率眾,故自單而孳乳為獸。」〔註156〕認為「單」字乃旌旗初文,用以率眾行事,包括戰爭與狩獵活動。

丁山舉許多證據,說明「單」、「干」為古今字,姜亮夫更進一步說「單蓋即干之孳乳而繁變者也」〔註157〕,在說解單字古文字時云:

> 凡此諸文,或以書體之有繁簡,或以事變之有今古,稍有差池,而其胎元,皆本之于丫,則無稍變,丫者蓋又干戈最初之形,古者銅鐵之利未興,民皆斬木以搏禽獸,山地大野,近以禦獸者,多歧兩頭,所以為糾絞,使獸不易近身也。〔註158〕

〔註154〕見〔清〕王筠:《說文句讀》,卷十九,頁23,總頁377。

〔註155〕見魯實先:《文字析義》(湖南省:魯實先全集編輯委員會,1993年6月初版),頁19。

〔註156〕見魯實先:《文字析義》,頁21。

〔註157〕見《古文字詁林》第二冊,頁170引姜亮夫:〈釋單〉,載《學藝雜誌》第十八卷九、十一號。

〔註158〕見《古文字詁林》第二冊,頁170引姜亮夫:〈釋單〉,載《學藝雜誌》第十八卷

伍仕謙亦云：

> 此字原象古代狩獵而用的武器。Ｙ，竿上有杈杈端縛石刀，Ｙ下的
> ⊐，表示縛杈的繩索。……Ｙ是武器又是獵具，可以打仗，可以狩
> 獵。〔註159〕

可知「干」、「單」兩字表現出一種原始器具。魯實先先生認爲乃是旌旗之形，用以召喚群眾進行狩獵或戰爭；姜亮夫與伍士謙則認爲乃是竹木所製，用以防禦與攻擊的武器。先民在與禽獸搏鬥時，很自然地會取樹枝做爲武器，此即《呂氏春秋》所謂的「剝林木以戰」〔註160〕，可作爲後者之說的輔助證據。

5. 以焚爲獵

在古代，大規模的逐獵往往伴隨著焚獵，所謂焚獵，就是焚燒一定範圍內的山林田野，使藏匿其中的禽獸四處逃竄，此時獵者再輔以射擊、羅網、陷阱等手段，以捕獲更多的獵物。《説文》有幾個字與焚獵有關。

焚　《説文·火部》曰：「燓，燒田也。从火林。」（頁488）

王筠曰：「謂燒宿芔以田獵也。」〔註161〕其實他所謂的宿草，也包括林木，李民云：「焚即焚林而田，這種方法就是在山林草叢裡四周放火，使野獸燒死或無處藏身而四處奔突。」〔註162〕簡單解釋了焚獵的方法。

「焚」字的字形自古變化不大，甲骨文作𤆍（乙四九九五），金文作𤇾（多友鼎），小篆作燓，皆是从林在火上，表現焚燒山林的情狀。早在殷商卜辭中，就有以焚爲獵的紀錄：

> 翌癸卯其焚，擒？癸卯允焚，獲兕十一，豕十五，虎四，麑二十。（合集一九四）

> 翌，戊子焚于西？（合集一四七三五正）

除了「焚」字，「燎」字也與焚獵有關。

九、十一號。

〔註159〕見《古文字詁林》第二冊，頁178～179引伍仕謙：〈甲骨文考釋六則〉，載《古文字研究論文集》，四川大學學報叢刊第十輯。

〔註160〕見《呂氏春秋·蕩兵》，卷七，頁3，總頁41。

〔註161〕見〔清〕王筠：《説文句讀》，卷十九，頁37，總頁384。

〔註162〕見李民：《殷商社會生活史》，頁196。

燎　《說文・火部》曰：「爒，放火也。从火尞聲。」（頁489）

　　《詩經・小雅・正月》曰：「燎之方揚。」鄭箋云：「火田爲燎。」〔註163〕可知「燎」字亦爲焚獵，因此徐灝認爲「燎」之本義爲「燒田」。〔註164〕吳其昌云：「『燒田』之義，蓋謂烈山澤而焚之，以駭百獸，乃從而驅獲之也。」〔註165〕

　　殷代以降，焚燒山林就是相當普及的活動，《詩經・大雅・旱麓》曰：「瑟彼柞棫，民所燎矣。」鄭箋云：「人燒燎，除其旁草。」〔註166〕另外《詩經・鄭風・大叔于田》曰：「叔在藪，火烈具舉。」〔註167〕《管子・揆度》曰：「燒山林，破增藪，焚沛澤，逐禽獸，實以益人。」〔註168〕等，表現出焚獵在古代被普遍使用的情形。

　　《周禮》也設有與焚獵相關的官職，〈秋官・穴氏〉曰：「穴氏掌攻蟄獸，各以其物火之。」〔註169〕穴氏這種官職，專門捕取秋冬蟄伏的野獸，依照牠們不同的習性用不同的焚法捕獲之。

　　焚獵這種活動到後代規模愈大，捕獲量愈多，從上述甲骨卜辭「獲兕十一，豕十五，虎四，麂二十」可以想見。到了後來漸有節制保護的觀念產生，如《禮記・月令》曰：「毋竭川澤，毋漉陂池，毋焚山林。」〔註170〕《禮記・王制》曰：「昆蟲未蟄，不以火田。」〔註171〕等等，都是在勸導人們不要過度使用這種破壞環境的狩獵方法。

　　由以上所述可知，古代逐獵雖然原始，但也有許多重要技巧的運用，不管是在辨識獵物足跡、運用獵犬搜尋、以火攻之，或者是手上所持的用具各方面，都展現出先民的生活智慧。

〔註163〕見《詩經・小雅・正月》，卷十二，頁5，總頁84。

〔註164〕見〔清〕徐灝：《說文解字注箋》（臺北市：廣文書局，1972年4月初版），卷十上，頁3421。

〔註165〕見吳其昌：《殷虛書契解詁》（臺北市：文史哲出版社，1971年1月初版），頁351。

〔註166〕見《詩經・大雅・旱麓》，卷十六，頁10，總頁118。

〔註167〕見《詩經・鄭風・大叔于田》，卷四，頁10，總頁34。

〔註168〕見《管子・揆度》（四部叢刊正編，臺北市：臺灣商務印書館，1979年11月臺一版），卷二十三，頁3，總頁137。

〔註169〕見《周禮・秋官・穴氏》，卷十，頁7，總頁186。

〔註170〕見《禮記・月令》，卷五，頁5，總頁48。

〔註171〕見《禮記・王制》，卷四，頁6，總頁40。

（三）射　獵

除了以逐爲獵的方法之外，古代也流行射獵。射獵與逐獵相比，能夠遠距離獵物攻擊，避免被獵物發現，也降低了獵人被猛獸傷害的風險，是古代相當重要的狩獵方法。

距今兩萬多年前，舊石器時代晚期的山西峙峪遺址就有石鏃的出土。劉志成云：「竹、木製作更容易，現代少數民族竹、木箭頭應用更爲普遍，所以弓箭的發明應比石鏃的出現早得多。」〔註172〕「弓」以竹或木製成，在運用上比其他狩獵方法更需要精確的技術與長時間的練習，但弓箭使得單人狩獵的成功率大增，風險也大爲降低。

在弓箭之前，先民利用石球、石彈之類的武器攻擊獵物，後來漸漸發展爲彈弓與弓箭，兩者差別在於前者發射的是彈丸，後者發射的則是箭矢。弓箭發展到更進步之後，又出現了所謂的「弩」，弩改善了弓箭的一些如射程較短、力量較小、一人只能操作一弓等缺點，讓狩獵工具往前邁進了一大步。

除了考古發掘有射獵的證據，甲骨卜辭也有殷人射獵的相關記載：

　　射鹿？獲一。（後上三〇、一三）

　　射有咒？……擒有咒？（寧一三八七）

《說文》對於射獵的收字，上文已有一些討論，包括「叉」、「鏢」、「矢」、「射」、「惟」、「磻」、「歡」、「銳」等字，還包括一些出土文物的圖片。以下進一步補充說明。

「射」字甲骨文作作🏹（甲五、五五）、🏹（菁七、一），俱象箭在弦上；金文更加生動，如🏹（靜簋）、🏹（鬲攸比鼎），作一手拉弓，蓄勢待發之狀，小篆作「𨥨」，原本從弓的部分訛變作「身」，已失原意。吳大澂云：「射象手執弓矢形，小篆從身從寸，非是。」〔註173〕

古代典籍中多有以射爲獵的記載，如《詩經·小雅·吉日》日：「既張我弓，既挾我矢，發彼小豝，殪此大咒。」〔註174〕講的是獵者挾著矢，張著弓，

〔註172〕見劉志成：《文化文字學》（成都市：巴蜀書社，2003 年 5 月第一次印刷），頁276。

〔註173〕見〔清〕吳大澂：《說文古籀補》（臺北市：臺灣商務印書館，1968 年 12 月臺一版），卷五，頁81。

〔註174〕見《詩經·小雅·吉日》，卷十，頁12，總頁77。

箭一發就能制伏犯豕或犀兕。《呂氏春秋・情欲》也記載：「荊莊王好周遊田獵，馳騁弋射。」〔註175〕講的是楚莊王喜愛騎馬射獵於田野之間。《周禮》更有「射人」、「射鳥氏」、「司弓矢」、「弓人」等職稱，可以見到當時對弓矢之事的重視。

　　除了「射」字，《說文》還有「弓」、「矢」、「彈」、「侯」、「弩」等相關字。

弓　《說文・弓部》曰：「弓，窮也。吕近窮遠者。象形。古者揮作弓。周禮六弓，王弓弧弓，吕躲甲革甚質；夾弓庾弓，吕躲干侯鳥獸；唐弓大弓，吕授學躲者。凡弓之屬皆从弓。」（頁645）

　　「弓」字甲骨文作𐊃（甲二五○一）、𐊃（乙一三七）；金文作𐊃（父庚卣）、𐊃（伯晨鼎），或有弦或無弦，字形差別不大。一開始弓只用在狩獵跟戰爭，後來禮制方面也有運用，依照身分地位以及射擊對象之不同，而有所謂的「六弓」。

矢　《說文・矢部》曰：「矢，弓弩矢也。从入，象鏑栝羽之形。古者夷牟初作矢。凡矢之屬皆从矢。」（頁228）

　　「矢」字甲骨文作𐊃（前四、五一、三）、𐊃（甲三一一七），金文作𐊃（盂鼎二），都象箭頭、箭身、箭羽之形，桂林有骨鏃的出土，如圖。

圖30　桂林甑皮岩遺址骨鏃〔註176〕

　　桂林甑皮岩遺址出土的這個骨鏃，形狀與甲骨金文「矢」字之的箭頭部分很相像，與陶文𐊃（古陶文字徵一、三三）更是類似，可知「矢」就是弓箭的箭頭部分。

〔註175〕見《呂氏春秋・情欲》，卷二，頁8，總頁15。

〔註176〕圖片來源：賈蘭坡、杜耀西、李作智：《中國史前的人類與文化》，頁123。

　　矢的銳利與否是決定殺傷力強弱的關鍵之一，因此古代多以石頭、骨角、貝殼之類的堅硬材質製作箭頭，安裝在竹或木製的箭身上，到後來才用金屬來製作，這也是為什麼在出土文物裡，總是找不到弓與箭身，而只能找到箭頭的原因。

　　在弓矢形制精良、獵手技術進步之後，人們更有可能利用弓箭捕取凶猛或大型的獵物，漢代畫像磚就有騎馬奔馳，以弓箭獵虎的生動描繪，見圖。

圖 31　獵虎圖　鄭州〔註 177〕

　　以弓矢狩獵的方式一直到現代還被世界各地的偏遠部落民族普遍使用著，且其形制與使用的方法從古至今並沒有太大的改變，見圖。

圖 32　大洋洲摩尼族所用的弓與箭〔註 178〕

〔註177〕圖片來源：周到、呂品、湯文興 等著：《河南漢代畫像磚》（臺北市：丹青圖書有限公司，1986 年臺一版），頁 46。

〔註178〕圖片來源：日本學習研究社：《世界民族大觀——大洋洲》，頁 63。

其實在弓箭之前，古人也常以石製彈丸射擊獵物，距今三到六萬年前的山西許家窯遺址裡，就出土了許多大小不一的石球，據學者統計，竟達一○九五個之多，有的已經製作的很圓潤了。至於這些石球的用途，賈蘭坡認為可配合絲繩或獸皮，當作飛石索來攻擊獵物。〔註179〕另外，中國的古人更喜以彈丸捕殺鳥雀，《莊子》有螳螂捕蟬，黃雀在後，人又持彈丸伺機而動的寓言。

圖33 許家窯的石球〔註180〕

彈　《說文‧弓部》曰：「彈，行丸也。从弓單聲。𫺇，或說彈从弓持丸如此。」（頁647）

「彈」字甲骨文作 𓏢（前五、八、四）、𓏢（乙四○六五），象弓上一彈欲發之狀，與段注《說文》所收或體「弓」字相類。王襄云：「契文之彈象丸在弦之上，與矢在弦上為射之誼相同。」〔註181〕張舜徽亦云：「彈之言投也，謂藉弓弦以投擲物也。」〔註182〕可知彈丸除了能以飛石索的型態攻擊獵物之外，也能以弓弦來瞄準與射擊，「彈」字的甲骨文就是證據。

從古文字與典籍，只能看出彈弓大概的形制與射擊對象，然而從一些民族學的資料，則能見到彈弓的使用方式與弓箭十分類似，差別僅在一用「彈」，一用「箭」而已，下圖右側的人正在使用彈弓。可以見到彈弓與弓箭的持弓方式是一樣的。

〔註179〕詳見賈蘭坡、杜耀西、李作智：《中國史前的人類與文化》，頁70。

〔註180〕圖片來源：賈蘭坡、杜耀西、李作智：《中國史前的人類與文化》，頁69。

〔註181〕見王襄：《古文流變臆說》，頁74。

〔註182〕見張舜徽：《說文解字約注》，頁3366。

圖 34　南亞巴利亞民族用的彈弓和弓箭〔註 183〕

侯　《說文·矢部》曰：「𥎦，春饗所射侯也。从人，从厂象張布，矢在其下。

天子射熊虎豹，服猛也。諸侯射熊虎，大夫射麋麋，惑也。士射鹿豕，爲

田除害也。其祝曰：毋若不寧侯，不朝于王所，故伉而射汝也。𥏪，古文

侯。」（頁 229）

　　許慎對此字的說解源自《周禮》，〔註 184〕這已經是後代與禮義相關的引伸

義，「侯」字甲骨文作𥎦（甲二二九二），金文與甲骨文字形相類，作𥎦（康侯

簋），象射侯張布著矢之形，本義是箭靶。楊樹達云：「蓋草昧之世，禽獸逼人，

又他族之人來相侵犯，其時以弓矢爲武器，一群之中，如有強力善射之士能保

衛其群者，則眾必欣戴之以爲雄長。古人質樸，能其事者即以其事或物名之，

其人能發矢中侯，故謂之侯也。」〔註 185〕此說結合古代生活情狀，頗能得「侯」

字古意。

〔註 183〕圖片來源：日本學習研究社：《世界民族大觀——印度與希馬拉雅》，頁 52。

〔註 184〕《周禮·天官·司裘》曰：「王大射，則共虎侯、熊侯、豹侯，設其鵠：諸侯則共熊

　　　　侯、豹侯：卿大夫則共麋侯，皆設其鵠。」見《周禮·天官·司裘》，卷二，頁 22，

　　　　總頁 32。

〔註 185〕見楊樹達：〈矢令彝三跋〉《積微居金文說》（臺北市：大通書局，1974 年 3 月再

　　　　版），卷一，頁 24。

弩　　《説文・弓部》曰：「弩，弓有臂者。从弓奴聲。周禮四弩：夾弩、庾弩、
　　　唐弩、大弩。」（頁647）

　　所謂「弓有臂」，乃指弩比弓多了一個「臂」，即下圖中的「弩身」部分。

圖35　弩的各部名稱圖〔註186〕

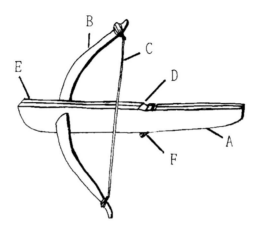

A.弩身　B.弩担　C.弩弦　D.弩弦扣　E.箭槽　F.扳機

　　「弩」是在「弓」的基礎上發展而成，《吳越春秋》曰：「弩生於弓，弓生
於彈。」〔註187〕「弩」與「弓」的差別有二。第一，弩箭短於弓箭；第二，弓
使用靈活、輕便，製造容易，射速快。弩命中率高，射程遠，貫穿力強。〔註188〕
弩最大的好處，是能夠長久拉弓，以確保瞄得準、射得遠。

　　要之，射獵本來是簡單地以石球石彈之類投擲獵物，後來進展到以弓箭、
弩箭加以射擊，大大增加狩獵的成功率，降低了獵人出獵的危險，是古代相當
重要的狩獵方法之一。

（四）網　獵

　　以網爲獵在「捕魚」一節已有說明，在「文字反映出的古人狩獵對象」一
節也有相關的討論，包括「网」、「網」、「罕」、「羅」、「罽」、「罼」、「纙」、「翼」、

〔註186〕圖片來源：羅鈺：《雲南物質文化——采集漁獵卷》，頁214。

〔註187〕見《吳越春秋・句踐陰謀外傳》（四部叢刊正編，臺北市：臺灣商務印書館，1979
　　　　年11月臺一版），卷下，頁44，總頁66。

〔註188〕詳錢暉：《中華弓箭文化》（新疆省：新疆人民出版社，2006年5月第一次印刷），
　　　　頁58。

「麗」、「罯」、「置」、「纙」等等。這些字於《說文》大多收入「网部」，以下不再重複論述。另外還有一些不在网部的相關字，如「禽」、「畢」、「離」等。

禽　《說文‧厹部》曰：「禽，走獸總名。从厹象形，今聲。禽离兕頭相侣。」
　　（頁746）

「禽」字甲骨文作 (鐵一三四‧三)、 (津京二五八)，都象有柄，可以手持的網子，乃是「擒」字之初文。李孝定云：

　　「罕」「禽」古通，……「罕」所以捕鳥獸，其捕獲之事爲動詞之禽，

　　其捕獲之物則謂之禽。[註189]

可知「 」字本象網形，以打獵的工具爲本義，當屬「网」部，後來引伸爲禽獲、禽獸等等。後來柄部形體訛變，又在上部增加聲符「今」，已失去其原形。

查察「罕」字之古文字形，金文有 (父丁觶)，也是象一長柄上端連接張開的網片之形，與「禽」字甲骨文構形相類。

畢　《說文‧華部》曰：「畢，田网也。从華象形。或曰田聲。」（頁160）

此字在甲骨文有作 (續存七五六)，謂「華」之重文；金文从田作 (段簋)，表示與田獵有關。

「畢」在古代不僅用以網鳥，還用來網羅各種動物。吳其昌云：「《說文》所云：『畢，田網也』者，謂狃獵時所用之網，非謂施于田間之網也。卜辭此字，正像狃獸時所執之網，故下施長竿，爲柄，以便及遠，又或增从手以持之矣。」[註190] 葉玉森云：「惟畢之爲用不僅網鳥，卜辭或云：『畢鹿』、或云『畢虎』、『狐畢』，或以畢馬。……考畢之初製，蓋僅用以網鳥，觀从手持可證。厥後擴而大之，乃如網羅，殷人仍謂之畢耳。」[註191] 除了說明「畢」字古文的構形，也說明「畢」一開始指的是手持的有柄小網，用以網鳥網雉，後來也包括了那些獵取大型動物的羅網。漢代畫像磚有用「畢」狩獵的，見圖。

[註189] 見李孝定：《甲骨文字集釋》，卷七，頁2560。

[註190] 見吳其昌：《殷虛書契解詁》，頁319。

[註191] 見葉玉森：《殷墟書契前編集釋》（臺北市：藝文印書館，1966年10月初版），卷
　　　　一，頁100。

圖36　孫家村畫象（部分）　山東汶上〔註192〕

「畢」在世界各地的各時代都普遍使用於狩獵、捕魚，更用以捕捉鳥類，愛斯基摩人到現在還有用「畢」直接網鳥的，見圖。

圖37　愛斯基摩人用「畢」捕捉海鳥〔註193〕

離　《說文·佳部》曰：「離，離黃，倉庚也，鳴則蠶生。从佳离聲。」（頁144）

許慎認為「離」是一種鳥名，查察其甲骨文作 ☐（前六、四五、四）、☐（甲二二七○），字形从佳在禽或畢上，羅振玉認為「離」「羅」古為一字，〔註194〕陳夢家則認為二字不同，云：「羅氏不知卜辭另有羅字，故于增訂殷虛攷釋中四九頁遂謂古羅離一字。」〔註195〕無論如何，從甲骨字形來看，「離」「羅」二字

〔註192〕圖片來源：《中央研究院歷史語言研究所藏　漢代石刻畫象拓本目錄》（臺北市：中央研究院歷史語言所，2002年12月初版），頁79。

〔註193〕圖片來源：日本學習研究社：《世界民族大觀——北美洲》，頁45。

〔註194〕詳羅振玉：《增訂殷虛書契考釋》，卷中，頁49。

〔註195〕見陳夢家：〈史字新釋補證〉，《考古學社社刊第五期》。

形構相似，皆與以網捕鳥相關。《詩經・王風・兔爰》曰：「有兔爰爰・雉離于羅。」〔註196〕「離」字已當動詞用，有捕獲意。

以網捕獵也是中國甚早就開始使用的狩獵方法，除了定點設置獵網，等待獵物上鉤之外，也能以手執持，進行追捕，如果技巧純熟，能獲得比弓箭更多的獵物，也比弓箭容易學會操作，因此網具是古代相當依賴的狩獵工具之一。

（五）阱　獵

以陷阱捕獵也是很流行的方法，早在殷商時代就有以阱爲獵的卜辭記載：

丙戌卜：丁亥王阱擒？允擒三百又四十八。（後下四一、一二）

貞：我其阱擒？（後下四一、一二）

阱獵就是事先在獵物會經過的地方挖掘坑洞，爲增加捕獲率，上面通常還覆蓋僞裝，放上誘餌，坑底有時也鋪有水或尖刺，獵人定時去巡視，以逸待勞；有的時候會配合逐獵，獵人持單或火把，將野獸趕進陷阱。這種方法可以活捉各種野獸，在捕捉體大凶猛或者奔跑迅速的獵物之時，最爲省力安全。

《説文》記錄古代阱獵的文字不多，有「臽」、「陷」、「阱」等字。

臽　《説文・臼部》曰：「臽，小阱也。从人在臼上。」（頁337）

此字甲骨文作（續二、一六、四），象一人陷入坑坎之狀，與許慎説解一致，其實「臽」字的構形，陷入坑坎的對象，除了人，還有野獸。方述鑫云：

臽，甲骨文作（戩四四、二）、（丙七三）、（前六、六三、五）、（鐵二四七、二）、（前一、三二、五）、（甲八二三）、（前七、三、三）、（乙七四九○）、（後下二三一）、（甲六七五）、（乙二九四八）……，所從「凵」、「凵」、「凵」、「凵」等形象陷阱，其上象獸形或人形。……臽的本義爲坎，爲坑，後人孳乳爲陷字。……古代挖地爲坑以捕獸，亦用作陷獸或陷人以祭祀。〔註197〕

方氏補充了許多卜辭字形，這些字形多半象野獸陷入陷阱之中，他也説明了古

〔註196〕見《詩經・王風・兔爰》，卷四，頁4，總頁31。

〔註197〕見方述鑫：〈甲骨文口形偏旁釋例〉《古文字研究論文集》，四川大學學報叢刊第十輯。

代以坑陷獸陷人的情形。然部分從「井」之字如▨（前六、六三、五）、▨（鐵二四七、二），當隸定爲「阱」，而非「臽」。

「臽」後來孳乳作「陷」，于省吾云：「甲骨文陷人以祭的▨，即臽的初文。從臼的臽乃後起字。從阜的陷，又係臽的後起字。後世不僅陷行而臽廢，并且甲骨文從各種獸形從凵的个個古文陷字，也都廢而不用。」〔註198〕「臽」、「陷」兩字《說文》皆有收入。陷阱的特色就是以高低的落差捕獲獵物。

陷　《說文・阜部》曰：「▨，高下也。從臽臽聲。一曰陊也。」段注曰：「高下者，高與下有懸絕之勢也。」（頁739）

阱　《說文・井部》曰：「▨，陷也。從臽井，井亦聲。▨，阱或從穴。▨，古文阱從水。」（頁218）

「阱」字甲骨文作▨（甲六九八）、▨（續三、二六、一）、▨（徵十一、五七），此字段玉裁註解爲「穿地以陷獸」（頁218），甲骨文象獸在井上，甚爲生動。「陷」（臽）字與「阱」字甲骨文的字形雖有不同，其捕獸方法卻無異，《說文》云臽爲小阱，只是就相對大小或深淺而言，分別不大。

文字之外，在古代典籍中也有許多以陷阱爲獵的紀錄，《周禮・秋官・雍氏》曰：「春令爲阱，擭溝瀆之利於民者，秋令塞阱杜擭，禁山之爲苑，澤之沈者。」鄭注曰：「穿地爲塹，所以禦禽獸，其或超踰則陷焉，世謂之陷阱。」〔註199〕《周禮・秋官・冥氏》亦曰：「冥氏掌設弧張，爲阱擭以攻猛獸，以靈鼓毆之。」〔註200〕即人們用力擊鼓把野獸驅趕出藏身之處，逼其落入陷阱。以及《國語・魯語上》曰：「設穽鄂，以實廟庖，畜功用也。」〔註201〕和《禮記・中庸》曰：「驅而納諸罟擭陷阱之中。」〔註202〕都是以阱爲獵的例子，可見阱獵之普及。

白玉崢曾對阱獵做出詳盡而深刻的說明：

〔註198〕見于省吾：〈釋▨、▨、▨、▨、▨〉《甲骨文字釋林》（臺北市：大通書局，1981年10月初版），中卷，頁275。

〔註199〕見《周禮・秋官・雍氏》，卷十，頁3～4，總頁184。

〔註200〕見《周禮・秋官・冥氏》，卷十，頁6，總頁185。

〔註201〕見《國語・魯語》，卷四，頁13，總頁42。

〔註202〕見《禮記・中庸》，卷十六，頁2，總頁158。

當冬春之際阱獸時，常於坎底實以鋒利之木橛；夏秋之際則常灌之
以水，使坎底呈泥糊狀。坎口，再敷以僞裝，導使野獸誤陷入阱。
然而，獸雖誤陷入阱，必以全力作生命最後之掙扎；且其掙扎，極
爲猛烈。獵者，積其阱獸之經驗，予坎底實以木橛，使猛獸因入阱
而受傷；或灌以水，以消耗困獸之抗力，而縮短擒獲之時間。〔註203〕

以上這些說明結合了典籍記載以及文化研究，除了提到阱獵不限季節外，還說
明了不同季節也搭配了不同的阱獵方法，可見古人累積長久的經驗，讓阱獵成
爲一種獵捕野獸猛禽的重要方法。

第六節　小　結

　　整理了古文字、考古發掘、民族學、典籍記載這些材料之後，吾人對於中
國古代漁獵活動有了更全面的瞭解。

　　在「漁」的部分，《說文》相關字多集中在「矢」、「网」、「金」、「竹」等部
首之內，其內容包括「叉魚射魚」、「網魚」、「釣魚」、「竹器木器捕魚」等等。

　　在「獵」的部分，《說文》也反映了先民狩獵的生活內涵，如喜愛捕獵的對
象有鳥、鹿、兔、麤等野生動物，每種動物又有不同的手段，表現了古人克服
大自然的智慧。

　　狩獵方法亦是古人長期的經驗累積，相關文字出現在《說文》「辵」、「犬」、
「火」、「弓」、「矢」等部首裡，分類有「逐獵」、「射獵」、「網獵」及「阱獵」。
這些都是依據獵物的種類習性，或者地理環境的差異而發明的，是人類文化中
相當重要的部分。

　　由以上可知，漁獵活動並非只是單純獲取獵物而已，還包括獵者對於動物
習性的認識、工具的製造應用、地理與氣候環境的熟悉等條件，這些文化內容
都相當程度地反映在古代文字當中，值得我們探究與瞭解。

〔註203〕見白玉崢：《契文舉例校讀》（臺北市：藝文印書館，1988 年 3 月初版），頁 382
　　　　～383。

第三章　《說文》與中國古代畜牧

第一節　前言：畜牧的興起

　　由「《說文》與中國古代漁獵」一章的討論可知，古人狩獵的對象範圍極廣，包括魚類、禽類與各種獸類。而狩獵的手段亦依據各種獵物的習性或特點而有各種不同的變化，包含「逐獵」、「射獵」、「網獵」、「阱獵」等等。

　　在人類與自然環境長期鬥智鬥力的過程中，人們對於動物的相關知識也日漸積累，開始選擇較有經濟價值的獵物加以追捕，爲日後畜牧的興起提供了有利的條件。

　　在狩獵技術精進之後，獵人能更有效率地捕獲更多獵物，而狩獵手段中的「以網爲獵」和「以阱爲獵」都有機會捕捉到活獸，人們把吃不完的禽獸暫時飼養起來，漸漸加以馴服，甚至有壯獸生小獸的情況出現，成了最初步的畜牧行爲。這就是典籍所載的「拘獸以爲畜」〔註1〕。早在新石器時代晚期，馬、牛、羊、雞、犬、豕等動物均已爲人們所飼養。

畜　《說文・田部》曰：「畲，田畜也。淮南王曰：冘田爲畜。畜，魯郊禮畜從
　　田从玆，玆，益也。」（頁704）

　　「玄」字《說文》釋爲「幽遠也」（頁161）與「田」字會合不出畜牧義，

〔註1〕見《淮南子・本經訓》，卷八，頁1，總頁51。

因此許愼又引魯郊禮古文蓄爲證。「蓄」字所從的「茲」,《說文》釋爲「艸木多益」(頁 39),引申有牲畜增多的意思。據此說法,則「畜」字本作從田從茲的「蓄」,後來上部的「茲」簡省一半,變作 ❦,最後又因形近而訛變爲現在的畜(畜)字。

然而「畜」字甲骨文作 ❦(粹一五五一),下半部並非許愼所說的從田,郭沫若云:

> 此作 ❦ 乃從幺從囿,明是養畜義,蓋謂繫牛馬於囿也。字變而爲畜,
>
> 淮南說非其朔。〔註2〕

郭氏認爲此字字形當釋爲「從幺從囿」,以繩索與飼養場所來表示畜養牛馬之意。因此郭氏「從幺從囿」的說解可以理解爲「從囿,幺象繩索之形」。然而查察古文字,「囿」字甲骨文作 ❦(前四、五三、四)、作 ❦(乙四九八)、作 ❦(乙六四三),與「畜」字甲骨文下半部的「❦」有所差異。

「畜」字字形除了上述解釋之外,還有釋爲儲物容器的說法。例如戴家祥云:

> 玄爲繩索,與田組合,其義不類。觀金文畜字作 ❦,玄與田連接密切,象繩索繫田之形,因此懷疑田不是田地之田,而是某種容器之形。……畜字乃繩索捆扎凵盧之形,初義當是儲備、積蓄、容納。……畜字有把東西放在容器裡束縛起來的意思,因此,後人將羈縛、豢養在家中的動物稱作畜。《周禮・天官・獸醫》疏云:「在野曰獸,在家曰畜。」〔註3〕

以「玄田爲畜」作爲「畜」字之字義解釋確實令人難以理解,因此戴氏提出「畜」字乃「繩索綑紮凵盧之形」,而有儲存、容納等義。戴氏又云:

> 凵爲柳條編織製品,故可寫作 ❦,中間筆劃 ❦ 象柳條形,如盧字作 ❦,所從之 ❦ 即凵之繁體。〔註4〕

〔註 2〕 見郭沫若:《殷契粹編考釋》,收《郭沫若全集 考古編》(北京市:科學出版社,2002 年 10 月第一次印刷),卷十三下,頁 764。

〔註 3〕 見戴家祥:《金文大字典》(上海市:學林出版社,1995 年 1 月第一次印刷),卷上,頁 1134～1135。

〔註 4〕 見戴家祥:《金文大字典》,卷上,頁 1134。

戴氏認為「畜」字的「田」其實是「凵」的繁體，指的是柳條編織成的飯器，因此「畜」字會合了繩索與柳條製品，可得儲存、積蓄之義。

　　「畜」字有儲存之意當無疑問，然而針對戴氏「玄」為繩索、「田」為柳條編織成的飯器一說，學者有不同說法。許進雄云：

> 畜字在商代的甲骨文，作動物的胃連帶有腸子的形狀。古時未有陶
> 器之前，人們常以動物的胃為天然容器。〔註5〕

許氏從文化學的角度切入，檢視「畜」字甲骨文，並以原始時代器具的發展情況來推測其本義。「胃」字，《說文・肉部》曰：「𦞂，穀府也。从肉𤱦，象形。」（頁170）表現出古人對於內臟形狀與功能都有了初步的瞭解，「胃」字的金文作𦝫（吉日壬午劍），上半部與「畜」字甲骨文𤱥（粹一五五一）的下半部恰好十分相似，可作為許氏推論的依據。動物的腸胃呈袋狀，如果經過適當處理，可以當作儲存東西的容器，並且和柳條編製的用具相比，更能儲存細碎的物品甚至液體，實用度更高。

　　無論解釋為植物編織而成的容器，或是可以儲水儲物的動物胃袋，「畜」字都有蓄積、容納、儲備的意義，其初義並非後世通行的畜牧或牲畜。戴氏認為「畜」字做為牲畜乃是從「把東西放在容器裡束縛起來」這個意思所引申而來的。《說文》另收有「嘼」字。

嘼　《說文・嘼部》曰：「嘼，獸牲也。象耳頭足厹地之形。古文嘼下从厹。凡嘼之屬皆从嘼。」段注曰：「牛部犣字下亦曰嘼牲也，圈下曰養嘼之閑，麣下曰讀若嘼牲之嘼。今俗語多云畜牲，嘼今多用畜者，俗書叚借而然。」（頁746）

　　「嘼」字許慎謂象頭部有耳、足部踏地的獸形，段氏在注裡進一步說明了此字假借的情形，認為本來應該寫作「嘼牲」而非「畜牲」。徐灝云：「嘼畜一聲之轉，故假嘼為畜。」〔註6〕《玉篇・嘼部》曰：「六嘼，馬牛羊雞犬豕也。養之曰嘼，用之曰牲。今作畜。」〔註7〕可知「嘼」、「畜」兩字音近假借，「嘼」乃人們飼養的動物之稱，「六嘼」就是馬牛羊雞犬豕，後來典籍在運用時，都假

〔註5〕見許進雄：《中國古代社會》，頁70。

〔註6〕見〔清〕徐灝：《說文解字注箋》，卷十四下，頁5130。

〔註7〕見《玉篇・嘼部》（四部叢刊正編，臺北市：臺灣商務印書館，1979年11月臺一版），卷三十二，頁7，總頁86。

借爲「六畜」。

獵人捕獲的動物一開始野性尙存，難以隨地放養，故原始的畜牧活動當以圈養、拴養爲主，然而單純圈養僅僅是保存食物的方法之一，其重點在於有無繁殖的活動，這可以表現在「豢」字之中。

豢　《說文·豕部》曰：「𩰹，吕穀圈養豕也。从豕𢍏聲。」（頁 460）

「豢」字甲骨文作𩰹（合集一一二六七），象雙手照顧受孕豬隻之形。此字表達的，不僅僅是《說文》所謂的「吕穀圈養豕」而已，更重要的，這個字形表現出古人對於受孕動物的照顧。與單純圈養不同，這種照顧增加了豢養牲畜的數量，也是狩獵活動跨向畜牧活動的極大突破。

除了圈養，古人對於較易馴服的動物如牛、羊等，亦有採取放養的方式。讓牛羊自行啃食青草，可以減低人們準備食料的負擔。人們在放牧時驅趕牛羊的行爲，表現在「牧」字當中。

牧　《說文·攴部》曰：「牧，養牛人也。从攴牛。詩曰：牧人乃夢。」（頁 127）

「牧」字小篆作牧，象一手持鞭驅策牛隻之形，解釋爲「養牛人」很容易理解。其甲骨文有許多具有些許差異的字形，例如有𤘝（甲三七八二），从攴从牛；有𤘝（乙二六二六），从攴从羊；有𤘝（寧滬一、三九七）與𤘝（存二〇〇六），加了「彳」與「止」；還有𤘝（古二、六），从牛一手持帚。

這些甲骨文中，有的从牛，有的从羊，因知放牧不限於牛。而从攴、从帚者，象牧者以手持鞭杖之類以驅趕牛羊，也有从彳、从辵者，表現牧者在路上趕牛羊的樣子。

可見「牧」這個字，代表古代在豢養牲畜時，不僅僅是採用圈養方式，亦進行放養的動作，放養需要驅趕或移動畜群，因此牧字「从攴」構形。一開始放養對象集中在較易馴化的牛與羊，古代有些貴族甚至擁有爲數甚多的牛羊，最有名的例子就記載在《詩經·小雅·無羊》中：

誰謂爾無羊？三百維群。誰謂爾無牛？九十其犉。

爾羊來思，其角濈濈；爾牛來思，其耳濕濕。

或降于阿，或飲于池，或寢或訛。〔註8〕

〔註8〕見《詩經·小雅·無羊》，卷十一，頁9，總頁81。

詩中所描述的，就是一幅生動的放牧圖像，牧童將好幾百隻牛羊，放養在小山坡與水池邊，任憑其啃食青草、飲水或休息，可以想見當時放牧規模之大。漢代的畫像石就有放牧牛群羊群的圖像，圖中牧人騎著馬，驅使牛羊移動，見圖。

圖 38　放牧圖（部分）　陝西綏德王得元墓出土〔註9〕

至於牧馬，《史記・秦始皇本紀》云：

> 乃使蒙恬北築長城而守藩籬，卻匈奴七百餘里，胡人不敢南下而牧
> 馬，士不敢彎弓而報怨。〔註10〕

可見當時牧馬為胡人風尚，而且範圍在長城北方。放牧活動需要極大牧地，在農業快速發展之後，對土地的利用更加錙銖必較，因此中國的畜牧針對不同動物的習性特點而分別採用圈養與放牧，更有效率地使用有限的土地。有些採取白天放養牲畜，讓牠們自行啃食青草，入夜則趕回圈欄，予以保護。而需要定居一地的農業生活恰能配合這種畜牧方式，部分牲畜的飼料也可由農業活動所供應，可知農業的興起也直接間接地支持了早期的畜牧活動。

第二節　從《說文》看飼養的食料與器皿

在任由牲畜於野外自行吃食青草的活動——「放牧」之中，牧人不需花太多心思在準備食料上面，然而因為農業生產活動對於土地的大量需求，以及放牧可能遇到天候不佳、遭遇野獸攻擊的風險等等因素，圈養還是有其必要性。

將牲畜圈養在固定範圍，需要準備餵養工具以及大量食料，這些畜牧內容在《說文》「艸」、「牛」、「鹿」、「豕」、「食」、「竹」、「木」等部首所收字可以看到。

〔註 9〕圖片來源：李宏：《永恆的生命力量——漢代畫像石刻藝術研究》（臺北市：2007 年11 月初版），頁 104。

〔註10〕見《史記・秦始皇本紀》，卷六，頁 280。

（一）食　料

1. 草　料

　　草料部分，多半是以野生的爲主要來源，放養時讓牛羊自行啃食，而圈養的時候則需要人力的刈草。古人以大自然的牧草爲牛羊的食物，一方面不用費心種植，獲量也大；另一方面也能順便將土地作初步整理，供給農業之用。

芻　《說文・艸部》曰：「𦬣，刈艸也。象包束艸之形。」段注曰：「謂可飤牛
　　馬者。」（頁 44）

　　以小篆「𦬣」來看，此字乃是人們刈草之後整理成束的樣子，段玉裁補充謂「芻草」是用來飼養牛馬的。

　　以更早的文字來看，「芻」字甲骨文作𦥑（甲九九〇）、𦥑（乙六三四三），象一手持斷草之形，未有「包束」之意；而後的睡虎地秦簡文字作𦥑（秦一七四、十八例），由此字可稍窺字形轉變的痕跡。因此《說文》所謂「刈艸」的釋義是正確合理的，而其釋形部分，則是依據訛變後的小篆形體所作的牽強之詞。

　　「刈艸」表現的是一個動作，而所割下的草料，古人也稱之爲「芻」。《史記・秦始皇本紀》曰：「度不足，下調郡縣轉輸菽粟芻藁，皆令自齎糧食，咸陽三百里內不得食其穀。」〔註11〕「菽」爲豆類、「粟」爲穀類、「芻」與「藁」爲草類，「菽」、「粟」爲人所食，「芻」、「藁」則是牲畜的食料。這段是說，（秦二世）徵召了大量人才與狗馬到咸陽進行操演，因此需要下令調斂豆類、穀類、草類這些物資，以供給人與動物所需。

　　「芻」字也引申爲吃草的牲畜，如《史記・貨殖列傳》太史公說的「耳目欲極聲色之好，口欲窮芻豢之味。」〔註12〕以及《孟子・告子》所謂「理義之悅我心，猶芻豢之悅我口。」〔註13〕「芻」指的是吃草的牲畜，「豢」則是吃穀的牲畜，也就是趙岐所云：「草牲曰芻，穀養曰豢。」〔註14〕

　　「芻」字在典籍中亦被當作動詞使用，表示餵養牲畜的動作，如《周禮・

〔註11〕見《史記・秦始皇本紀》，卷六，頁 269。

〔註12〕見《史記・貨殖列傳》，卷一百二十九，頁 3253。

〔註13〕見《孟子・告子》（四部叢刊正編，臺北市：臺灣商務印書館，1979 年 11 月臺一
　　　　版），卷十一，頁 8，總頁 92。

〔註14〕見《孟子・告子》，卷十一，頁 8，總頁 92。

地官・牛人》曰：「凡祭祀，共其享牛、求牛，以授職，人而芻之。」〔註15〕可知「芻」字有許多用法，且這些用法都與草料脫離不了關係。

「芻」在《説文》裡還有一個相關字「犓」。

犓　《説文・牛部》曰：「犓，呂芻莝養圈牛也。从牛芻，芻亦聲。春秋國語曰：犓豢幾何？」（頁52）

「莝」字《説文》解釋爲「斬芻」，段注曰：「謂以鉄斬斷之芻。」（頁44），指的是斬斷的草，因此「犓」字意指以刈好的芻莝餵養牛羊，亦引伸爲吃食草料的牲畜。如《墨子・非樂》曰：「非以犓豢煎炙之味，以爲不甘也。」〔註16〕因此「犓」字與「芻」字都同樣引伸爲「吃草的牲畜」。

檢視「芻」、「犓」這兩個字，除引伸義相同之外，二字在用法上也有雷同之處，例如上面提過的《史記・貨殖列傳》「耳目欲極聲色之好，口欲窮芻豢之味。」以及《孟子・告子》「理義之悦我心，猶芻豢之悦我口」等記載，都以「芻豢」兩字連用，其實典籍中而也有「犓豢」兩字緊密運用的，如《墨子・法儀》的「此以莫不犓羊、豢犬豬，絜爲酒醴粢盛，以敬事天。」〔註17〕以及同書〈非樂〉篇中的「非以刻鏤華文章之色，以爲不美也；非以犓豢煎炙之味，以爲不甘也。」雖然證據不多，且兩條皆源自《墨子》一書，然亦可得知「芻」、「犓」兩字關係之密切，這就是馬敘倫所認爲的「犓」字乃「芻」之後起俗字。〔註18〕

《説文》裡還有相關字「薦」與「廌」。

薦　《説文・廌部》曰：「薦，獸之所食艸。从廌艸。古者神人呂廌遺黃帝。帝曰：何食何處？曰食薦。夏處水澤，冬處松柏。」（頁474）

廌　《説文・廌部》曰：「廌，解廌獸也，侣牛一角，古者決訟，令觸不直者。象形，从豸省。凡廌之屬皆从廌。」（頁474）

「薦」字《説文》以「獸之所食艸」爲解釋，查察古文字，「薦」字金文作 🔸（鄭興伯鬲）、🔸（弔朕匜），从䇂从廌，在古文裡艸䇂在使用上分別不大，

〔註15〕見《周禮・地官・牛人》，卷三，頁38，總頁59。

〔註16〕見《墨子・非樂上》，卷八，頁14，總頁73。

〔註17〕見《墨子・法儀》（四部叢刊正編，臺北市：臺灣商務印書館，1979年11月臺一版），卷一，頁9，總頁6。

〔註18〕詳馬敘倫：《説文解字六書疏證》，卷三，頁313。

可知「薦」字從金文到小篆訛變不多。而从辥的金文字形，更能生動表現廌獸身處草中的樣子。

至於「廌」字，《異物志》曰：「東北荒中有獸名獬豸，一角，性忠，見人鬭則觸不直者；聞人論則咋不正者。」〔註19〕傳說廌獸所食之草就是「薦」，故段玉裁注曰：「初造字時，因廌食艸成字，後乃用爲凡獸所食艸之偁。」（頁474）

典籍中亦有記載薦草爲鹿、麋所喜食者，如《韓非子・內儲說上》曰：「猶獸鹿也，唯薦草而就。」〔註20〕以及《莊子・齊物》曰：「民食芻豢，麋鹿食薦。」〔註21〕到了後來薦草不僅野生動物喜食，也成爲古人用來畜養牲畜的重要草料之一，《管子・八觀》曰：「薦草多衍，則六畜易繁也。」〔註22〕

2. 穀　類

除了用草料餵食牲畜之外，也有特別以穀類來餵養牲畜的。《說文》中，「豢」、「菽」、「餗」等字記載了以穀飼畜的相關內容。

豢　《說文・豕部》曰：「𧰩，吕穀圈養豕也。从豕弄聲。」（頁460）

「豢」字甲骨文作𧰩（合集一一二六七），象雙手照顧受孕豬隻之形，會合豢養之義。上文提過，此字表現出古人有意識地繁殖幼豬，是狩獵活動跨向畜牧活動的極大突破。到後來的典籍中，此字則多解釋爲以穀類餵養犬豕之義。如《禮記・樂記》曰：「夫豢豕爲酒，非以爲禍也。」鄭注曰：「以穀食犬豕曰豢。」〔註23〕以及趙岐注《孟子》所云的：「草牲曰芻，穀養曰豢。」〔註24〕等等，除了強調以「穀」餵食之外，還將焦點集中在「犬豕」之上。

犬與豕屬於雜食動物，且其供肉的功能在古代相當重要，多爲平民百姓所飼養，因此人們多以草料之外的飼料餵食，如豆類、根莖類、麥麩、碎米，甚至是剩菜等等。

至於以穀餵馬，《說文》有「餗」字。

〔註19〕見〔漢〕楊孚：《異物志》（叢書集成新編，臺北市：新文豐出版社，1985年1月初版），頁5，總頁102。

〔註20〕見《韓非子・內儲說上》，卷九，頁8，總頁49。

〔註21〕見《莊子・齊物》，卷一，頁39，總頁22。

〔註22〕見《管子・八觀》，卷五，頁2，總頁29。

〔註23〕見《禮記・樂記》，卷十一，頁11，總頁114。

〔註24〕見《孟子・告子》，卷十一，頁8，總頁92。

餗　《說文・食部》曰：「餗，食馬穀也。从食末聲。」段注曰：「以穀飤馬也。
　　……小雅乘馬在廄，摧之秣之。傳曰：摧，挫也。秣，粟也。按挫謂以莝
　　飤之，粟謂以粟飤之也。秣同餗。」（頁 225）

　　馬其性善奔，亦能負重，在古代往往與國家戰力緊密相關，古人常以「千
乘」、「萬乘」形容國力之強弱。因此古人對於馬在食料上的選擇，通常更為講
究，古籍有以穀物飼養馬匹的相關記載，《詩經・小雅・鴛鴦》曰：「乘馬在廄，
摧之秣之。」鄭箋曰：「摧今莝字也。古者明王所乘之馬繫於廄，無事則委之以
莝，有事乃予之以穀。」〔註25〕「莝」指的是刈下的芻料，「有事」則是指戰爭
之事，古代沒戰爭時，人們以一般草料餵馬；戰爭時，則以貴重的粟米餵食，
以維持馬匹的體能。

　　「餗」（秣）字與「芻」一樣，典籍中常當動詞使用，表示餵養義，但此字
更偏重餵養穀物的意思。除了《詩經》的「摧之秣之」〔註26〕之外，《韓非子・
外儲說左下》亦曰：「吾觀國人尚有飢色，是以不秣馬。」〔註27〕

菽　《說文・艸部》曰：「菽，昌穀萎馬置莝中。从艸敄聲。」段注曰：「以穀曰
　　餗，穀襍莝中曰菽。」（頁 44）

　　另外，有以草料、穀類相雜以餵馬的「菽」字。《玉篇》曰：「菽，以穀和
草餧馬也。」〔註28〕。此即古代平時給馬所食的飼料內容。

　　全以穀物餵馬，乃是勞民傷財之舉，典籍中也記載了權宜之法，如《禮記・
少儀》曰：「國家靡敝……，君子不履絲屨・馬不常秣。」〔註29〕以及《韓非子・
外儲說左下》曰：「吾觀國人尚有飢色，是以不秣馬。」〔註30〕表現出其實「秣
馬」並非無時無刻都適用的，僅在國家有戰爭時才如此。

（二）餵養器皿

　　草料與穀類都需要容器的盛裝，這些器皿的字出現在《說文》「竹部」與「木

〔註25〕見《詩經・小雅・鴛鴦》，卷十四，頁 7，總頁 103。

〔註26〕見《詩經・小雅・鴛鴦》，卷十四，頁 7，總頁 103。

〔註27〕見《韓非子・外儲說左下》，卷十二，頁 6，總頁 64。

〔註28〕見《玉篇・艸部》，卷十三，頁 6，總頁 53。

〔註29〕見《禮記・少儀》，卷十，頁 18，總頁 108。

〔註30〕見《韓非子・外儲說左下》，卷十二，頁 6，總頁 64。

部」之內。《說文》「竹部」與「木部」之中與盛裝器皿有關的字，其實往往都同時運用於日常生活，因為盛裝食料的器皿與古代祭器、酒器相比，重要性較低，所以專造字不多，也不會出現在「皿」、「缶」、「鼎」之類的部首之中。

　　以下列出《說文》裡特別指出牲畜飼養器皿的字，有「籚」（筥）、「匡」（筐）、「筦」、「槽」等等。

籚　《說文‧竹部》曰：「籚，食牛匡也。从竹虘聲。方曰匡，圜曰籚。」段注曰：「籚，匡之圜者，飯牛用之。今字通作筥。許籚與筥別。」（頁197）

匡　《說文‧匚部》曰：「匡，飯器，筥也。从匚坐聲。筐，匡或从竹。」
　　（頁642）

　　「匡」與「籚」都是飯器，細分才有「方匡」、「圜籚」之別。見圖。

圖39　方匡〔註31〕　　　　　　圖40　圜籚〔註32〕

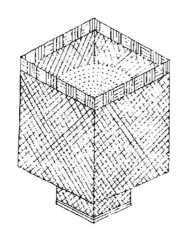
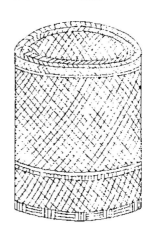

　　許慎在《說文》裡把「籚」、「筥」分開解釋，「筥」亦有飯器之義，兩字意義相近，後來在使用上都通作「筥」字。方形的匡（筐）與圜形的「籚」（筥）時常同時出現在典籍之中，如《詩經‧召南‧采蘋》的「于以盛之，維筐及筥」〔註33〕以及《詩經‧小雅‧采菽》的「采菽采菽，筐之筥之」〔註34〕，雖說在上述典籍裡都不是用來盛裝牛馬飼料，但仍然可知「籚」（筥）、「筐」二字都是

〔註31〕圖片來源：〔明〕徐光啓：《農政全書》（景印文淵閣四庫全書，臺北市：臺灣商務印書館，1986年3月初版），卷二十四，頁16，總頁354。

〔註32〕圖片來源：〔明〕徐光啓：《農政全書》，卷二十四，頁17，總頁355。

〔註33〕見《詩經‧召南‧采蘋》，卷一，頁15，總頁8。

〔註34〕見《詩經‧小雅‧采菽》，卷十五，頁1，總頁106。

盛裝器皿，其差異僅在方圓之不同而已。除了「簋」和「筐」，《說文・竹部》還有一字與餵食器皿有關，就是「篼」字。

篼　《說文・竹部》曰：「篼，食馬器也。从竹兜聲。」（頁 197）

所謂的「食馬器」指餵食馬匹的器皿，《玉篇・竹部》曰：「篼，飼馬器」〔註35〕，意義相同。

桂馥《說文義證》云：「今雲南人編竹筐挂樹木上以飼馬，即馬兜也。」〔註36〕 此處的「兜」當作「篼」，《廣博物志》曰：「懸篼餧之，熟視不食，其主牽去欲駕之時，遽含噏噬，飲食不得。」〔註37〕可以知道「篼」是懸掛高處，餵養馬匹的器皿。

由以上可知，「簋」、「筐」、「篼」三者都是竹製器皿，「簋」爲圓形、「筐」爲方形，而「篼」是懸掛高處，餵養牲畜的器皿。

除了懸掛餵食的器皿，也有放置於地上的餵食工具。

槽　《說文・木部》曰：「槽，嘼之食器。從木曹聲。」（頁 267）

上文提過，「嘼」字與「畜」字通用，因此「嘼之食器」指的就是牲畜的食器。古籍裡亦時有記載，《漢書・李尋列傳》曰：「馬不伏歷，不可以趨道；士不素養，不可以重國。」顏師古云：「伏歷謂伏槽歷而秣之也。」〔註38〕這裡的「歷」通「櫪」，伏槽櫪就是趴在馬槽，吃食穀類。可知「槽」乃放置地上的餵食器皿。槽櫪本來指的是牲畜的飲食器具，後來引伸有牢籠之意。

第三節　從《說文》看畜養場所

即便是採用放養的畜牧型態，在夜間也因各種需求而得配合圈養。古代中原地區的畜牧很少隨意放養，大多實行部分放牧、部分圈養的方法，其目的是

〔註35〕見《玉篇・竹部》，卷十四，頁 1，總頁 54。

〔註36〕見〔清〕桂馥：《說文解字義證》（臺北市：廣文書局，1972 年 11 月初版），卷十三，頁 26。

〔註37〕見〔明〕董斯張：《廣博物志》（景印文淵閣四庫全書，臺北市：臺灣商務印書館，1986 年 3 月初版），卷四十六，頁 54，總頁 481。

〔註38〕見《漢書・眭兩夏侯京翼李傳》（北京市：中華書局，1987 年 12 月第五次印刷），卷七十五，頁 3190～3191。

預防牲畜受寒、脫逃或走失等等，又可以適度地增肥畜體，並且便於管理，因此對於畜牧來說，圈養的場所相當重要。

　　古代重要牲畜之中，只有犬隻採取完全放養，其他如牛、羊、馬等的圈養則是依地區的不同而有些許差異，但是大致上都有夜間圈養的習慣，而豬隻更是大半時間都養在固定範圍裡。新石器時代遺址中，就有很多牲畜圈欄的遺跡，圈欄內出土牲畜遺骨也時有所聞，可知圈養活動起源甚早。

　　《說文》一書裡收有許多畜養場所的相關字，多為圈養較多，這些字多半出現在「广」、「宀」、「囗」這些與建築物有關的部首之中，另外「阜」、「牛」、「馬」、「艸」等部裡也有零星的字例。這些字依照圈養規模的小大又分為兩類。

（一）小範圍圈養

廄　《說文・广部》曰：「廄，馬舍也。从广㲃聲。周禮曰：馬有二百十四匹為廄，廄有僕夫。𡒃，古文从九。」（頁 448）

　　「廄」字甲骨文作𤓰（粹一五五一）、𤓰（新四八三一）象馬匹關在露天的圈欄之中，有一開口可供出入，很能表現馬舍之義。卜辭有「王畜馬在茲廄」（合集二九四一五），這是目前發現最古的，圈養馬匹的完整文句。金文作𢉩（邵王簋），睡虎地秦簡作廄（雜二九二例），小篆作廄，都已與甲骨文有所不同。至於《說文》保留的一個古文「𡒃」字，金祥恆云：

　　　《說文》𡒃从九，段注云：「从九聲。」非也，九乃宀之譌。……
　　　《說文》㲃下云：皀，古𠦪字，乃馬之譌。金文馬如毛公鼎作�，
　　　象馬之有頭、足、尾、鬃也。或省簡，如大簋作𢒉，與《說文》𠦪相
　　　似，不過筆勢稍變，形體省簡而已。〔註39〕

可知甲骨文「廄」（𤓰）的圈欄部分先譌為「九」字，下部的馬復譌為「皀」字，完全失去原意了。

　　馬匹在古人眼中相當珍貴，常被視為貴族的重要財產，《禮記・曲禮下》記載：「君子將營宮室，宗廟為先，廄庫為次，居室為後。」〔註40〕提到貴族在建

〔註39〕見金祥恆：〈釋廄〉，《中國文字》第九冊。（臺北市，國立臺灣大學文學院古文字學研究室編印，1962 年 9 月），頁 1020。

〔註40〕見《禮記・曲禮下》，卷一，頁 19，總頁 15。

造宮室的時候，最重要的是先設置祭祖的宗廟，其次就是馬廄與庫房，最後面才是自己起居的房間，由此可見馬廄的設置在古代貴族宮室中是佔有相當重要地位的。

　　由於馬匹屬於珍貴的家畜，因此馬廄裡馬匹的餵養情況或數量多寡，也被視為奢儉與否的指標，《史記》談到季文子過世之後「家無衣帛之妾，廄無食粟之馬」，君子謂「季文子廉忠矣」〔註41〕可見身為貴族的季文子不用粟米餵食馬匹，在當時是很儉樸的表現。另外，《漢書》記載「至高祖、孝文、孝景皇帝，循古節儉，宮女不過十餘，廄馬百餘匹。」〔註42〕國君的馬廄僅有百餘匹馬，表現了當時力求節儉的風尚。

牢　　《說文・牛部》曰：「𡧏，閑也，養牛馬圈也。从牛冬省，取其四周帀。」
　　（頁52）

　　「牢」字甲骨文，有从牛作𠇍（甲三九二），有从羊作𡇯（乙一九八三），可知《說文》所謂「从牛冬省」不確，「牢」字甲骨文與「廄」字一樣，外圍乃象限制動物的柵欄狀。

　　至於「牢」用來圈住的動物，有牛也有羊，有學者認為，从牛的「牢」與从羊的「宰」在意義上有所不同，此與古代祭祀制度有關，徐中舒云：「『牢』為經過專門飼養而用作祭牲之牛，『宰』為經過專門飼養而用作祭牲之羊。」〔註43〕這是因為祭祀要用的牲禮，絕不能有損傷，因此需要小心的圈養照顧，《周禮・地官・充人》曰：「充人掌繫祭祀之牲牷，祀五帝，則繫于牢，芻之三月。」鄭玄注曰：「必有閑者，防禽獸觸齧。」〔註44〕牛羊頭上有尖銳的角，互相碰觸容易有損傷，因此在選定犧牲對象後，必須細心圈養在牢中，與其他牲畜隔開，「牢」字甲骨文有一特別字形作𡧏𡧏（乙四〇七），正象以圈欄分別兩牲之形。

　　「牢」字在典籍中多半指祭祀的牲禮而言，如大牢、小牢，但也指各種牲畜的牢籠。有牛馬之牢，如《墨子・天志下》「踰人之欄牢，竊人之牛馬者」

〔註41〕見《史記・魯周公世家》，卷三十三，頁1538。

〔註42〕見《漢書・王貢兩龔鮑傳》，卷七十二，頁3069。

〔註43〕見徐中舒：《甲骨文字典》，卷二，頁82～83。

〔註44〕見《周禮・地官・充人》，卷三，頁39，總頁60。

〔註45〕；有羊之牢，如《韓非子‧揚權》「犲狼在牢，其羊不繁」〔註46〕；甚至有豕之牢，如《詩經‧大雅‧公劉》「執豕于牢，酌之用匏」〔註47〕，可見「牢」字後來並不僅用於圈養祭祀之牛羊。到了後來，「牢」字甚至引伸爲關人的「監牢」，並且再進一步引伸爲表示堅固的「牢固」、「牢靠」等等，這些都是從《說文》「養牛馬圈」這個意義發展而來的。

牿　《說文‧牛部》曰：「牿，牛馬牢也。从牛告聲。周書曰：今惟牿牛馬。」
　　（頁52）

與「牢」意義相近的，《說文》裡還有「牿」字。學者認爲「牿」字爲「告」字之後起字，徐灝曰：「告即古牿字。」〔註48〕「告」字甲骨文作 𡧛（甲一七四），《說文‧告部》曰：「告，牛觸人，角箸橫木所目告人也。从口从牛。易曰：僮牛之告。凡告之屬皆从告。」（頁54）可知「牿」字乃是爲防止牛角觸人（或互相觸傷）的用具，因爲限制了其行動，所以此字許愼以「牛馬牢」來解釋。

典籍裡有以「牿」限制牛馬行動的記載，如《史記‧魯周公世家》記載伯禽在出征討伐叛徒之前，對軍民發表了誓言：「陳爾甲胄，無敢不善；無敢傷牿，馬牛其風。」正義曰：「牿，牛馬牢也。令臣無傷其牢，恐牛馬逸。」〔註49〕此在告誡人們禁止損傷羈牿牛馬之具，以免牛馬放逸走失。

圈　《說文‧口部》曰：「圈，養畜之閑也。从口卷聲。」段注曰：「畜當作嘼，轉寫改之耳。閑，闌也。牛部曰：牢，閑養牛馬圈也。是牢與圈得通稱也。」
　　（頁280）

許愼簡單以「養畜之閑」解釋「圈」字，沒有確切指出被圈養的對象，當是牲畜牢籠的通稱，在典籍裡「圈」字也有指稱某種特定動物的圈欄，如《史記‧儒林列傳》中，竇太后因不滿轅固生直言批評老子書，「乃使固入圈刺豕」〔註50〕當作懲罰，但這類的例子不多，「圈」字的意義多牛還是以廣義的圈養牲

〔註45〕見《墨子‧天志下》，卷七，頁21，總頁65。

〔註46〕見《韓非子‧揚權》，卷二，頁9，總頁12。

〔註47〕見《詩經‧大雅‧公劉》，卷十七，頁11，總頁128。

〔註48〕見〔清〕徐灝：《說文解字注箋》，卷二上，頁390。

〔註49〕見《史記‧魯周公世家》，卷三十三，頁1524～1525。

〔註50〕見《史記‧儒林列傳》，卷一百二十一，頁3123。

畜爲主。

圂　《說文‧口部》曰：「圂，豕廁也。从口，象豕在口中也，會意。」段注
　　曰：「豢以人之蔫養而言，圂以牢中溷濁而言。」（頁281）

　　上文提過，「豢」字表現出人們照顧豬隻的樣子，也蘊含以穀餵養牲畜之義；
而「圂」字从口从豕，則代表圈養豬隻的地方。

　　「圂」字甲骨文作 （京津八九七）、 （京津二六五一）， （拾一二、
三），與「廏」、「牢」等字形構相當類似，專指圈養豬隻的地方。羅振玉云：「今
人養豕或僅圍以短垣，□象之；或有庇覆，冂象之。丨其闌，所以防豕逸出
者。」〔註51〕

　　一般簡單的豬圈，以矮牆圍住豬隻，較講究的，則在豬圈上頭覆蓋屋頂，
其主要目的就是防止豬隻逃出。豬隻野性較牛羊難以馴服，因此逃出的話往
往造成一些困擾或危機，如《漢書‧五行志》曰：「昭帝元鳳元年，燕王宮永
巷中豕出圂，壞都竈。」〔註52〕豬隻逃出豬圂，造成了大灶的損壞；這個例子
還只是物品的損傷，野豬的話就有可能會造成人員傷亡，《史記‧酷吏列傳》
曰：「賈姬如廁，野彘卒入廁。上目都，都不行，上欲自持兵救賈姬。」〔註53〕
一隻野豬跟著賈姬進入廁所，竟會讓景帝想親自拿武器進去救她，可見野豬
會對人是有生命的威脅，因此對於豬隻行動的限制在古代是相當重要的。

　　此外，豬隻與牛羊馬不同，牠們不是群體移動的食草牲畜，其畜養的方法
全部都是圈養在固定範圍內的，如此一來，不僅可以減少人們的危險，也可以
快速增加豬隻的肥度，供給人們足夠的肉類來源。

　　「圂」字在段注本作「豕廁也」，在大徐本作「圂，廁也。」〔註54〕而其餘
各本均與大徐本同，因此有人認爲古代廁所與豬圈是合在一起的，然而就上面《史
記》與《漢書》的例子來說，放任豬隻與人接觸，容易造成一些危害，因此說豕
牢本兼廁所是有些牽強的，古代廁所與豕牢應該是相鄰而非兼用。馬敘倫云：

〔註51〕見羅振玉：《增訂殷虛書契考釋》，卷中，頁13。

〔註52〕見《漢書‧五行志》，卷二十七中之下，頁1436。

〔註53〕見《史記‧酷吏列傳》，卷一百二十二，頁3132。

〔註54〕見〔宋〕徐鉉校訂：《說文解字》（南京市：江蘇古籍出版社，2003年7月第3次
　　　　印刷），卷六，頁129。

倫所歷鄉縣，民家往往於豕牢之側，即爲廁，然未有即就豕牢而洩
穢者。〔註55〕

許進雄亦云：

起碼從商代起，豬已經習慣飼養在有遮蓋的地方。同時，豬與人同
爲雜食，糞便又是很好的肥料，人們就因方便飼養於自己所住的有
屋簷的地方，與廁所爲鄰，便利肥料的收集。〔註56〕

兩人所言甚是，豬隻與人類一樣爲雜食，其糞便最適合當作農業肥料，於是人
們將豬隻養在住家廁所附近，或者僅隔一簡單牆垣，方便收集廁所與豕牢中的
糞便，當作肥料。

在畜養動物時，有些會採取白天放養，夜間圈養的方式，而夜間圈養時，
由於擔心牲畜遭竊或受寒，因此往往採集中圈養的方式，現代偏遠地方的農家，
也有將牲畜圈養在房屋樓下的，見圖。

圖41　西藏的農家，上層住人，下層圈養牲畜或貯藏草料〔註57〕

（二）大範圍圈養

阺　《說文·𨸏部》曰：「𨸏，依山谷爲牛馬圈也。从𨸏去聲。」（頁743）

〔註55〕見馬敘倫：《說文解字六書疏證》，卷十二，頁1643。

〔註56〕見許進雄：《中國古代社會》，頁79～80。

〔註57〕圖片來源：日本學習研究社：《世界民族大觀——北亞與西亞》（臺北市：自然科
學文化事業公司出版部，1978年9月初版），頁141。

　　除了以人工建築圈養之外，還有以天然地形如山丘、盆地做爲動物圈養地點的，如「厱」字。此字目前不見於甲骨文，至於金文，戴家祥謂：「⿱（貉子卣𣪘王牢于厴）……厴，字从厂、去、人，疑即厱之異文。……銘文「𣪘王牢于厴」義即將所獵獲之獸牢閑于山谷間也。」〔註58〕與《說文》之解可相參照。

　　典籍中有以「厱」爲禽獸圍欄者，《史記・司馬相如列傳》曰：「江河爲厱，泰山爲櫓。」〔註59〕這句是說以江河當作隔絕禽獸奔走的天然牢籠，以泰山作爲居高臨下的樓台，與《說文》「依山谷爲牛馬圈」對照，雖有山谷、江河之別，然其做爲阻隔禽獸的牢籠無異。《漢書・揚雄傳》亦曰：「以罔爲周厱，縱禽獸其中，令胡人手搏之。」〔註60〕由這些例子來看，「厱」字並非專門造來圈養馴化的牲畜的，而是用來圈住野獸猛禽，作爲狩獵取樂之用。

　　特意以大範圍場所圈養禽獸，達到狩獵遊藝目的的，在《說文》裡還有「囿」、「苑」等字。

囿　《說文・囗部》曰：「⿴，苑有垣也。从囗有聲。一曰所㠯養禽獸曰囿。⿴，籀文囿。」段注曰：「大雅靈臺傳曰：囿所以域養禽獸也。域養者，域而養之。周禮囿人掌囿游之獸禁，牧百獸。」（頁280）

苑　《說文・艸部》曰：「⿱，所㠯養禽獸。从艸夗聲。」（頁41）

　　「囿」字甲骨文作⿴（甲三七三〇）、⿴（乙六四三），與《說文》所收籀文⿴形似。

　　《周禮》有「囿人」一職，曰：「囿人掌囿游之獸禁，牧百獸，祭祀喪紀賓客，共其生獸死獸之物。」鄭注曰：「養獸以宴樂視之。」〔註61〕「囿人」專門管理囿游的百獸，宮廷有需要時，則負責提供獸畜。《說文》謂「囿」爲「苑有垣也」，可知「苑」、「囿」類似，差別在於牆垣之有無。

　　典籍之中，「苑」、「囿」則無甚分別，二字時常一併出現，例如《史記・秦始皇本紀》記嫪毐事曰：「宮室車馬衣服苑囿馳獵恣毐，事無小大皆決於毐。」

〔註58〕見戴家祥：《金文大字典》，卷上，頁1145。

〔註59〕見《史記・司馬相如列傳》，卷一百一十七，頁3033。

〔註60〕見《漢書・揚雄傳》，卷八十七下，頁3557。

〔註61〕見《周禮・地官・囿人》，卷四，頁39，總頁79。

〔註62〕以及《史記‧秦本紀》曰:「孝文王元年,赦罪人,修先王功臣,褒厚親戚,弛苑囿。」〔註63〕前一段講的是嫪毐奢華無度,掌握權勢;後一段則在說文王休養生息,不修苑囿,以減低國庫花費。可知苑囿是貴族豢養百獸之地,除了提供祭典禮儀中的獸畜,也用來狩獵逸樂。

駉　《說文‧馬部》曰:「駉,牧馬苑也。从馬冏。詩曰:在冏之野。」(頁 473)

　　《詩經》原文作「駉駉牡馬,在坰之野。」毛傳曰:「駉駉,良馬,腹榦肥張也。坰,遠野也。」〔註64〕「冏」、「坰」二字是異體字,指的是郊野、郊外,這段話是說,把肥美的良馬,畜養在遙遠的野地裡,《毛傳》解釋「駉駉」為「良馬,腹榦肥張也」,因此知《說文》釋語有誤,馬敘倫曰:「牧馬苑也非本訓,亦疑非本義。」〔註65〕

　　由上面談到《說文》所收與牲畜圈養相關的這麼多字來看,古代畜牧的畜養場所大致可分為兩類,「廄」、「牢」、「牿」、「圈」、「圂」等字屬於小範圍的圈養,建造地點大多與人居相近,便於保護與管理,注重圈養牲畜的品質以及人畜雙方之安全;而「阹」、「囿」、「苑」等字屬於大範圍的圈養,較不注重管理,常以捕捉到的野獸飛禽放養其中,供給貴族平時狩獵遊藝,主要用於享樂,其目的和第一類的小範圍圈養相距甚遠了。

第四節　從《說文》看駕馭牲畜的工具或方法

　　在移動或者運用牲畜的時候,古人利用許多工具來駕馭牠們,使得人們得以掌控體型碩大的牲畜,大大提升了牲畜的實用性。例如在驅趕牲畜時,以箠、鞭之類器具在後頭驅策,牲畜因受痛而不得不前進;亦利用皮革、繩索製成的韁繩類繫在牲畜身上,迫使牠們移動向前。《說文》書中這類的字甚夥,分散在多個部首之內,且多施加於大型牲畜如牛、馬身上。本文大致將這些字分為兩類,一是鞭打類,一是牽引類,以下試論之。

〔註62〕見《史記‧秦始皇本紀》,卷六,頁 227。

〔註63〕見《史記‧秦本紀》,卷五,頁 219。

〔註64〕見《詩經‧魯頌‧駉》,卷二十,頁 1,總頁 157。

〔註65〕見馬敘倫:《說文解字六書疏證》,卷十九,頁 2469。

（一）鞭打類

使用工具鞭打牲畜，使之受痛而不得不屈服人們指揮，是相當普遍的駕馭方法，上文曾經討論過「牧」字。「牧」字小篆作𤘫，象一手持鞭驅策牛隻之形，甲骨文作𤘩（甲三七八二）、𤘋（乙二六二六）等等，驅趕對象有牛也有羊。除了「牧」字，《說文》還有「驅」字。

驅　《說文·馬部》曰：「𩣺，驅馬也。从馬區聲。𩢔，古文驅从攴。」（頁471）

李孝定在《甲骨文字集釋》中列舉出「驅」字的甲骨字形有𨔥（前二、八、三）、𨖷（前二、四二、三）、𨖠（前五、四一、六）、𩢔（粹一一九）等等，李氏認爲前三字的左半部乃是「馬」字之省形，末一字則正象持策驅馬之狀。[註66]由此知此字之初形當爲「馭」，後來形近省爲「敺」（敺），而「驅」字則是它的異體字。

在古代典籍運用中，「敺」、「驅」兩字皆有許多例子，有趣的是，兩者在使用時雖然大部分都以互相通用之姿出現，然而也時有意義上的微妙差別，「敺」字往往比較偏向「驅趕」、「驅除」義，如《周禮·秋官·冥氏》曰：「冥氏掌設弧張，爲阱擭以攻猛獸，以靈鼓敺之。」[註67]以及《周禮·秋官·壺涿氏》曰：「壺涿氏掌除水蟲，以炮土之鼓敺之，以焚石投之。」鄭注曰：「使驚去。」[註68]

而「驅」字則往往比較偏向「驅使」、「驅策」義，如《史記·張儀列傳》曰：「且夫爲從者，無以異於驅群羊而攻猛虎。」[註69]以及《韓非子·外儲說右上》的：「今有馬於此，形容似驥也，然驅之不往，引之不前，雖臧獲不許託足以旋其軫也。」[註70]然而不論是「驅除」還是「驅策」，這兩類的意思都是由「𩢔」這個以物擊馬的字形加以衍化而來的。

御　《說文·彳部》曰：「�，使馬也。从彳卸。𩇫，古文御从又馬。」（頁78）

許慎以「使馬」來解釋「御」字，並收古文「馭」字，認爲兩字爲異體字。

[註66] 詳李孝定：《甲骨文字集釋》，卷十，頁3041。

[註67] 見《周禮·秋官·冥氏》，卷十，頁6，總頁185。

[註68] 見《周禮·秋官·壺涿氏》，卷十，頁9，總頁187。

[註69] 見《史記·張儀列傳》，卷七十，頁2289。

[註70] 見《韓非子·外儲說右上》，卷十三，頁4，總頁67。

這兩字在經典中有不少通用的情形，例如《荀子》書中兩字都有出現，〈儒效〉篇曰：「造父者，天下之善御者也，無輿馬則無所見其能。」〔註71〕〈王霸〉篇則曰：「王良、造父者，善服馭者也。」〔註72〕

「御」字甲骨文與金文有作「𢓜」的，戴家祥云：

> 𢓜本祭名，加旁从辵，其義爲進。……凡衣服加於身、飲食入於口、妃妾接於寢皆曰御。經傳御馭截然兩字。馭字从又，又，手也，从馬者，使馬也。……同聲通叚，馭亦通御。〔註73〕

戴氏並進一步批評《說文》解釋「御」、「馭」二字時「混淆本義、餘義、引伸義、假借義而一之」。〔註74〕可以得知，駕馭馬匹乃是「馭」字之本義，而「御」字作馭馬乃是假借義。

查察古文字，「馭」字金文作 𩢲（班簋）、𩢲（令鼎），从馬从攴，「攴」字乃是《說文》所收「鞭」字的古文，因此「馭」之金文正象以手持鞭擊馬之狀，與駕馭馬匹形義相合。

至於與擊馬有關之字，《說文》尚有「敇」、「策」、「箠」等字。

敇　《說文‧攴部》曰：「𢾭，擊馬也。从攴朿聲。」（頁127）

策　《說文‧竹部》曰：「𥰵，馬箠也。从竹朿聲。」（頁198）

箠　《說文‧竹部》曰：「𥯨，所吕擊馬也。从竹垂聲。」（頁198）

「敇」字《說文》曰「擊馬也」，段玉裁注曰：「所吕擊馬者曰箠，亦曰策。以策擊馬曰敇。策專行而敇廢矣。」（頁127）知「敇」乃擊馬的動作，而「策」與「箠」則都是擊馬所用之具。「策」、「箠」兩者都从竹部，表示其性質，而二者在典籍中的運用也爲甚類似，如《史記‧秦始皇本紀》的「振長策而御宇內」〔註75〕、《禮記‧曲禮》上的「獻車馬者執策綏」〔註76〕，以及《史記‧張耳陳

〔註71〕見《荀子‧儒效》（四部叢刊正編，臺北市：臺灣商務印書館，1979年11月臺一版），卷四，頁14，總頁46。

〔註72〕見《荀子‧王霸》，卷七，頁13，總頁79。

〔註73〕見戴家祥：《金文大字典》，卷下，頁4618～4619。

〔註74〕見戴家祥：《金文大字典》，卷下，頁4619。

〔註75〕見《史記‧秦始皇本紀》，卷六，頁280。

〔註76〕見《禮記‧曲禮上》，卷一，頁13，總頁11。

餘列傳》的「張耳、陳餘杖馬箠下趨數十城」〔註77〕等等。

以擊打來驅趕牲畜的工具，現今畜牧民族仍舊使用著，見圖。

圖42 西亞的土庫曼人趕羊時所使用的工具〔註78〕

鞭 《說文・革部》曰：「鞭，毆也。从革便聲。𠔁，古文鞭。」（頁111）

「鞭」字的金文作 𦘧（散盤）、𡮢（九年衛鼎）等，象手執持長鞭之狀。

典籍中「鞭」字同時用於人與牲畜。用於人的，如：

《史記・魯周公世家》曰：「囷人舉自牆外與梁氏女戲，斑怒，鞭舉。」

〔註79〕

《史記・吳太伯世家》曰：「子胥、伯嚭鞭平王之尸以報父讎。」

〔註80〕

用於馬的，如：

〔註77〕 見《史記・張耳陳餘列傳》，卷八十九，頁2577。

〔註78〕 圖片來源：日本學習研究社：《世界民族大觀──北亞與西亞》（臺北市：自然科學文化事業公司出版部，1978年9月初版），頁22。

〔註79〕 見《史記・魯周公世家》，卷三十三，頁1531。

〔註80〕 見《史記・吳太伯世家》，卷三十一，頁1466。

《史記‧李將軍列傳》曰：「取其弓，鞭馬南馳數十里。」〔註81〕

也有用於羊的，如：

《莊子‧達生》曰：「善養生者，若牧羊然，視其後者而鞭之。」

〔註82〕

用在人身上，是以擊打作爲懲罰或是羞辱；用於牲畜，是以擊打來催促動物前進。

各本在「鞭」字之下都解釋爲「驅」，而段玉裁則釋爲「毆」，並且注曰：

毆各本作驅，淺人改也。……皆謂鞭所以毆人之物，以之毆人亦曰鞭。經典之鞭皆施於人，不謂施於馬。……皆是假借施人之用爲施馬之僞。（頁111）

又曰：

蓋馬箠曰策，所以擊馬曰箠，以箠擊馬曰敇。本皆有正名，不曰鞭也。擊馬之箠用竹，毆人之鞭用革，故其字亦從竹從革不同。（頁111）

段氏認爲「鞭」在典籍中皆施於人，施於動物的都是假借的用法，以竹製成的箠（或策）是用來擊打動物的，以皮革製成的鞭則用來擊打人體。然而證據不足的情況下，硬要分擊人或擊畜用具之不同，而謂「驅也」乃淺人所改，顯得有些牽強，因此後來有些學者提出質疑，徐承慶曰：

按鞭策鞭笞二義經傳皆有之，隨文見義，不得謂訓毆是而訓驅非也。故曰許氏說解不備載各義。若云淺人所改，豈此淺人讀曲禮乘路馬載鞭策，而未讀尚書鞭作官刑、周禮條狼氏掌執鞭而趨辟之文？讀左傳左執鞭弭，而未讀鞭之見血、鞭師曹三百之文乎？

〔註83〕

徐灝亦曰：

〔註81〕見《史記‧李將軍列傳》，卷一百○九，頁2871。

〔註82〕見《莊子‧達生》，卷七，頁6，總頁136。

〔註83〕見〔清〕徐承慶：《說文解字注匡謬》（續修四庫全書，上海市：上海古籍出版社，2002年3月第一次印刷），卷二，頁10，總頁241。

鞭策之用亦見於左氏、國語、曲禮，此安知非以箠馬之物施於人乎？
〔註84〕

要之，「鞭」字在經典之中出現甚多，有鞭人、鞭屍、鞭羊、鞭馬等等，若解釋
爲「擊打」在文句中都很容易理解，因此不需特別將用於動物的視爲假借用法，
也不需特別以材質的不同來解釋「鞭」僅用於擊打人體。

（二）牽引類

　　除了施以鞭打，在牲畜身上繫上韁繩類的東西，也可以迫使牲畜前進或後
退，達到馴服或駕馭的效果。這些工具大多是綁在牲畜身上，比較特別的是穿
過畜體例如鼻子嘴巴等部位的工具。這些字大部分反映在《說文》的糸部之中，
木部、牛部等也有部分收字。

牽　《說文・牛部》曰：「牽，引而前也。从牛，冖象引牛之縻也。玄聲。」（頁
　　52）

　　「牽」字象以繩索綁住牛隻，引而向前之形。宋鎭豪云：

　　　殷墟甲骨文有字寫作𤘹，也寫作𤘹、𤘹。……分析此字，實由三
　　　形構成，從牛從𢆶從囗。牛寫作𤘈，而在此字中，又寫作𤘧、𤘧、𤘧，
　　　均是牛字的變形。……甲骨文𤘹字從牛從囗從糸亦聲，字與牛相
　　　關，其牛則以繩縛而約束之，……此字當即牽的本字。〔註85〕

宋氏以字形各部分的分析，認爲𤘹等字應該是「牽」的本字，與《說文》釋
語相合，表現出以繩索束縛牛隻之義，其說頗爲仔細縝密。

　　在典籍當中，所「牽」的對象大多爲牛，與字形相符。如《史記・陳杞世
家》曰：「鄙語有之，牽牛徑人田，田主奪之牛，徑則有罪矣，奪之牛，不亦甚
乎？」〔註86〕

縻　《說文・糸部》曰：「縻，牛轡也。从糸麻聲。𦃟，縻或从多。」段注曰：
　　「轡本馬轡也，大車駕牛者則曰牛轡，是爲縻。」（頁665）

〔註84〕見〔清〕徐灝：《説文解字注箋》，卷三下，頁859。

〔註85〕見宋鎭豪：〈甲骨文牽字説〉，收《甲骨文與殷商史二輯》（上海市：上海古籍出版
　　　　社，1986年6月第一次印刷），頁65～66。

〔註86〕見《史記・陳杞世家》，卷三十六，頁1580。

・87・

䜌 《說文・絲部》曰：「䜌，馬䜌也。从絲車。與連同意。詩曰：六䜌如絲。」（頁 669）

糸部之字多有絲線或繩索義，「縻」字在《說文》則專指牽牛之繩，而「䜌」字在《說文》則為「馬䜌」，此字主要指牽引馬匹之絲繩，各本作「轡」，唯段注本作「䜌」。林潔明云：「金文字作䜌不从口。說文各本篆字作轡，段注據廣韻改作䜌，解作从絲車，與金文合，段注是也。」〔註 87〕

「䜌」字解作「馬䜌」，以馬為主要對象，在典籍中乃是駕馭馬匹的重要工具之一，例如《詩經・鄭風・大叔于田》曰：「大叔于田，乘乘馬，執轡如組，兩驂如舞。」〔註 88〕以及《韓非子・五蠹》所記：「猶無轡策而御馯馬，此不知之患也。」〔註 89〕都表現了駕馭馬匹的時候，使用馬轡能對於馬匹作很好的控制。

桊 《說文・木部》曰：「桊，牛鼻環也。從木𢍏聲。」（頁 265）

紖 《說文・糸部》曰：「紖，牛系也。从糸引聲，讀若矤。」（頁 665）

由於牛隻體型龐大，為駕馭更為方便，有了以環穿過牛鼻的方法，《淮南子・原道訓》有「穿牛之鼻」〔註 90〕，有了「桊」，即便童子也可以輕鬆驅使牛隻，《呂氏春秋・重己》曰：「使烏獲疾引牛尾，尾絕力勯，而牛不可行，逆也。使五尺豎子引其棬，而牛恣所以之，順也。」〔註 91〕這裡的「棬」就是「桊」的異體字，牛桊穿過牛鼻，拖拉時造成牛隻不適，得以馴順地前行。此字從木，其材質可能是柔軟容易彎曲的木頭。

以穿牛鼻駕馭牛隻的這種工具，其材料除了木材之外，也有用繩索的，《周禮・地官・封人》曰：「凡祭祀飾其牛牲，設其楅衡，置其絼。」鄭司農注曰：「絼，著牛鼻繩，所以牽牛者。」〔註 92〕《說文》未收「絼」字，然有其異體字「紖」字，《說文・糸部》曰：「紖，牛系也。」（頁 665）「牛系」也就是拘束

〔註 87〕見周法高主編：《金文詁林》（香港中文大學，1975 年初版），卷十三，頁 7358。

〔註 88〕見《詩經・鄭風・大叔于田》，卷四，頁 10，總頁 34。

〔註 89〕見《韓非子・五蠹》，卷十九，頁 2，總頁 96。

〔註 90〕見《淮南子・原道訓》，卷一，頁 7，總頁 5。

〔註 91〕見《呂氏春秋・重己》，卷一，頁 8，總頁 9。

〔註 92〕見《周禮・地官・封人》，卷三，頁 35，總頁 58。

牛隻的繩索，《禮記・少儀》有「牛則執紖」〔註93〕之語也。桂馥認爲「緌」並非直接穿鼻者，而是綁在穿鼻之環上的繩索，而謂「緌系於環也」〔註94〕，漢畫像石有飲牛之圖，此牛鼻子上穿有一環，環上加一繩索，可供參照。

圖 43　飲牛圖　洛陽出土〔註95〕

衡　　《説文・金部》曰：「𧗉，馬勒口中也。从金行。衡者所呂行馬者也。」
　　（頁 720）

勒　　《説文・革部》曰：「𩏑，馬頭落銜也。从革力聲。」（頁 111）

　　牛隻有穿鼻的方式，而馬匹則有絡頭的方法。《淮南子・原道訓》曰：「絡馬之口，穿牛之鼻。」〔註96〕《説文》有類似的絡馬工具，即「衡」字，此字从金，代表「衡」的材質爲金屬；从行，則代表這是行馬時所用之具。段注曰：「凡馬，提控其衡以制其行止。」（頁 720）這是一種置於馬匹口中的金屬，能夠使馬匹容易操控。段氏又注曰：

　　革部曰：「勒，馬頭落銜也。」落謂絡其頭，衡謂關其口，統謂之勒
　　也。其在口中者謂之衡，落以鞈爲之，鞈，生革也。衡以鐵爲之，
　　故其字从金。（頁 720）

〔註93〕見《禮記・少儀》，卷十，頁 15，總頁 107。

〔註94〕見〔清〕桂馥：《説文解字義證》，卷十七，頁 35，總頁 2041。

〔註95〕圖片來源：周到、呂品、湯文興 等著：《河南漢代畫像磚》，頁 67。

〔註96〕見《淮南子・原道訓》，卷一，頁 7，總頁 5。

由段注可以得知，古人以生革之類，將金屬的「銜」固定在馬口之中，這樣的裝置統稱爲「勒」。段注「勒」字曰：「謂落其頭而銜其口，可控制也。」（頁111）段氏對於這兩字的注解可以互相參照。另外，「勒」這個裝置會再繫上前文提過的「轡」，方便騎士在騎乘馬匹時操控馬之行止。

羈　《說文‧网部》曰：「羈，馬落頭也。从网𩁐，𩁐，絆也。羈，羈或从革。」
（頁360）

《說文》還有「羈」字，或體爲「羈」。「羈」字的甲骨文作 𩁐（甲一七九○）、𩁐（粹二四七），此字左半部乃是以繩索構形的，與上半部一工具相連。字形頗能表現馬匹頭部被束縛之狀，關於這一點，段玉裁注曰：「既絆其足，又网其頭。」（頁360）既然已經絆住其足，爲何又要网其頭呢，此說似有未安，查察「羈」字之甲骨文，皆未有束縛馬足的字形，可知此乃段氏受限於許愼「从网𩁐」的字形釋語，因此爲之強加說解。

另外，馬敘倫曰：「馬絡頭以革爲之，似網而非網，不得从网也。」〔註97〕馬氏之見雖然亦受限於小篆裡从革的「羈」字，但特別指出了「羈」字之上部並非从网，其又謂：「其从𦥑者，蓋爲馬絡頭之象形字，變爲篆文，又經轉寫，遂譌成𦥑，又譌爲网。」〔註98〕他認爲「羈」字上部，乃是馬絡頭這個工具的象形，在訛變、轉寫之後變成「网」，這個說法甚有見地。

「羈」字（𩁐）的上部和左半部的構形，徐中舒曰：

「羈」……从𧰧（鷹）从 𠃊，𠃊象絡形，則 𩁐象以糸絡鷹之形；或从𤉨（牛）从 𠃊，則象以糸絡牛之形。皆會羈縻之意，乃「羈」（羈）

之初文。〔註99〕

徐氏所說的「𠃊」，就是羈縻動物的工具，與「羈」字之甲骨文之中的部件相同，這些字在字形字義都有密切關係，而且「𠃊」都是繫在動物頭部的，由此可知，「羈」字之早期構形可以解釋爲馬匹被馬絡頭羈縻住頭部的樣子，與《說文》釋義「馬絡頭」相合。

從《說文》所收字來看，古人在駕馭牲畜的時候，爲了克服人類力量遠

〔註97〕見馬敘倫：《說文解字六書疏證》，卷十四，頁1981。

〔註98〕見馬敘倫：《說文解字六書疏證》，卷十四，頁1982。

〔註99〕見徐中舒：《甲骨文字典》，卷七，頁856。

遠小於牲畜的弱點，發明了很多工具和方法，包括用鞭箠擊打，並輔以韁繩牽拉、馬絡頭的使用，使得體型龐大、或者野性難馴的牛、馬，都能爲人類所利用，大大增加了勞動力以及交通性，這也成了人類快速發展的重要條件之一。

第五節　從《說文》看牲畜的品種改良、閹割技術與疾病的認識

在人們對於牲畜的依賴漸漸增大之後，提高牲畜的品質以及存活率成了重要的課題。《周禮》書中就有一套官府設置、用以照料或運用牲畜的相關制度，如質馬、校人、牧師、圉師、趣馬、巫馬、牛人、充人、圉人、雞人、羊人、掌畜、犬人等等，名目甚繁，可知當時相當重視馴養動物的成效。在牲畜高度的需求之下，對其品種改良及選擇，閹割技術的發展，以及牲畜疾病的認識，都有了相當大的進步。

（一）品種的認識與改良

爲更加提升牲畜的品質，除了改善飼養的食料與環境之外，人們對於牲畜的品種也相當重視，尤其從牲畜的毛色、齒齡、大小、牝牡等等，都可以辨別其生產機能與身體素質，用來當作識別其優劣與選擇去留的依據。

古代對於畜牧的重視因而使得「相畜術」大爲流行，善於相馬、相牛的專家紛紛受到重視。相馬最有名的是伯樂，著有《相馬經》，相牛最有名的是寧戚，相傳著有《相牛經》，這些都奠定了中國相畜學的基礎。

這些相畜的成就，也反映在《說文》之中。《說文》的牛、馬、羊、豕等部首裡，多有牲畜的毛色、齒齡、特質、性狀等相關字，反映了當時人們已經深刻瞭解到藉由鑑定牲畜的外型，能夠作爲識別其高下優劣的客觀根據。

單從毛色的辨別來看，《說文》馬部、牛部最多，馬部有「驪，馬深黑色」（頁466）、「駹，馬淺黑色」（頁466）、「騢，馬赤白襍毛」（頁466）、「騅，馬蒼黑襍毛」（頁466）等等，牛部有「犗，牛白脊也」（頁51）、「𤚣，黃牛虎文」（頁51）、「𤙡，駁牛也」（頁51）、「牲，牛駁如星」（頁52）等等，記載甚爲仔細，另外羊部有「羳，黃腹羊也」（頁147），犬部有「狂，黃犬黑頭」（頁478）等等，都是古人重視牲畜毛色的表現。

　　依據這些相畜之術，人們對於牲畜的品種有了更多的瞭解，對於外國引進的優良品種也相當重視，尤其是代表國力盛衰、影響戰爭成敗的馬匹，更是皇家貴族注目的焦點。最有名的馬種就是大宛的良馬。《史記‧大宛列傳》曰：「神馬當從西北來，得烏孫馬好，名曰天馬，及得大宛汗血馬，益壯，更名烏孫馬曰西極，名大宛馬曰天馬云。」〔註100〕

　　後來更發展出品種改良的技術，最成功的當屬馬驢雜交之後，得出「騾」與「駃騠」兩個新品種。

贏　　《說文‧馬部》曰：「贏，驢父馬母者也，从馬贏聲。騾，或从贏。」（頁473）

駃　　《說文‧馬部》曰：「駃，駃騠。馬父贏子也。从馬夬聲。」（頁473）

騠　　《說文‧馬部》曰：「騠，駃騠也。从馬是聲。」（頁473）

　　古人發現，將公驢與母馬交配，所生出的即是「贏」，俗寫爲「騾」，牠的抵抗力與耐力、負重力都比驢、馬來的強，通常用來運送重物或長途騎乘，在古代是難得配出來的優良品種，因此貴族視之爲珍稀而寶愛之，《呂氏春秋‧愛士》記「趙簡子有兩白騾而甚愛之。」〔註101〕可見當時已經有了白毛的品種出現，爲貴族賞玩的珍品。

　　公驢母馬交配後所生的是「騾」，而公馬母驢交配，則會生下「駃騠」，《說文‧馬部》曰：「駃，駃騠。馬父贏子也。」段注曰：「言馬父者，以別於驢父之騾也。」（頁473）可知驢馬性別的不同會產出不同的後代。公馬母驢產下的「駃騠」，與騾一樣具有抵抗力強、肢蹄強健、富持久力等優點，且是古代北方有名的駿馬，《史記‧魯仲連鄒陽列傳》曰：「王按劍而怒，食以駃騠。」正義曰：「北狄良馬也。」〔註102〕

　　由此可知，古人在畜養馬匹的過程中，發現了雜交牲畜所獲得的好處，並且加以延續發展，成了中國畜牧活動中很重要的一部份。

駒　　《說文‧馬部》曰：「駒，駒騄，北野之良馬也。从馬匈聲。」（頁474）

〔註100〕見《史記‧大宛列傳》，卷一百二十三，頁3170。

〔註101〕見《呂氏春秋‧愛士》，卷八，頁9，總頁49。

〔註102〕見《史記‧魯仲連鄒陽列傳》，卷八十三，頁2472。

騟　《說文·馬部》曰：「驈，駒騟也。从馬余聲。」（頁 474）

驒　《說文·馬部》曰：「驒，驒騱，野馬屬。从馬單聲。一曰驒馬，青驪白
　　鱗，文如鼉魚也。」（頁 473～474）

騱　《說文·馬部》曰：「騱，驒騱也。从馬奚聲。」（頁 474）

　　其實驢、騾、駃騠等特殊牲畜，一開始都是北方特有的，後來才漸漸引進
中原，《史記·匈奴列傳》記載：「其奇畜則橐駝、驢、驘、駃騠、騊駼、驒騱。」
〔註 103〕因此段玉裁於「驢」字下注曰：「按驢、騾、駃騠、騊駼、驒騱，太史
公皆謂爲匈奴奇畜，本中國所不用，故字皆不見經傳，蓋秦人造之耳。」（頁
473）《說文》馬部就收有這些特殊的動物的專字。

　　由於「駃騠」、「騊駼」、「驒騱」這些馬匹之類爲外國珍奇，名字是以音翻
譯過來的，因此往往連用不分開，並且因爲這些動物是後來才流傳進中國，因
而在古代經典中也著墨不多，到了好用冷僻艱澀文字、鋪陳華麗架構的漢賦開
始流行之後，這些詞才比較多地被使用。

（二）閹割技術的發展

　　古代畜養動物，其目的多半在於肉品的取得，另外牲畜的負重力與耐力也
具有重要的價值。爲了使得牲畜容易役使，並且快速增肥，古人發明了將動物
閹割的技術。而早在閹割術發明之前，古人對於畜養動物的牝牡區分就相當重
視，這反映在《說文》書中所收相當詳盡的相關字。

牝　《說文·牛部》曰：「牝，畜母也。从牛匕聲。易曰：畜牝牛吉。」（頁 51）

牡　《說文·牛部》曰：「牡，畜父也。从牛土聲。」（頁 51）

　　「牝」字甲骨文有从牛作 牝（前五、四三、五），有从羊作 牝（前五、四
三、六），有从豕作 牝（鐵一五、一），有从犬作 牝（後二、五、一○），有从馬
作 牝（前六、四六、六），或从虎作 牝（甲二四○），或从鷹作 牝（乙一九四三），
所从動物種類甚繁，「牡」字也有類似情形，甲骨文有从牛作 牡（甲六三六），
有从羊作 牡（甲二四八），有从豕作 牡（乙一七六四），有从鹿作 牡（前七、
一七、四）等等，都是以一動物加上表示其生殖器官的象形來表現性別。

〔註 103〕見《史記·匈奴列傳》，卷一百一十，頁 2879。

以甲骨文來看，「牝」、「牡」二字的寫法相當多元，可以隸定爲許多不同的字形，包括「牝」、「羘」、「犰」、「犰」、「駝」、「虎」、「䴥」、「牡」、「牪」、「犾」、「䴥」等等，這些字到後來大部分都已不流傳，其實早在《詩經》、《尚書》時代，在指稱家畜或獸類時都共用「牝牡」來代表，連鳥類偶爾也有這種情形。如《詩經‧鄘風‧定之方中》曰：「騋牝三千。」〔註104〕不用「駝」字而用「牝」字；《詩經‧衛風‧碩人》曰：「四牡有驕。」〔註105〕不用「駐」字而用「牡」字；以及《尚書‧牧誓》曰：「牝雞之晨，惟家之索。」〔註106〕不用「雌」字而用「牝」字等等，可知「牝」、「牡」兩字到後來不僅僅是表示牛隻的性別，而是引申爲各種動物的公母之別了。

《說文》書中雖解釋「牝」爲「畜母」，解釋「牡」爲「畜父」，然而在各個重要家畜的部首之中，依舊收有專指公母的字，羊部有：

羒，牝羊也。从羊牂聲。（頁147）

羝，牡羊也。从羊氐聲。（頁147）

羒，牡羊也。从羊分聲。（頁147）

豕部有：

豝，牝豕也。从豕巴聲。一曰二歲豕，能相杷挐者也。詩曰：一發五豝。（頁459）

豭，牡豕也。从豕叚聲。（頁459）

馬部有：

騭，牡馬也。从馬陟聲。（頁465）

這些字在字形方面，都與甲骨文之中，以一動物象形加上一生殖器的象形會合而成的牝牡字形大不相同，字義雖合，卻不是直接演變而來的，關於這點，李孝定云：

許書之牝牡，通言之也；契文之牡、牪、犾、䴥、牝、羘、犰、駝、

〔註104〕見《詩經‧鄘風‧定之方中》，卷三，頁6，總頁23。

〔註105〕見《詩經‧衛風‧碩人》，卷三，頁12，總頁26。

〔註106〕見《尚書‧牧誓》（四部叢刊正編，臺北市：臺灣商務印書館，1979年11月臺一版），卷六，頁7，總頁44。

> 𣻴、𪊔、麎，則析言之也。卜辭諸文降及漢代殆已無傳，故許書不
> 錄，至爾雅之麚、犯、麔、𪊶、𪉷、牂諸文，蓋爲後起。説文亦兼
> 錄諸文，唯無𪊶字。〔註107〕

在甲骨文時代，這些字的區分還是很明確的，某動物的牝牡字就以某動物的形象作爲形符來構形，與「逐」、「牢」等字都有相似的情況，這些字在許慎所處的時代早已不再使用，因此《説文》並未收入，只收了一些《爾雅》記載的字，而這些字並非甲骨文時代流傳的，而是後人所造。其原因正如徐中舒所說的：「……各有專名，區分明確，後於農業社會中如此區別已無必要，漸爲死字，乃以從牛之牡爲雄畜之通稱。」〔註108〕

由上文提到的各種甲骨文，以及《説文》所收的牝牡相關字，可以得知古人對於動物牝牡的分辨與認識相當重視，時代也相當早，因此古人很早就發現雄性的家畜在發情期間，容易有暴躁不安，甚至攻擊同類的行爲，造成牧群不安。要減少這類問題，除了以屠宰來降低雄性家畜的數量之外，最好的辦法就是進行閹割手術。

閹割手術能使家畜性情溫順，容易管理，《周易・大畜》曰：「豶豕之牙，吉。」〔註109〕以及《爾雅義疏》曰：「豕本剛突，劇來性和。」〔註110〕意思是閹割過的豬隻，即便有尖銳的牙齒，但個性馴順，已經不足爲害。此外，閹割更可以有效地改進畜肉的質量，提高經濟價值，例如《禮記・曲禮下》曰：「豕曰剛鬣，豚曰腯肥。」〔註111〕以及《齊民要術・養豬》曰：「犍者骨細肉多，不犍者骨麤肉少。」〔註112〕古人很早就發現未閹割的豬隻皮厚、毛粗，閹割後的豬隻肉質肥美，因此閹割術在古代已被廣泛使用。

豕　《説文・豕部》曰：「𧱐，豕絆足行豕豕也。从豕繫二足。」（頁460）

〔註107〕見李孝定：《甲骨文字集釋》，卷二，頁298。

〔註108〕見徐中舒：《甲骨文字典》，卷二，頁79。

〔註109〕見《周易・大畜》，卷三，頁7，總頁18。

〔註110〕〔清〕郝懿行：《爾雅義疏》，卷下之六，頁2。

〔註111〕見《禮記・曲禮下》，卷一，頁24，總頁17。

〔註112〕見〔魏〕賈思勰：《齊民要術・養豬》（四部叢刊正編，臺北市：臺灣商務印書館，1979年11月臺一版），卷六，頁20，總頁68。

　　中國早在商周時代就已經掌握了閹割動物之術，甲骨卜辭有：「豖羊于帝既」
（鐵一七八、四），「豖羊」指的就是去勢之羊；《周禮・夏官・校人》有「攻特」，
鄭注曰：「謂騬之。」〔註113〕，《周禮・夏官・廋人》有「攻駒」〔註114〕，所謂
「攻特」或「攻駒」，就是對馬施行閹割術。

　　甲骨文有![甲骨字形]（乙七十二）、![甲骨字形]（乙六九二九）等字，象豬隻性器與本體分
離之狀，隸定之後作「豖」，《說文》小篆作「![小篆字形]」，許氏以小篆字體說解，與甲
骨文不合，楊樹達云：

> 許君據形立義，形既不合，則義為無根，其不足據信明矣。余疑豖
> 當為豕去勢之義，今通語所謂閹豬是也。古文於豕下加點，乃指其
> 去勢之事。〔註115〕

楊氏點出許慎的缺失，因此不足為信，並提出「豖」乃豕去勢之義，豕腹下的
一點代表的是閹割之事。李孝定云：

> 古人於家畜之牝牡驪黃，多制專字，此蓋畜牧時代文字之遺；又凡
> 畜牧之事，肉用之牲，恆割去其生殖機能，使易肥碩，凡牲之去陰
> 者，亦各有專字，犬曰猗，牛曰犗，馬曰騬，亦曰騸，羊曰羠，豕
> 曰豶，此均見於說文（按說文無騸），皆後起形聲字，所以適應後世
> 語言衍變者，不知豖實豕去陰之原始會意字，徒以篆形譌變，又有
> 形聲之豶，而豖之本誼，遂沈薶千古矣。〔註116〕

可知，「豖」字與前文討論指稱牛隻的「牝牡」字一樣，是用來專指豬隻去陰的
專造字，後來才衍變出許多同為「去陰」義的字，如閹犬曰「猗」，閹牛曰「犗」，
閹馬曰「騬」，亦曰「騸」，閹羊曰「羠」，閹豕曰「豶」等等，這些字已與「豖」
字的甲骨文字形無涉，因此後人只見《說文》「豶」字，而不知豕去陰之義初文
乃作「豖」。

　　從甲骨卜辭與古代典籍的紀錄可知閹割術在商周早有運用，而從《說文》

〔註113〕見《周禮・夏官・校人》，卷八，頁21，總頁159。

〔註114〕見《周禮・夏官・廋人》，卷八，頁23，總頁160。

〔註115〕見楊樹達：〈釋豖〉《積微居小學述林》，卷二，頁54。

〔註116〕見李孝定：《讀說文記》（臺北市：中央研究院歷史語言研究所，1992年1月初版），
　　　　頁232。

收錄這麼多「去陰」的相關字可知，閹割動物的技巧在漢代更加流行，漢代畫像石中，就有一幅閹割牛隻的圖像，是至今發現最早的圖像紀錄。

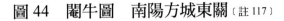

圖44　閹牛圖　南陽方城東關〔註117〕

除了「豕」字，《說文》收了相當數量的、與閹割動物有關的字，牛部有：

犗，騬牛也。从牛害聲。（頁51）

羊部有：

羯，羊羖犗也。从羊曷聲。（頁147）

羠，騬羊也。从羊夷聲。（頁147）

犬部有：

猗，犗犬也。从犬奇聲。（頁478）

豕部有：

豶。羠豕也。从豕賁聲。（頁459）

馬部有：

騬，犗馬也。从馬乘聲。（頁472）

這些字都是後起形聲字，而且其引伸義是相當接近的。

（三）牲畜的疾病與治療

由於古人對於牲畜的使用日漸依賴，於品種改良、閹割技術的各方面都有

〔註117〕圖片來源：李宏：《永恆的生命力量──漢代畫像石刻藝術研究》，頁104。

突破的進展，在經驗累積之後，有專門治療動物的獸醫出現，《周禮》記載古代
設有「獸醫」與「巫馬」等官職，表現出中國古人對於牲畜的重視。《周禮‧天
官‧獸醫》曰：

> 獸醫掌療獸病、療獸瘍。凡療獸病，灌而行之，以節之，以動其氣，
> 觀其所發而養之；凡療獸瘍，灌而劀之，以發其惡，然後藥之、養
> 之、食之。凡獸之有病者、有瘍者，使療之，死則計其數以進退之。
> 〔註118〕

當時醫治動物與醫治人體所用的方法相近，已經有將內科與外科分別採取不同
的治療方法的原則出現。內科的疾病先以口服湯藥，減緩症狀，再來觀察原因，
並以五穀增強氣力，妥善療養；外傷的潰瘍則清洗傷口，用手術來除去壞死的
組織，並且配合藥物與食物來治療。可見當時獸醫除了內外分科，還相當重視
治療後的護理。

《周禮》書中記載掌管治療人體的官職有「醫師」、「食醫」、「疾醫」、「瘍
醫」等等，分類之細，可見當時醫學之發達以及進步，反觀專門治療動物的官
職雖然不多，而且還未將治療「內病」與「外瘍」的醫師分開，但是對於牲畜
已經設有專門的醫療人員，由此可見官府對牲畜的醫療問題亦有相當程度的重
視。不過當時的思想仍舊無法完全脫離迷信，因此在家畜難以治癒的時候，還
是會求助巫師，而有「巫馬」一職，《周禮‧夏官‧巫馬》曰：「巫馬掌養疾馬
而乘治之，相醫而藥攻馬疾。」〔註119〕利用祝禱來祈求馬匹恢復健康就是巫馬
的工作之一。

以下簡單將《說文》所收與牲畜疾病相關的字大致分為「內科」、「外科」
兩類。

1. 內　科

瘯　《說文‧疒部》曰：「瘯，馬病也。从疒多聲。詩曰：瘯瘯駱馬。」（頁356）

許慎引《詩》作「瘯瘯駱馬」，《詩經》今作：「四牡騑騑，嘽嘽駱馬。」
〔註120〕「嘽」字亦見於《說文》，《說文‧口部》曰：「嘽，喘息也。一曰喜也。

〔註118〕見《周禮‧天官‧獸醫》，卷二，頁4，總頁23。

〔註119〕見《周禮‧夏官‧巫馬》，卷八，頁22，總頁160。

〔註120〕見《詩經‧小雅‧四牡》，卷九，頁2，總頁65。

從口單聲。詩曰：嘽嘽駱馬。」段注曰：「馬勞則喘息。」（頁56）「嘽」字的意思是馬匹勞動之後的喘息，徐鍇在「瘏」字下注曰：「馬疲乏也。」〔註121〕知「瘏」字表示馬匹過度疲勞之後的喘息。因此張舜徽進一步說：「孟子趙注云：『病，罷也。』罷即疲耳。許所引詩，乃小雅四牡篇文。今作嘽嘽，毛傳云：『喘息之貌。』馬疲與喘息義實相成也。」〔註122〕這裡講的應該是呼吸道方面的疾病，症狀是在奔馳或過勞之後，產生劇烈氣喘與呼吸困難。

瘏　《説文・广部》曰：「𤻘，病也。从广者聲。詩曰：我馬瘏矣。」（頁352）

《説文》中與「瘏」字類似的牲畜疾病字還有「瘏」字。《詩經・周南・卷耳》曰：「陟彼砠矣，我馬瘏矣。」正義孫炎曰：「瘏，馬疲不能進之病也。」〔註123〕就是指馬匹過度疲勞之後，所引起的無法行走的一種症候，古代在役使牲畜時，如果沒有多加注意，牲口很容易因為過勞而產生疾病，甚至死亡，《晏子春秋・諫上》有「大暑而疾馳，甚者馬死，薄者馬傷。」〔註124〕的記載。

餕　《説文・食部》曰：「𩜌，馬食穀多气流四下也。从食夋聲。」（頁225）

在「飼養的食料與器皿」一節中，曾討論過古人有時會以穀類來餵養馬匹，其目的在於快速補充體力與增強體能。然而穀類堅硬，不容易消化，如果餵食太多，或者放置較久的飼料已經發酵霉敗，都有可能引起消化不良與脹氣，造成馬匹腸胃鼓脹不適。

羸　《説文・羊部》曰：「羸，疲也。从羊羸聲。」（頁148）

飼養牲畜，其目的不外乎為了取其肉，或者得其勞動力，因此古人認為牲畜羸瘦也是屬於疾病的一種，這從「瘦」（瘦）字从「广」就可以得知。

牲畜過於瘦弱，可能是因為飼料不足，或者是管理不當，例如《韓非子・內儲說下》曰：「中山有賤公子，馬甚瘦，車甚弊。」〔註125〕以及《漢書・趙充國辛慶忌傳》曰：「屯兵在武威、張掖、酒泉萬騎以上，皆多羸瘦，可益馬食。」

〔註121〕見徐鍇：《説文解字繫傳》，卷十四，頁14，總頁154。

〔註122〕見張舜徽：《説文解字約注》，頁2016。

〔註123〕見《十三經注疏 詩經》（臺北市：藝文印書館，1997年8月初版十三刷），卷一，頁10，總頁34。

〔註124〕見《晏子春秋・諫上》（四部叢刊正編，臺北市：臺灣商務印書館，1979年11月臺一版），卷一，頁20，總頁11。

〔註125〕見《韓非子・內儲說下》，卷十，頁5，總頁53。

〔註126〕飼料不足所引起的牲口羸瘦,長期下來容易造成疾病,甚至死亡,因此古人相當重視。

羻　《說文‧羊部》曰:「羻,羊相羻䕸也。从羊委聲。」(頁 148)

䕸　《說文‧羊部》曰:「䕸,羊相羻䕸也。从羊責聲。」(頁 148)

　　「羻䕸」兩字連用,《集韻》曰:「羻䕸羊疫。」〔註127〕「疫」字在《說文》解釋為:「民皆疾也。从疒役省聲。」(頁 355~356) 指的就是現代所說的流行性傳染病或瘟疫,因此「羻䕸」就是羊隻的流行性傳染病,如果沒有及時控制與治療,這種流行病往往造成大量的牲畜損失。例如《漢書‧五行志》曰:「暑歲羊多疫死。」〔註128〕

殯　《說文‧歺部》曰:「殯,畜產疫病也。从歺羸聲。」(頁 165)

　　此字更為明確的點出這是牲畜之間的流行性疾病,段注曰:「人曰癘疫,畜曰殯。」(頁 165) 這個字是家畜傳染病的通稱。

　　古代醫學水平不如今日,當氣候變異,或者大環境不佳,如水患、旱災的時候,往往發生大規模流行疾病,如不及時控制,常常造成相當嚴重的災害,有時也會影響到農業發展。《後漢書‧五行志》曰:「明帝永平十八年,牛疫死。……章帝建初四年冬,京都牛大疫。」〔註129〕《後漢書‧肅宗孝章帝紀》曰:「比年牛多疾疫,墾田減少,穀價頗貴,人以流亡。」〔註130〕

犨　《說文‧牛部》曰:「犨,牛羊無子也。从牛壽聲,讀若糗糧之糗。」　　(頁 53)

　　上文提過古人已掌握閹割牲畜的技術,其目的在於使牲畜性格溫馴,容易驅使,並且能提升肉的品質。然而古人當然會留下部分牲畜,在繁殖的季節加以配種,期待牲畜數量能夠增加,「犨」字就是泛指牛羊未孕,或者不孕的意思,其原因有可能只是單純配種失敗,也有可能是因為牲畜的生殖系統有病變

〔註126〕見《漢書‧趙充國辛慶忌傳》,卷六十九,頁 2977。

〔註127〕見《集韻‧去聲》(四部備要本,臺北市:中華書局,1966 年 3 月),卷七,頁 5。

〔註128〕見《漢書‧五行志》,卷二十七中之下,頁 1406。

〔註129〕見《後漢書‧五行志》(北京市:中華書局,1987 年 10 月第四次印刷),志第十六,頁 3336。

〔註130〕見《後漢書‧肅宗孝章帝紀》,卷三,頁 132。

或異常所導致。

猘　《說文·犬部》曰：「𤟟，狂犬也。从犬斳聲。春秋傳曰：猘犬入華臣氏之
　　門。」（頁481）

狂　《說文·犬部》曰：「𤝽，狾犬也。从犬㞷聲。𢖶，古文从心。」（頁481）

　　「猘」、「狂」兩字互訓，表現的是犬隻狂亂的一種疾病。《左傳·襄公十七
年》作「瘈狗」曰：「國人逐瘈狗，瘈狗入於華臣氏。」〔註131〕，段氏於「猘」
字下注曰：「按今左傳作瘈，非古也，許所見作猘。」（頁481）知「猘」、「瘈」
乃是古今字。

　　另外，《集韻》又於「猘」下曰：「或作猘、瘈。」〔註132〕知「猘」亦是「猘」
之或體字，《說文》無「猘」字，《淮南子·汜論訓》曰：「則因猘狗之驚，以殺
子陽。」〔註133〕《呂氏春秋·首時》曰：「鄭子陽之難，猘狗潰之。」〔註134〕
可知「猘」、「瘈」、「猘」、「狂」，都是指患有狂犬症的狗，這是一種人畜共通的
疾病，因此古人對這種疾病相當懼怕，如《左傳》所記，人們甚至會群起圍打
發狂的犬隻。

　　如被患有狂犬病的狗咬傷，會引發麻痺、吞嚥困難、咽喉肌肉痙攣等症狀，
會有恐水的反應，因此又稱爲「恐水症」，古人早已對狂犬恐水的症狀有所瞭解，
例如《淮南子·說林訓》就有記載：「猘狗不自投于河。」〔註135〕

2. 外　科

疣　《說文·疒部》曰：「𤻘，馬脛瘍也。从疒兌聲。一曰將傷。」（頁356）

　　所謂「馬脛瘍」，乃指馬匹的腿脛部位有所損傷或潰瘍。馬的特長在於疾奔，
時常被人們快速驅趕，在戰場上更是如此。疾奔之後腳部最容易受傷，特別是
脛骨附近常有受損，傷口也容易因爲感染而潰瘍，因此《戰國策·楚策》有記
載：「蹄申膝折，尾湛腑潰。」〔註136〕

〔註131〕見《左傳·襄公十七年》，卷十六，頁3，總頁137。

〔註132〕見《集韻·去聲》，卷七，頁23。

〔註133〕見《淮南子·汜論訓》，卷十三，頁6，總頁95。

〔註134〕見《呂氏春秋·首時》，卷十四，頁10，總頁84。

〔註135〕見《淮南子·說林訓》，卷十七，頁12，總頁132。

〔註136〕見《戰國策·楚策》（四部叢刊正編，臺北市：臺灣商務印書館，1979年11月臺一版），

趽　《說文‧足部》曰：「趽，曲脛馬也。从足方聲，讀與彭同。」（頁 85）

　　與「疲」字相近的，還有「趽」字，《說文》釋曰「曲脛馬」，指的是足脛彎曲的症狀，其原因可能與「疲」字相近，都是腳部在奔跑之後有所損傷，因此足脛彎曲變形。

牣　《說文‧牛部》曰：「牣，牛舌病也。从牛今聲。」（頁 53）

　　「牣」字段玉裁注曰：「舌病則噤閉不成聲，亦作䚙。」（頁 53）知「牣」字有一異體字作「䚙」，从舌的字形正與此字的解釋「牛舌病」有關。牛隻在進食的時候，如果餵食者沒有多加留意，讓牛隻吃到粗糙或者尖銳的草料，有時舌頭就會被刺傷，傷口潰瘍後會有腫大、發炎，影響牛的叫聲，因此段玉裁注曰「噤閉不成聲」。

螉　《說文‧虫部》曰：「螉，螉蟱。蟲在牛馬皮者。从虫翁聲。」（頁 670）

蟱　《說文‧虫部》曰：「蟱，螉蟱也。从虫從聲。」（頁 670）

　　另外，由於古代畜牧環境不如今日，牲畜很容易感染寄生蟲。《說文》收有「螉蟱」，這是一種寄生在牛馬皮膚的小蟲，畜體被寄生的部位會腫脹鼓起，螉蟱以極尖利的口器在牛馬皮膚上刺破流血，並在傷口產卵化蛆，使牛馬劇痛，以致狂奔亂跳。當害蟲大量繁殖後，牛馬終日將不得安寧，食慾大減，甚至會因瘦弱而死亡。〔註 137〕

蝱　《說文‧虫部》曰：「蝱，齧牛蟲也。从虫宀聲。」（頁 672）

　　段注曰：「通俗文曰：狗蝨曰蝱。」（頁 672）可知「蝱」、「蝨」義近，指的是一種寄生在牲畜體表的昆蟲，這種昆蟲通常會吸食牲畜的血液，有時也會藉此傳播疾病，在畜體上吸滿血後有如蓖麻子那麼大，因此稱「牛蝱」，被叮咬後的牲畜會發熱，食慾不振，甚至造成死亡。〔註 138〕

　　從以上《說文》所收的字來看，古人對於牲畜在品種改良、相畜技巧、牝牡分辨、閹割技術、建立獸醫、認識疾病等各方面都相當有進展，對於後來的

　　　卷五，頁 44，總頁 128。

〔註 137〕見馮洪錢：〈漢《說文解字》畜病記載考注〉，載《農業考古》，1998 年第 3 期，頁 323。

〔註 138〕見馮洪錢：〈漢《說文解字》畜病記載考注〉，載《農業考古》，1998 年第 3 期，頁 323。

畜牧業產生了很大的助益與影響。

第六節　小　結

　　在整理了古文字、考古發掘、民族學、典籍記載以及先賢研究成果等等材料之後，我們對於中國古代畜牧活動有了更全面的瞭解。

　　《說文》所收相關字甚多，在畜牧的興起方面，獵人累積的經驗與知識，使得古人能夠馴養動物，甚至有意識地繁殖小獸，成為畜牧活動的濫觴，這在《說文》「畜」、「畾」、「豢」、「牧」等字都有所反映。

　　飼養牲畜的食料與器皿方面，集中在《說文》「艸」、「牛」、「鹿」、「豕」、「食」、「竹」、「木」等部首中，當時的牧人已經能依照動物的習性與生理構造，選擇不同的飼料加以餵養。

　　畜養場所方面，在《說文》「广」、「宀」、「囗」、「阜」、「艸」、「牛」、「馬」等部首也有相關字的收錄，以場所的大小分為兩類，小範圍的圈養與住家相近，注重牲口的保護與管理，能提供祭祀用的犧牲，以及宴饗時候的肉品；大範圍的畜養相較之下，則管理較為鬆散，能提供貴族狩獵或遊藝的場所，因此以享樂為主要目地。

　　在駕馭牲畜的工具，以及方法的部分，則多收錄在《說文》「彳」、「攴」、「竹」、「革」、「糸」、「絲」、「木」、「金」、「网」、「馬」、「牛」等部中，人們以「鞭打」以及「牽引」的方法，克服了人類氣力微小的弱點，得以使牲畜發揮更大效益。

　　最後，是牲畜品種改良、閹割技術與疾病的認識方面，這些相關字多收錄在《說文》「馬」、「牛」、「羊」、「犬」、「豕」、「广」、「食」、「足」、「虫」等部首之中，在在表現出古人累積了許多經驗之後，能夠以醫療和科學的知識，提升牲畜的品質與健康，使得畜牧業往前邁進了一大步。

第四章 《說文》與中國古代農業

第一節 前言：農業的起源與初始農具

（一）農業起自採集

中國在農業和畜牧出現之前，原始人類過了很長的一段依靠採集、漁獵為生的生活。《淮南子・脩務訓》曰：「古者民茹草飲水，采樹木之實，食蠃蚌之肉。」[註1] 在進行漁獵活動時，由於動物是可動的，而且數量有限，加上當時狩獵技術、狩獵工具的等等限制，漁獵無法完全滿足人類的需求，而需要另尋更多產量、更為可靠的的食物，採集就是這樣的一種生產手段。[註2]

采 《說文・木部》曰：「𣕀，捋取也。從木從爪。」（頁270）

「采」字上象手爪，下象植物，表現古人直接以手摘採植物的樣子。以「采」字表示採集義，於《詩經》出現甚多，如〈周南・關雎〉有「參差荇菜，左右采之」[註3]，〈周南・卷耳〉也有「采采卷耳，不盈頃筐」[註4]，用手直接摘

〔註1〕見《淮南子・脩務訓》，卷十九，頁1，總頁144。

〔註2〕詳宋兆麟：《中國風俗通始——原始社會卷》，頁306。

〔註3〕見《詩經・周南・關雎》，卷一，頁4，總頁3。

採野生植物，是最快速直接的方法，這些詩句也表現出當時野生植物的茂盛，以及採集活動的盛行。

經過很長一段採集時期，古人累積了許多經驗，包括植物的種類、植物喜好的生長環境、盛產季節，以及加工、儲存的方法，獲得更多生產的知識，也替後來的農業生產作了準備。他們從照顧野生植物開始，包括除草與澆水，收成之後並留下若干種子，隨意撒種，以待隔年再度收穫，雲南獨龍族的婦女就是如此，她們在照顧野生稻時，有意撒掉一些收成的稻粒，而且利用拔秧帶起來的土把稻種埋好，第二年就可以長出野生稻。〔註5〕這可說是農業生產最初的雛形。

（二）從「辰」及其相關字看初始農具

在長時間反覆觀察、累積經驗之後，人們選擇了一些較有經濟價值的品種如禾穀之類，進行較精細的種植，也漸漸地發明一些適合耕作的器具，古代傳說中的神農氏就是此時的代表，《淮南子‧脩務訓》曰：「神農乃如教民播種五穀，相土地宜燥濕肥墝高下。」〔註6〕

其實在「耒」、「耜」等耕具發明之前，古人也以簡單的木棒、木叉等工具來進行挖土等簡單工作，這在目前世界上一些原始民族的生產活動中還可以見到，然而初民在進行與農業有關的挖掘工作時，除了用木製工具，也有手持「蚌殼」進行農事的，《淮南子‧氾論訓》曰：「古者剡耜而耕，摩蜃而耨。」〔註7〕

蜃　《說文‧虫部》曰：「蜃，大蛤，雉入水所匕。从虫辰聲。」（頁677）

辰　《說文‧辰部》曰：「辰，震也。三月昜气動，靁電震，民農時也，物皆生。从乙匕，匕象芒達，厂聲，辰房星，天時也。从二，二古文上字。凡辰之屬皆从辰。辰，古文辰。」（頁752）

其實「蜃」字之初文爲「辰」，「辰」字的甲骨文作 （鐵二七二、四）、 （前三、八、四），金文作 （呂鼎）、 （伯晨鼎），都象蚌蛤類自殼中伸出

〔註4〕見《詩經‧周南‧卷耳》，卷一，頁6，總頁4。

〔註5〕見宋兆麟：《中國風俗通史——原始社會卷》，頁389。

〔註6〕見《淮南子‧脩務訓》，卷十九，頁1，總頁144。

〔註7〕見《淮南子‧氾論訓》，卷十三，頁1，總頁93。

之形。魯實先先生云：「辰，象蚌蛤之開甲伸首，而爲蜃之初文。以辰爲記日之名，故孳乳爲蜃。」〔註8〕其說甚精。

　　古代使用蚌殼進行農事，而許愼已經察覺到「辰」字與農事的關係，因此才會說「民農時也，物皆生」，可惜他沒見到後來才出土的甲骨文，因此釋形釋義都失之勉強。而許愼之所以會察覺到「辰」字與農業活動的關係，是因爲有一批構形从辰的字，都有與農事相關的意思。馬敍倫云：

　　　　蓋初以手發土薙草，後乃用蜃。〔註9〕

郭沫若亦云：

　　　　農事之字每多从辰，如農、如辱、如蓐皆是，許氏注意及此，故側重
　　　　農事以釋辰。……辰本耕器，故農、辱、蓐、耨諸字均从辰。〔註10〕

依以上兩段文字，可知「蜃」字、「辱」字、「蓐」字、「耨」字、「晨」字、「農」字，這些字所以與農事相關，是因爲構形从「辰」的緣故。許愼在《說文》列在「農」（農）字下的一些異體字也值得一看。

農　《說文‧晨部》曰：「🈂，耕人也。从晨囟聲。🈂，籀文農从林。🈂，古文
　　　農。🈂，亦古文農。」（頁106）

　　許愼以「耕人」解之，並收籀文「🈂」、古文「🈂」與「🈂」。「農」字甲骨文作🈂（甲九六）、🈂（前五、四七、五）、🈂（後一、七、一一），其字从辰从林（或森），與《說文》所收第二個古文「🈂」字之字形相合，表現以「辰」在山林開墾的意思；金文有作🈂（散盤），與《說文》所記篆體「🈂」字可相對照〔註11〕，表現手持貝蚌墾田之狀。這些字的字形略有小異，但其含意卻都很接近。〔註12〕由此可知，從「農」字之古文字形來看，其原始意義應該是持

〔註8〕見魯實先：《文字析義》，頁322。

〔註9〕見馬敍倫：《說文解字六書疏證》，卷二十八，頁3674。

〔註10〕見郭沫若：〈釋干支〉《甲骨文字研究》（臺北市：民文出版社，1952年初版），頁199～201。

〔註11〕劉心源曰：「農取田辰會意，从囟乃田變也。」見〔清〕劉心源：《奇觚室吉金文述》（續修四庫全書，上海市：上海古籍出版社，2002年3月第一次印刷），卷八，頁28，總頁532。

〔註12〕關於《說文》所收「農」字古文「🈂」，其字形無可取意，目前出土之甲骨文、金

「農」開墾山林，楊樹達云：

> 西方史家謂初民之世，森林徧布，營耕者於播種之先，必先斬伐其
> 樹木，故字從林也。從辰者，甲文字作 或 ，象蜃蛤之形。《淮南
> 子·氾論篇》云：「古者剡耜而耕，摩蜃而耨。」知古初民耕具用蜃
> 爲之。〔註13〕

楊氏之說簡要明確且合於史實。而漢代的《說文》將「農」字解釋爲「耕人」，
乃是之後引伸的意義了。

　　除了「農」字，另有許多從「辰」或從「辱」的字與農事有關，以下討論
「辱」字與農業的關連。

　　在「農」字的金文之中，有從又持辰的字形，如 （散盤），以及 （農
簋），這裡表示以手操作「辰」來進行農事，而從又持辰的部分可釋作「辱」
字，楊樹達云：

> 辱字從寸從辰，寸謂手，蓋上古之世，尚無金鐵，故手持摩銳之蜃
> 以芸除穢草，所謂耨也。及後世文物改進，芸艸之具不用蜃蛤而以
> 金屬爲之，又以木爲其柄，故於初字之辱加金旁或木旁而有鎒、槈
> 二文，文字孳乳之次第，大可見社會文物進化之情狀者，此其一事
> 也。〔註14〕

由此可知「辱」字與農事之關係，《說文·辰部》曰：「辱，恥也。從寸在辰下。
失耕時於封畺上戮之也。辰者農之時也，故房星爲辰，田候也。」（頁752）許
慎在說解「辱」字時，與解釋「辰」字一樣，察覺到此字與農事具有關連，因
此以「失耕時於封畺上戮之」來加以說明，然而未能明言此字的本義，而以假
借後的意思釋之，故不可從。

　　其實在《說文》所收從「辱」字構形的一些字當中，反而更能看出「辱」
與農事確實是相關的。如「蓐」、「薅」、「槈」等字：

文亦無從對照，應是傳鈔譌誤，故商承祚謂：「說文 ，古文農。，亦古文農。……
第一文從 ，于義無可說，殆 之傳誤也。」見商承祚：《說文中之古文考》（臺北
市：學海出版社，1979年5月初版），頁22。

〔註13〕見楊樹達：〈釋農〉《積微居甲文說》，卷上，頁28。

〔註14〕見楊樹達：〈釋辱〉《積微居小學述林》，卷二，頁50～51。

蓐　《說文・蓐部》曰：「蓐，陳艸復生也。从艸辱聲。一曰蔟也。凡蓐之屬皆从蓐。薅，籀文蓐从茻。」（頁48）

薅　《說文・蓐部》曰：「薅，披田艸也。从蓐好省聲。薅，籀文薅省。茠，薅或从休。詩曰：既茠荼蓼。」（頁48）

槈　《說文・木部》曰：「槈，薅器也。從木辱聲。鎒，或作從金。」（頁261）

這些字都與「除去田間雜生的穢草」相關，「蓐」字表示已刈除過的草（陳草）又長出來，暗指先前已有除草的動作；而「薅」字表示除去田間雜草（大徐本作「拔去田草」〔註15〕）；「槈」字又指的是「薅器」，這些都正與「農」字「開墾田地」的意思十分相近，由這些字也可以看出，原始農業活動最基本的步驟之一，就是要除去山林間蔓生的野草，以利作物的生長。這也就是《國語・吳語》所記「譬如農夫作耦，以刈殺四方之蓬蒿。」〔註16〕以及《詩經・周頌・載芟》所謂的「載芟載柞，其耕澤澤。」〔註17〕

　　經過很長一段時間農業活動以及經驗累積之後，人們選擇經濟價值較高的穀類來種植，糧食來源有了較可靠的保障，因此農業漸漸成為中國最重要的生產活動，在作物選擇、工具發明、農田水利、耕作方法、加工儲存技術等等各方面都有相當大的進展，這些成果表現在《說文》所收大量農業相關字群之中，也顯示出當時人們對於農業的重視。

第二節　從「禾」、「麥」、「黍」、「米」、「艸」等部看農作物的種類

（一）從百穀到五穀

穀　《說文・禾部》曰：「穀，續也，百穀之總名也。从禾殼聲。」（頁329）

　　當初民在進行穀類的採集時，因為單一品種收穫量有限，以及自然環境不同，一開始必定是不分品類、各種穀物都納入採集對象，因此到了農業活動的

〔註15〕見〔宋〕徐鉉校訂：《說文解字》，卷一，頁117。

〔註16〕見《國語・吳語》，卷十九，頁5，總頁138。

〔註17〕毛傳曰：「除草曰芟，除木曰柞」。鄭箋云：「將耕，先使芟柞其草木。」見《詩經・周頌・載芟》，卷十九，頁14～15，總頁154～155。

初期，穀物的栽培種類也是相當多的，古代有「百穀」這樣的說法，《史記・五帝本紀》曰：「時播百穀草木。」〔註18〕《周易・離卦》曰：「日月麗乎天，百穀草木麗乎土。」〔註19〕《尚書・舜典》曰：「汝后稷，播時百穀。」〔註20〕《詩經・周頌・噫嘻》曰：「率時農夫，播厥百穀。」〔註21〕「百穀」一詞在典籍中相當常見，表現出早期農業穀物種類甚多的情形。在甲骨卜辭中，所見的農作物名稱有：禾、黍、稷、來、麥、稻等，如：

戊戌卜：其求禾于帝？（合集四○一一四）

庚申卜，貞：我受黍年？二月。（前三、五三○、三）

甲辰卜：弗其受稷年？（合集一○○三五）

辛亥卜貞：或刈來？（鐵一七七、三）

庚子卜，賓貞：翌辛丑有告麥？（前四、四○、七）

癸未卜，爭貞：受稻年？（合集一○○○四七）

而主要是商代作品的《詩經》，其中記載的農作物有黍、稷、麥、禾、麻、菽、稻、秬、粱、芑、荏菽、秠、來、牟（麰）、稌等十五種，可見商周時代農作物的品種已經相當豐富了。〔註22〕

禾　《說文・禾部》曰：「𥝋，嘉穀也。吕二月始生，八月而孰，得之中和，故謂之禾。禾木也，木王而生，金王而死。从木，象其穗。凡禾之屬皆从禾。」（頁323）

《說文》所收「禾」字就泛指一般的穀類作物。「禾」字甲骨文作 𥝋（甲一九一）、𥝋（後二、六、一六），金文作 𥝋（舀鼎）、𥝋（亳鼎），都象穀類植物上有穗與葉，下有根和莖的樣子，許慎補充的五行之說不可信。

在甲骨卜辭之中，就常有商人向神明或祖先祈求穀物豐收的記載：

〔註18〕見《史記・五帝本紀》，卷一，頁6。

〔註19〕見《周易・離卦》，卷三，頁11，總頁20。

〔註20〕見《尚書・舜典》，卷一，頁10，總頁11。

〔註21〕見《詩經・周頌・噫嘻》，卷十九，頁7，總頁151。

〔註22〕見何九盈、胡雙寶、張猛：《中國漢字文化大觀》（北京市：北京大學出版社，2002年4月第三次印刷），頁334。

戌戌卜：其求禾于帝？（合集四〇一一四）

甲辰卜：于岳求禾？（人二三六二）

隨著特定品種的流行與栽培，還有所謂「九穀」出現，「九穀」一詞在先秦典籍裡都集中於《周禮》一書。〈天官・大宰〉曰：「一曰三農，生九穀。」〔註23〕〈地官・廩人〉曰：「廩人掌九穀之數，以待國之匪頒。」〔註24〕〈地官・倉人〉曰：「倉人掌粟入之藏，辨九穀之物，以待邦用。」〔註25〕《周禮》書中還有「六穀」，〈天官・膳夫〉曰：「凡王之饋食用六穀，膳用六牲，飲用六清。」〔註26〕這裡之所以稱「六穀」，或許是為了與「六牲」、「六清」呼應。

後來典籍中出現最普遍的是「五穀」，《論語・微子》曰：「四體不勤，五穀不分。」〔註27〕《禮記・月令》曰：「孟夏行秋令，則苦雨數來，五穀不滋。」〔註28〕，後代註解者對於五穀是哪些種類也有了進一步的說明。如：

《周禮・天官・疾醫》曰：「以五味、五穀、五藥養其病。」鄭玄注曰：「五穀，麻、黍、稷、麥、豆。」〔註29〕

《淮南子・脩務訓》曰：「教民播種五穀。」高誘注曰：「菽、麥、黍、稷、稻也。」〔註30〕

《楚辭・大招》曰：「五穀六仞，設菰粱只。」王逸注曰：「五穀，稻、稷、麥、豆、麻也。」〔註31〕

《孟子・滕文公》曰：「后稷教民稼穡，樹藝五穀，五穀熟而民人育。」趙岐注曰：「五穀，謂稻、黍、稷、麥、菽也。」〔註32〕

〔註23〕見《周禮・天官・大宰》，卷一，頁13，總頁8。

〔註24〕見《周禮・地官・廩人》，卷四，頁39，總頁79。

〔註25〕見《周禮・地官・倉人》，卷四，頁41，總頁80。

〔註26〕見《周禮・天官・膳夫》，卷一，頁29，總頁16。

〔註27〕見《論語・微子》，卷九，頁15，總頁86。

〔註28〕見《禮記・月令》，卷五，頁10，總頁51。

〔註29〕見《周禮・天官・疾醫》，卷二，頁2，總頁22。

〔註30〕見《淮南子・脩務訓》，卷十九，頁1，總頁144。

〔註31〕見《楚辭・大招》（四部叢刊正編，臺北市：臺灣商務印書館，1979年11月臺一版），卷十，頁4，總頁117。

〔註32〕見《孟子・滕文公》，卷五，頁12，總頁44。

以上説法之所以有些微的差異，是因爲時代背景與南北環境的不同所造成，綜合各家所説，當時較受重視的穀類作物，有「黍」、「稷」、「麥」、「菽」（豆）、「稻」、「麻」等六種。《説文》對於這些種類的穀物都有記載，而這些字大部分集中在「禾」、「黍」、「麥」、「艸」等等與植物有關的部首裡面，以下將這六類分別討論之。

（二）黍

黍　《説文・黍部》曰：「𥞤，禾屬而黏者也。㠯大暑而種，故謂之黍。从禾雨省聲。孔子曰：黍可爲酒，故从禾入水也。凡黍之屬皆从黍。」（頁 332～333）

　　「黍」字甲骨文有作𣎜（佚五三一）或𣎜（鐵二一九四），象整株黍子穗、葉、莖、根之形；也有从「水」作𣎜（甲二六六五）、𣎜（前四、三〇、二）。

　　對於从水的「黍」字甲骨文，張哲云：「黍子大概有兩種用途，一是食用，另一是釀酒。……偏旁加水意取釀酒，黍能釀酒已是殷人的常識。」﹝註33﹞這一點可以從《説文》中，許愼託言孔子之語，謂「黍可爲酒，故从禾入水也。」看出。

　　另外，《説文》與「以黍造酒」相關的字還有「酉」字、「酏」字：

酉　《説文・酉部》曰：「𠻱，就也。八月黍成可爲酎酒。象古文酉之形也。凡酉之屬皆从酉。𠻱，古文酉从卯，卯爲春門，萬物已出；卯爲秋門，萬物已入。一，閉門象也。」（頁 754）

酏　《説文・酉部》曰：「𨡔，黍酒也。从酉也聲。一曰甜也。賈侍中説：酏爲鬻清。」（頁 758）

　　除了「酉」字與「酏」字之外，《説文》更記有主要用於製酒的黍類品種：

秬　《説文・鬯部》曰：「𩰪，黑黍也。一稃二米㠯釀。从鬯矩聲。秬，秬或从禾。」（頁 220）

　　「秬」是一種黑黍，見圖。「秬」字與製酒有關，因此收入「鬯」部，在典

﹝註33﹞見張哲：〈釋黍〉《中國文字》第八冊，（臺北市，國立臺灣大學文學院古文字學研究室編印，1962 年 6 月），頁 927。

籍裡多作「秬」，而且往往與「鬯」字連用，意指用黍子製成的香酒，如《詩經·大雅·江漢》曰：「釐爾圭瓚，秬鬯一卣。」〔註34〕《周禮·春官·鬯人》曰：「凡王之齊事，共其秬鬯。」〔註35〕這種香酒也用作祭祀，《禮記·表記》曰：「天子親耕，粢盛秬鬯，以事上帝。」〔註36〕表現古代天子收穫秬黍之後，以釀製的香酒祭祀上帝的虔誠模樣。

圖45　《爾雅·釋草》：「秬，黑黍。」〔註37〕

從甲骨文來看，許氏所謂「从禾雨省聲」的釋形是有誤的，然而他點出了黍具有黏性的特點，反映在文字，「黏」字就是从黍構形的，《說文·黍部》曰：「黏，相箸也。从黍占聲。」（頁333）

「黍」的生長期短，又抗旱、耐寒，因此能種植在環境寒冷的北方，黍去殼之後稱為大黃米，口感味道極佳，因此在古代是相當珍貴的糧食，只有在豐收的季節，庶民才有機會吃到黍子，《詩經·周頌·良耜》曰：「或來瞻女，載

〔註34〕見《詩經·大雅·江漢》，卷十八，頁23，總頁144。

〔註35〕見《周禮·春官·鬯人》，卷五，頁28，總頁95。

〔註36〕見《禮記·表記》，卷十七，頁4，總頁165。

〔註37〕圖片來源：〔晉〕郭璞：《爾雅音圖》，頁130。

筐及筥，其饟伊黍。」鄭玄箋曰：「豐年之時，雖賤者猶食黍。」〔註38〕

　　商人相當重視黍子的收成，因此卜辭中亦常見卜問「受黍年」或「登黍」的記載：

　　　　庚申卜，貞：我受黍年？二月。（前三、五三○、三）

　　　　丙子卜：其登黍于宗？（合集二二八）

「受黍年」是卜問黍子豐收與否，而「登黍」則是一種以新收成的黍祭祀祖先的儀式，《禮記·月令》亦有記載仲夏之月「農乃登黍。」〔註39〕

　　「黍」字與香味也有關係，「香」字的小篆篆形，就是从黍構形的，《説文·香部》曰：「𩡴，芳也。从黍从甘。春秋傳曰：黍稷馨香。凡香之屬皆从香。」（頁 333）可見黍在古代祭祀佔有重要地位，並不僅僅因為其味道甘美，也是因為黍具有香氣，能傳達祭祀者的心意，《尚書·君陳》曰：「黍稷非馨，明德惟馨。」〔註40〕謂芬芳之氣不僅來自黍稷，也來自聖明之德。

　　古代栽培黍的歷史相當早，在新石器文化的許多遺址中都有發現碳化的黍子，有些是散佈在地上，有些則是裝盛在容器當中，見圖。

　　　　圖46　新石器時代黍粒　陝西省臨潼縣姜寨出土〔註41〕

〔註38〕見《詩經·周頌·良耜》，卷十九，頁 16，總頁 155。

〔註39〕見《禮記·月令》，卷五，頁 10～11，總頁 51。

〔註40〕見《尚書·君陳》，卷十一，頁 4，總頁 76。

〔註41〕圖片來源：陳文華：《農業考古》（北京市，新華書店，2005 年 7 月第二次印刷），頁 48。

（三）稷

相傳在堯舜時代的賢者「棄」，能順應季節，觀察土地之宜，教人民播種百穀，造福了天下百姓，因此後代尊稱他爲「后稷」，世世代代祭祀不絕。而「稷」亦是重要的糧食作物，在古代被認爲是立國的基礎，因此國家也稱爲「社稷」。

「稷」和「黍」一樣，在古代具有重要地位，典籍裡「黍稷」往往對舉或連用，《詩經・王風・黍離》曰：「彼黍離離，彼稷之苗。」〔註42〕同書〈小雅・出車〉曰：「昔我往矣，黍稷方華。」〔註43〕以及〈唐風・鴇羽〉曰：「王事靡盬・不能蓺黍稷。」〔註44〕可見「黍」與「稷」地位是相近的，這是因爲在古代，「黍」與「稷」除了是糧食之外，也都是祭祀時重要的祭品，如《尚書・君陳》曰：「至治馨香，感于神明，黍稷非馨，明德惟馨。」〔註45〕《詩經・小雅・大田》曰：「以其騂黑，與其黍稷，以享以祀，以介景福。」〔註46〕

古人在進行祭祀的時候，裝盛祭品的容器也是相當講究的，《說文》所收的相關字有以下四個：

盛 《說文・皿部》曰：「盛，黍稷在器中吕祀者也。从皿成聲。」（頁 213）

齍 《說文・皿部》曰：「齍，黍稷器所吕祀者。从皿𪗱聲。」（頁 213～214）

簋 《說文・竹部》曰：「簋，黍稷方器也。从竹皿皀。𣪩，古文簋从匚食九。𨊠，古文簋从匚軌。朹，亦古文簋。」（頁 195～196）

簠 《說文・竹部》曰：「簠，黍稷圜器也。从竹皿甫聲。𠤳，古文簠从匚夫。」（頁 196）

《說文》在談到黍稷在祭祀時的器皿有「盛」字與「齍」字，這兩字專指祭祀的器皿，段玉裁於「齍」字下注曰：「按周禮一書，或兼言齍盛，或單言齍，單言盛，皆言祭祀之事，他事絕不言齍盛。」（頁 213）如《周禮・地

〔註42〕見《詩經・王風・黍離》，卷四，頁 1，總頁 30。

〔註43〕見《詩經・小雅・出車》，卷九，頁 10，總頁 69。

〔註44〕見《詩經・唐風・鴇羽》，卷六，頁 6，總頁 49。

〔註45〕見《尚書・君陳》，卷十一，頁 4，總頁 76。

〔註46〕見《詩經・小雅・大田》，卷十四，頁 4，總頁 101。

官‧舂人》曰：「舂人掌共米物祭祀，共其齍盛之米。」〔註47〕「米物」指多種穀類，可知「齍盛」一詞著重在祭祀之義，並不只限於「黍」、「稷」兩穀的盛裝。

此外，方形的「簠」與圓形的「簋」也是古代祭祀常用的器具，《周禮‧地官‧舍人》曰：「凡祭祀共簠簋，實之陳之，賓客亦如之。」鄭注曰：「方曰簠，圓曰簋。」〔註48〕

殷商卜辭裡有卜問稷之豐收的記載：

　　甲辰卜：弗其受稷年？（合集一〇〇三五）

　　唯白稷登？（合集三二〇一四）

「受稷年」與「受黍年」意思一樣，而白稷則是稷的品種之一。

「稷」類在《說文》相關字除「稷」之外，還有「齋」、「秫」等等：

稷　《說文‧禾部》曰：「𥡜，齋也。五穀之長。从禾畟聲。𥝩，古文稷。」（頁324～325）

齋　《說文‧禾部》曰：「𪍐，稷也。从禾𦣞聲。𪗉，齋或从次作。」（頁325）

秫　《說文‧禾部》曰：「𥞤，稷之粘者。从禾，朮象形。𧒈，秫或省禾。（頁325）

許慎以「五穀之長」稱稷，將其地位提昇很高，這是因為稷和黍一樣，都是耐寒、耐旱、成熟期短的穀類，很能適應黃河流域以及北方地區的氣候環境，並且也能用來釀酒，〔註49〕因此當時是種植最多，且最主要的糧食之一。見圖。

〔註47〕見《周禮‧地官‧舂人》，卷四，頁42，總頁81。

〔註48〕見《周禮‧地官‧舍人》，卷四，頁40，總頁80。

〔註49〕《說文‧酉部》曰：「𨤍，就也。所㠯就人性之善惡。从水酉，酉亦聲。一曰造也，吉凶所造起也。古者儀狄作酒醪，禹嘗之而美，遂逐儀狄。杜康作秫酒。」（頁754）

圖 47　《爾雅・釋草》：「粢，稷。」〔註50〕

（四）麥

《說文》中與麥子名稱相關的字有「來」、「麰」、「秣」、「麥」等。

來　《說文・來部》曰：「來，周所受瑞麥來麰也。二麥一夆，象其芒束之形。天所來也，故爲行來之來。詩曰：詒我來麰。凡來之屬皆从來。」（頁 233～234）

麰　《說文・麥部》曰：「麰，來麰，麥也。从麥牟聲。𦬣，麰或从艸。」（頁 234）

秣　《說文・禾部》曰：「秣，齊謂麥秣也。从禾來聲。」（頁 326～327）

麥　《說文・麥部》曰：「麥，芒穀。秋種厚薶，故謂之麥。麥金也，金王而生，火王而死。从來有穗者也，从夊。凡麥之屬皆从麥。」（頁 234）

「來」字甲骨文作ㄨ（甲二一二三）、ㄨ（鐵二四、二），象整株麥子的根、莖、葉之形，當以穀類的麥株爲本義。因此許氏曰：「象其芒束之形。」「來」字在《說文》與「麰」字互訓，並且「來麰」連用，都是「麥穀」的意思。關於後世「來爲小麥，麰爲大麥」之說，段玉裁注曰：

> 然則來麰者，以二字爲名，……古無謂來，小麥；麰，大麥者，至廣雅乃云：䅘，小麥；麳（麰），大麥。非許說也。（頁 233）

〔註50〕圖片來源：〔晉〕郭璞：《爾雅音圖》，頁 121。

段氏認爲《說文》時代,「來麰」是「以二字爲名」的複音詞,是統指麥類作物的。在典籍中「來麰」亦連用,並多寫作「來牟」,如《詩經‧周頌‧思文》「貽我來牟」〔註51〕和《詩經‧周頌‧臣工》「於皇來牟」〔註52〕。

「來」字在卜辭中經常被假借爲「來去」之意,魯實先先生云:「來假借爲往來,故孳乳爲『秾』。」〔註53〕「來」字假借爲往來,其麥子的本義不顯,因此另造「秾」來還原其義,此即轉注中的義轉。

先民種植麥類植物在商周時代已經有相當程度的普遍性,這從甲骨卜辭可以看見:

> 庚辰貞:受來?庚辰貞:不受來?(鄴四五、七)
>
> □亥卜:受來?禾?(粹八八七)
>
> 辛亥卜貞:或刈來?(鐵一七七、三)

所謂「受來」,與「受黍年」、「受稷年」意思一樣,就是在卜問麥類是否能得到豐收;「刈來」則意指收割麥子,這些卜辭的「來」都是指麥類作物,可見雖然當時「來」字多半已假借作往來之意,然而其代表麥子的原意還是有保留的。

麥在古代相當受到重視,除了其味美耐饑,其重要原因之一,就是從春秋時期開始,出現了能夠在秋天播種,夏天收成的冬麥,剛好能解決其他穀物秋冬收成,造成的糧荒問題,這就是許愼釋「麥」時所說的「秋穜厚薶」。

許愼釋「麥」字之字形曰「从來有穗者也,从夊」,「麥」字甲骨文作 𡟬 (京津二二三六)、 𡟬 (前四、四○、七),似與許愼之說相合,然卜辭或典籍,都未見「麥」字與「夊」之意相關的記載,李孝定云:

> 來麥當是一字……。 𠂤 本象到止形,於此但象麥根。以 來 叚爲行來
>
> 字,故更製絲體之 𡟬 ,以爲來麰之本字。〔註54〕

李氏認爲「麥」字甲骨文下半部象麥根之形,乃是用來加強麥穀之意,張哲亦

〔註51〕見《詩經‧周頌‧思文》,卷十九,頁6,總頁150。

〔註52〕見《詩經‧周頌‧臣工》,卷十九,頁7,總頁151。

〔註53〕見魯實先:《轉注釋義》,收《魯實先先生全集》(臺北市:黎明文化事業股份有限公司,2003年12月初版),頁336~337。

〔註54〕見李孝定:《甲骨文字集釋》,卷五,頁1892。

有類似說法，並且進一步補充了麥子根部的特色。〔註55〕魯實先生則云：「來麥於卜辭作 ✸，斯爲謀合語言之疊韻轉注字也。」〔註56〕指出「來」、「麥」二字乃是轉注中的音轉關係，其說甚精。

可知「來」、「麥」爲轉注關係的兩字，本義相同，在卜辭「來」字多半假借往來之用以後，「麥」字擔負了麥穀的意思，卜辭有：

　　　庚子卜，賓貞：翌辛丑有告麥？（前四、四○、七）

　　　月一正，曰食麥。（後下一、五）

「告麥」，是占卜諸侯是否會來報告麥子成熟之事，正如溫少峰等云：

　　　此種「告麥」，不僅報告麥之豐欠，且當有貢納麥之多少的內容，這
　　　涉及殷王室的財政收入。〔註57〕

其實早在新石器時代就有種植麥子的紀錄，在甘肅省民樂縣六霸鄉東灰山新石器時代遺址中，就發現了麥、高粱、粟、稷等穀物的碳化籽粒，鑑定後其時代距今 5000 年左右。見圖。

圖48　新石器時代小麥　新疆孔雀河古墓溝出土〔註58〕

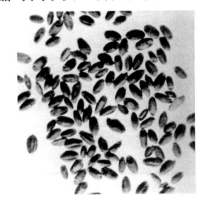

〔註55〕張哲〈釋來麥釐〉云：「麥字……是一株連根麰麥的象形，上部从來，其下爲根。……麥根奇長，鬚根可達丈餘。……冬季霜雪嚴寒，地面上麥苗的莖葉極少發育，僅根部盡量向地下發展，吸取地肥。……麥字書根，固因原字借爲來，不得不另造麥字，而麥根特長，亦足以引起先民的奇異，激發造字時書根的動機。」見《中國文字》第七冊，（臺北市：國立臺灣大學文學院古文字學研究室編印，1962 年 3 月），頁 765。

〔註56〕見魯實先：《轉注釋義》，頁 398。

〔註57〕見溫少峰、袁庭棟：《殷墟卜辭研究——科學技術篇》（成都市：四川省社會科學院，1983 年 12 月第一次印刷），頁 174。

〔註58〕圖片來源：陳文華：《農業考古》，頁 50。

圖 49　新石器時代小麥　甘肅民樂東灰山出土〔註59〕

　　麥子由於籽粒堅硬，因此一開始吃的方法主要是粒食，就是直接將顆粒蒸煮後食用，後來在發明磨子之後，開始流行將麥磨成粉末，做成各種食物，因此「麥部」有很多跟麥粉、麥末、麥屑相關的字。

麧　《説文・麥部》曰：「麧，堅麥也。从麥气聲。」（頁 234）

䴲　《説文・麥部》曰：「䴲，小麥屑之覈。从麥貴聲。」段注曰：「此謂屑之而仍有核，覈同果中核之核。……䴲與麧皆謂堅者。」（頁 234）

䵃　《説文・麥部》曰：「䵃，礦麥也。从麥歷聲。一曰搗也。」（頁 234）

麩　《説文・麥部》曰：「麩，小麥屑皮也。从麥夫聲。䵮，麩或从甫。」（頁 234）

䴿　《説文・麥部》曰：「䴿，麥屑末也。从麥丙聲。」（頁 234）

䵌　《説文・麥部》曰：「䵌，麥覈屑也，十斤爲三斗。从麥啻聲。」（頁 234）

　　有意思的，是許慎列字的次第，首先「麧」與「䴲」字，都是形容「麥之堅硬」；下來的「䵃」字，則是指「磨麥」或「搗麥」的行爲，即是使之不再堅硬難以食用的手段；而最後的「麩」、「䴿」、「䵌」，則是磨碎或搗碎麥子之後的皮屑粉末。

（五）尗

尗　《説文・尗部》曰：「尗，豆也。尗象豆生之形也。凡尗之屬皆从尗。」（頁 339〜340）

〔註59〕圖片來源：陳文華：《農業考古》，頁 51。

　　「豆」字在古代指的是祭祀時裝肉的器皿，《說文‧豆部》曰「古食肉器也」（頁209）以「豆」釋「尗」字，是以後代的假借字來解釋本字。〔註60〕

　　「尗」字字形象豆子全株之形，馬敘倫云：「倫謂象形文本作　，象莖葉而豆莢垂之。戚觶戚字作　，其尗形作　。較初文雖遜，然有莖有葉有根而豆莢垂之，形猶可辨也。篆文變譌，遂不可識。」〔註61〕他認為「尗」字初文為豆株之形，到了小篆時代產生訛變，因此後人無法辨識。

　　與「尗」字相關的，《說文》還有「叔」字。

叔　　《說文‧又部》曰：「　，拾也。从又尗聲。汝南名收芌為叔。　，叔或从寸。」（頁117）

　　「叔」字金文作　（吳方彝）、　（叔鼎），象以手持或取豆株之形，故《說文》釋為「拾也」，唐蘭云：「金文叔字作　，就从 尗，下面三點是豆形，右邊的手形是揀豆。」〔註62〕

　　「叔」作為「拾取」義，在典籍不多，如《詩經‧豳風‧七月》「九月叔苴」，毛傳曰：「叔，拾也。」〔註63〕同時「叔」也可以當作名詞表示豆子，後來在「叔」字假借作長幼排行之後，便加上艸字頭孳乳出「菽」字，如《詩經‧豳風‧七月》「亨葵及菽」，鄭箋曰：「本亦作叔，藿也。」〔註64〕（藿字《說文》釋為「尗之少」），以及《詩經‧小雅‧采菽》「采菽采菽‧筐之筥之」，鄭箋云：「菽，大豆也。」〔註65〕

〔註60〕詳蔡信發：《六書釋例》（臺北市：萬卷樓圖書有限公司，2001年10月初版），頁45。

〔註61〕見馬敘倫：《說文解字六書疏證》，卷十四，頁1870。

〔註62〕見唐蘭：〈陝西省岐山縣董家村新出西周重要銅器銘辭的譯文和注釋〉，收《唐蘭先生金文論集》（北京市：紫禁城出版社，1995年10月第一次印刷），頁202。

〔註63〕見《詩經‧豳風‧七月》，卷八，頁3，總頁61。

〔註64〕見《詩經‧豳風‧七月》，卷八，頁3，總頁61。

〔註65〕見《詩經‧小雅‧采菽》，卷十五，頁1，總頁106。

圖50　《爾雅·釋草》：「戎叔，謂之荏菽。」〔註66〕

　　大豆與黍、稷、麥等作物相比，是屬於較爲平民化的糧食，《詩經·小雅·小宛》曰：「中原有菽，庶民采之。」〔註67〕除了更加耐旱，也可以種植在環境較差的山區，因此在天災或飢荒時，往往被當作救荒的糧食，《氾勝之書》曰：「大豆保歲易爲，宜古之所以備凶年也。」〔註68〕《戰國策·韓策》亦曰：「民之所食，大抵豆飯藿羹。」〔註69〕

　　《說文》中與「尗」有關的字，還有「荅」字、「萁」字與「藿」字。

荅　　《說文·艸部》曰：「荅，小尗也。从艸合聲。」（頁23）

萁　　《說文·艸部》曰：「萁，豆莖也。从艸其聲。」（頁23）

藿　　《說文·艸部》曰：「藿，尗之少也。从艸靃聲。」（頁23）

　　「荅」爲小豆，與「菽」代表的「大豆」相對，就是指其他的豆類品種，包括豌豆、綠豆等等，與大豆相比，小豆不能解饑，也較難取得。《氾勝之書》曰：「小豆不保歲，難得。」〔註70〕

　　「萁」爲豆莖，《漢書·公孫劉田王楊蔡陳鄭傳》曰：「田彼南山，蕪穢不

〔註66〕圖片來源：〔晉〕郭璞：《爾雅音圖》，頁122。

〔註67〕見《詩經·小雅·小宛》，卷十二，頁13，總頁88。

〔註68〕見〔漢〕氾勝之：《氾勝之書》（問經堂叢書，臺北市：藝文印書館，1968年），卷一，頁1。

〔註69〕見《戰國策·韓策》，卷八，頁11，總頁212。

〔註70〕見〔漢〕氾勝之：《氾勝之書》，卷一，頁1。

治，種一頃豆，落而為其。」〔註71〕與《說文》相合。「藋」字隸定作「藿」，《說文》釋為「未之少也」，與「荅」的釋文「小未」相類，然而典籍中此字之注解均與「小未」有異。《詩經‧小雅‧白駒》曰：「皎皎白駒，食我場藿。」毛傳曰：「藿，猶苗也。」〔註72〕即豆苗。《儀禮‧公食大夫禮》曰：「鉶芼牛藿羊苦豕薇皆有滑。」鄭注曰：「藿，豆葉也。」〔註73〕也就是說，「藿」字的字義應該是「豆苗」，故馬敘倫云：「是藿即今所謂豆苗，疑未之少也當作未之少葉也，轉寫挩葉字。」〔註74〕

　　至於考古發掘方面，雖然食用大豆時代相當早，然而考古遺跡出現大豆的時代都較晚，例如陝西侯馬遺址出土了十粒未碳化的大豆，以及黑龍江甯安縣大牡丹屯出土碳化的大豆，這些都是戰國時期的遺物，到了漢代的墓葬遺址裡，已經都普遍能發現大豆了。

（六）稻

　　稻穀在中國考古遺跡出現的時代相當早，目前發現最早的，是湖南省道縣玉蟾岩遺址、江西省萬年縣仙人洞及廣東省英德市牛欄洞等三處洞穴遺址，距今已有 10000 年左右，而在新石器時代出土稻穀的遺跡更多，達四十餘處，而且主要都集中在長江流域及其以南地區，這與稻穀性喜濕熱有關，如浙江的河姆渡遺址，以及浙江羅家角遺址，都出土了大量稻穀，距今都已 7000 年左右。見圖。

圖51　新石器時代稻穀　浙江餘姚河姆渡出土〔註75〕

〔註71〕見《漢書‧公孫劉田王楊蔡陳鄭傳》，卷六十六，頁 2896。

〔註72〕見《詩經‧小雅‧白駒》，卷十一，頁 4，總頁 79。

〔註73〕見《儀禮‧公食大夫禮》（四部叢刊正編，臺北市：臺灣商務印書館，1979 年 11 月臺一版），卷九，頁 12，總頁 105。

〔註74〕見馬敘倫：《說文解字六書疏證》，卷二，頁 137。

〔註75〕圖片來源：陳文華：《農業考古》，頁 39。

圖52　新石器時代稻穀　浙江桐鄉羅家角出土〔註76〕

　　稻的單位產量較高，去殼後稱爲白米，容易煮熟消化，可養活大量人口，因此稻穀在中國漸漸成了重要的糧食作物，其豐收與否也成了先民關注的話題，卜辭有云：

　　　　癸未卜，爭貞：受稻年？（合集一〇〇四七）

　　　　甲子卜，敨貞：我受稻年？（續二、二九、三）

　　到了後來，稻穀種植更加廣泛，這從典籍記載都可以看到，《詩經·小雅·白華》曰：「滮池北流，浸彼稻田。」〔註77〕同書〈豳風·七月〉曰：「八月剝棗，十月穫稻。」〔註78〕《周禮》甚至設有「稻人」一職，可以想見當時種稻之重要。《說文》一書與稻名有關之字也有收錄，有「稻」、「稌」、「秏」、「稉」、「秔」、「穤」等等。

稻　《說文·禾部》曰：「稻，稌也。从禾舀聲。」（頁325）

　　「稻」字甲骨文作（乙二五九四）、（新五五六），象一儲藏稻穀的容器；金文或从禾作（曾伯棗臣）、或从米作（陳公子甗），俱象稻穀在臼中將行舂打之狀，吳大澂曰：「，象打稻之形，下承以皿也。」〔註79〕「稻」字所从之「舀」，《說文》釋爲「抒臼也」（頁337）可見「稻」字除了代表作物的名稱，也表現了先民處理稻穀的手段。

稌　《說文·禾部》曰：「稌，稻也。从禾余聲。周禮曰：牛宜稌。」（頁325）

〔註76〕圖片來源：陳文華：《農業考古》，頁40。

〔註77〕見《詩經·小雅·白華》，卷十五，頁10，總頁111。

〔註78〕見《詩經·豳風·七月》，卷八，頁3，總頁61。

〔註79〕見〔清〕吳大澂：《說文古籀補》，卷七，頁116。

　　《說文》「稌」、「稻」二字互訓，代表稻穀的通名，段注曰：「是以知稌稻之爲大名也。」（頁325）因此《周禮・天官・食醫》的「牛宜稌」〔註80〕，以及《詩經・周頌・豐年》的「豐年多黍多稌」〔註81〕，其中的「稌」均釋爲「稻」，乃用來通稱一般的稻穀。《說文》還收有「秏」，釋爲「稻屬」。〔註82〕

圖 53　《爾雅・釋草》：「稌，稻。」〔註83〕

　　有學者認爲，在殷商時代，人們還未嚴格的以黏或不黏來區分稻穀品種，到漢代之後，才有品種分別。〔註84〕《說文》也收錄了這些字，包括「稉」、「秔」、「稬」等。

稉　《說文・禾部》曰：「稉，沛國謂稻曰稉。從禾㪍聲。」（頁325～326）

〔註80〕見《周禮・天官・食醫》，卷二，頁2，總頁22。

〔註81〕見《詩經・周頌・豐年》，卷十九，頁8，總頁151。

〔註82〕《說文・禾部》曰：「秏，稻屬。從禾毛聲。伊尹曰：飯之美者，𠭖山之禾，南海之秏。」（頁326）

〔註83〕圖片來源：〔晉〕郭璞：《爾雅音圖》，頁130。

〔註84〕溫少峰、袁庭棟云：「至於秔稬之分，始於漢代。……殷代之稻還無嚴格秔、稬之分。」見《殷虛卜辭研究——科學技術篇》，頁176。

　　《爾雅・釋草》曰：「稌，稻。」郭注曰：「今沛國呼稌。」〔註85〕知沛國稱稻為「稌」，而非「稬」，應是轉寫訛誤，復錯置「稬」字之下，馬敘倫云：「稬字注當云『稻之黏者』。」〔註86〕並云：「此當有重文作糯。」〔註87〕「糯」即現代的糯米，黏性甚強，常拿來作年糕、湯圓等食品。

秔　　《說文・禾部》曰：「秔，稻屬。从禾亢聲。稉，俗秔。」（頁326）

　　馬敘倫云：「《字林》稻屬下更有稻之不黏者。」〔註88〕說明了「稉米」為不黏之米，這種米顆粒呈短圓形，煮起來的米飯比較柔軟。

穅　　《說文・禾部》曰：「穅，稻不黏者。从禾兼聲。讀若風廉之廉。」（頁326）

　　許氏直言「穅」為稻不黏的品種，段注曰：「稻有不黏者則穅是也。今俗通謂不黏者為秈米。……按說文、玉篇皆有穅無秈。蓋秈即穅字音變而字異耳。」（頁326）可知「穅」字應該有一異體字「秈」，秈稻亦為現代稻米品種之一，其顆粒成細長或扁形，煮起來的米飯較為乾硬。

　　至於「稬」（糯）、「秔」（稉）、「穅」（秈）三者的黏度，段玉裁也有加以說明：「稻有至黏者，稬是也；有次黏者，稉是也；有不黏者，穅是也。」（頁326）

　　上文說過，殷商時代人們尚未嚴格分別黏稻與不黏稻，因此這些字的出現較晚，典籍資料亦不多，但值得注意的，是這些字可以表現出漢代稻作活動的興盛與發達，以及人們對於稻米品種的改良與瞭解。

（七）麻

　　「麻」在古代除了是重要的紡織原料，也是重要糧食作物之一。人們取其堅韌的纖維，加工作布，殷商卜辭中還沒見到麻的相關記載，但是在新石器時代的浙江錢山漾遺址，以及殷墟考古發掘中，都曾經出土有麻布的殘片，可見當時人們已經使用麻織品了。

　　至於麻籽，處於新石器時代的甘肅省東鄉縣林家遺址，就曾經出土過一批麻籽，距今5000年左右，這說明人們食用麻籽的時代是相當早的。另外，西漢

〔註85〕見《爾雅・釋草》，卷下，頁1，總頁20。
〔註86〕見馬敘倫：《說文解字六書疏證》，卷十三，頁1817。
〔註87〕見馬敘倫：《說文解字六書疏證》，卷十三，頁1817。
〔註88〕見馬敘倫：《說文解字六書疏證》，卷十三，頁1818。

的遺址河南洛陽燒溝、湖南長沙馬王堆等漢墓，亦曾經挖掘到麻籽，說明了麻籽至少到漢代還被當作糧食。〔註 89〕《說文》書中一批與麻相關的文字，也包含了麻布與麻籽這兩種意義。

麻　《說文・麻部》曰：「麻，枲也。从𣏟从广。𣏟人所治也，在屋下。凡麻之屬皆从麻。」（頁 339）

「麻」字金文作麻（師麻匡），字形到篆書、楷體都變異不大。广表示屋宇，𣏟指麻株纖維。關於許慎所說「𣏟人所治也，在屋下」，張舜徽云：

> 湖湘間治麻者，先就田野去其莖而取其皮，漚之池中，翌晨持歸，就敞屋刮之。去其表皮，留其中堅韌之纖維，俗稱刮麻，此麻字實象其事，殆自古治麻遺法如此。凡治禾、麥、黍、尗、豆皆在場圃，惟刮麻必於廡屋，故麻字从广。許云人所治在屋下者，實指刮麻言也。〔註 90〕

張氏所說「自古治麻遺法如此」，是因為古籍也有「漚麻」的記載，《詩經・陳風・東門之池》曰：「東門之池，可以漚麻。」鄭箋云：「於池中柔麻，使可緝績作衣。」〔註 91〕知治麻的步驟，是先在田野除去莖部，在水池浸泡過後，使麻皮的部分軟化柔順，再帶回居所進行刮麻的作業。張氏並提出《說文》釋「麻」字的字形「从𣏟从广」，是因為「治麻」與「治禾、麥、黍、尗、豆」的處理場所不同。

另外，《說文》的「枲」、「綮」、「朩」、「𣏟」等字，也都與「麻」關係密切。

枲　《說文・朩部》曰：「枲，麻也。从朩台聲。辝，籀文枲从朩从辝。」（頁 339）

綮　《說文・𣏟部》曰：「綮，枲屬。从𣏟，熒省聲。詩曰：衣錦綮衣。」（頁 339）

朩　《說文・朩部》曰：「朩，分枲莖皮也。从屮，八象枲皮，凡朩之屬皆从朩。讀若髕。」（頁 339）

𣏟　《說文・𣏟部》曰：「𣏟，葩之總名也。𣏟之為言微也，微纖為功。象形。

〔註 89〕詳陳文華：《農業考古》，頁 55～56。

〔註 90〕見張舜徽：《說文解字約注》，頁 1926。

〔註 91〕見《詩經・陳風・東門之池》，卷七，頁 3，總頁 55。

凡林之屬皆从林。」（頁 339）

《說文》「麻」字與「枲」字互訓，《爾雅·釋草》曰：「枲，麻。」〔註92〕「緆」則是枲的一種，《說文》所引的「衣錦緆衣」，今《詩經》作「衣錦褧衣」〔註93〕，「褧」字於《說文·衣部》曰：「褧，緆衣也。」（頁 395）知二字本同，皆指麻質之衣。

另外還有「朮」、「林」兩字，前一字甲骨文作（乙三三九四）、（佚七一○），後一字古陶文字作（古陶文字徵三、八二八），均象麻株之形，因此張舜徽云：「朮、林、麻實即一字。」〔註94〕馬敘倫亦云：「朮林亦屮艸、禾秝之例也，以有所屬字，故別為部。」〔註95〕

上面「枲」、「緆」、「朮」、「林」等字的解釋，都與麻布、麻纖維相關，至於麻籽的部分，除了上面說過的考古發掘之外，古代典籍裡也有人們食用麻籽的記載，如《詩經·豳風·七月》的「黍稷重穋，禾麻菽麥，嗟我農夫，我稼既同」〔註96〕，將「麻」與「黍、稷、菽、麥」等穀類作物並列，可見此處的「麻」指的是麻籽而非麻織品；還有《禮記·月令》的「以犬嘗麻，先薦寢廟」〔註97〕，以麻籽與犬肉搭配，供奉寢廟。這都是麻籽被人們食用的記載。另外，在《說文》亦有一些字與麻籽有關，即「菔」、「芓」、「萁」等字。

菔　《說文·艸部》曰：「菔，枲實也。从艸肥聲。䕒，菔或从麻賁。」（頁 23）

芓　《說文·艸部》曰：「芓，麻母也。从艸子聲。一曰芓即枲也。」（頁 23～24）

萁　《說文·艸部》曰：「萁，芓也。从艸異聲。」（頁 24）

麻是一種雌雄異株的植物，《說文》所謂「芓，麻母」，指的就是麻的雌株，其子實可以食用，不同於雄株只能用來作紡織原料。見圖。

〔註92〕見《爾雅·釋草》，卷下，頁 3，總頁 21。

〔註93〕見《詩經·衛風·碩人》，卷三，頁 11，總頁 26。

〔註94〕見張舜徽：《說文解字約注》，頁 1923。

〔註95〕見馬敘倫：《說文解字六書疏證》，卷十四，頁 1868。

〔註96〕見《詩經·豳風·七月》，卷八，頁 3～4，總頁 61。

〔註97〕見《禮記·月令》，卷五，頁 16，總頁 54。

圖 54　《爾雅・釋草》：「莩，麻母。」〔註98〕

　　《玉篇・朩部》曰：「有子曰苴，無子曰枲。」〔註99〕可知雄麻在古代稱作「枲」，雌麻在古代稱作「苴」〔註100〕，因此《詩經・豳風・七月》有「八月斷壺，九月叔苴，采荼薪樗，食我農夫」〔註101〕這樣記載撿拾麻籽的句子。然而「有子曰苴，無子曰枲」這樣的分別也不是很嚴格的，就像《說文》「苞」字的釋語「枲實也」，以及《爾雅・釋草》的「蕡，枲實」〔註102〕（見圖），俱不稱「苴實」而稱「枲實」，可見兩者在運用上並未完全依照《玉篇》雌雄的分類。

〔註98〕圖片來源：〔晉〕郭璞：《爾雅音圖》，頁 144。

〔註99〕見《玉篇・朩部》，卷十四，頁 5，總頁 56。

〔註100〕「苴」字《說文・艸部》曰：「苴，履中艸。从艸且聲。」（頁 44）指的是墊在鞋子裡的草料，與雌麻無關，故馬敍倫謂經典中的「苴」字「蓋紵之借字」。見馬敍倫：《說文解字六書疏證》，卷十四，頁 1866。

〔註101〕見《詩經・豳風・七月》，卷八，頁 3，總頁 61。

〔註102〕見《爾雅・釋草》，卷下，頁 3，總頁 21。

圖55　《爾雅・釋草》：「黂，枲實。」〔註103〕

　　麻籽在古代與黍、稷、麥、稻、菽等作物同為重要糧食，至少到漢代之前都還時常被人們食用著，祭祀活動也往往少不了它，但是在漢代之後，麻籽漸漸退出五穀的行列，以後的墓葬或遺址也就很少發現麻籽的蹤跡。〔註104〕

第三節　從《說文》看農業的生產工具及其相關字

　　上文提過，農業最早萌芽之時，與採集的關係相當密切，工具方面，先民有的以竹枝、木棒來挖土掘地，有的用石塊來砍伐草木，有的用蚌殼來清除雜草。到了農業活動更加普及，技術更進步之後，工具的運用也更為講究，除了各種不同功能的分工之外，其形制與材質也隨著時代不停改良，以求得到最大效益。

　　這些農業生產工具，有整地農具，主要用來開闢荒土，使土地適合種植；有中耕農具，專事除草與鬆土，使作物順利生長；還有收穫農具，能夠把成穗的穀物收割下來，這些都是人們經過長期經驗的累積之後所發明、改良而來，到了漢代，這些工具都已經發展得相當成熟，而漢人對於農業的重視，從《說

〔註103〕圖片來源：〔晉〕郭璞：《爾雅音圖》，頁136。
〔註104〕詳陳文華：《農業考古》，頁55～56。

文》收錄大量與農具相關的字也可以得到反映。

（一）整地農具

農業最開始的步驟就是開闢土地，古代荒地甚闊，多半佈滿森林、灌木與石塊，因此整理土地的工作就成了相當重要的一環。焚燒山林以獲得平地是原始農業最普遍且便利的方法，也能配合狩獵活動進行，如《孟子・滕文公》曰：「舜使益掌火，益烈山澤而焚之，禽獸逃匿。」〔註105〕焚燒之後的林地需要加以整理，這包括清除剩餘的樹枝木頭，除去石塊，挖鬆土壤等等。因此斤斧、耒耜、犁耕等等都算整地農具，這些字多集中在《說文》「斤部」、「耒部」、「木部」、「金部」、「牛部」等部首裡面。

1. 斧　斤

斤　《說文・斤部》曰：「斤，斫木斧也。象形。凡斤之屬皆从斤。」（頁723）

斧　《說文・斤部》曰：「斧，所吕斫也。从斤父聲。」（頁723）

「斤」和「斧」是古代用來砍伐樹木的工具，這是古代刀耕火種的重要步驟之一，《詩經・周頌・載芟》曰：「載芟載柞，其耕澤澤。」毛傳曰：「除草曰芟，除木曰柞。」鄭箋曰：「將耕，先始芟柞其草木。」〔註106〕在焚林之前，先把要焚燒的範圍用斤斧砍斫出來，以免之後火勢失控；焚林之後，再將剩餘未燒完的殘枝砍伐殆盡，這就成了最低限度的可耕作的田了。「斤」字甲骨文作𠂤（前八、七、一），「斧」字甲骨文作𣂑（簠文六七），一作斤斧形，一作手持斤斧形，與考古發現的石斧形制相近，見圖。

圖 56　良渚文化裝柄石斧　江蘇吳縣澄湖出土〔註107〕

〔註105〕見《孟子・滕文公》，卷五，頁 11，總頁 43。

〔註106〕見《詩經・周頌・載芟》，卷十九，頁 14～15，總頁 154～155。

〔註107〕圖片來源：陳文華：《農業考古》，頁 82。

　　石斧之類的器具在古代除了能夠開墾荒地之外，也能劈開木材，製作或加工成其他農具，是屬於相當重要且多功能的工具。

　　2. 耒　耜

耒　　《說文・耒部》曰：「耒，耕曲木也。从木推丰。古者垂作耒枱，㠯振民也。凡耒之屬皆从耒。」（頁 185～186）

枱　　《說文・木部》曰：「枱，耒耑也。從木台聲。鈶，或從金台聲。𣝔，籀文從辝。」段注曰：「枱今經典之耜。」（頁 261）

　　依照許慎解釋，「耒」是一種耕田使用的彎曲木具，「枱」（耜）則是安裝在耒之尖端的部件，如圖。

圖 57　耒耜圖〔註 108〕

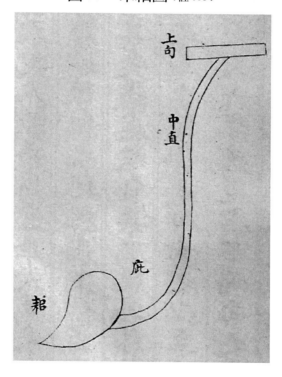

　　耒耜的質料與製作，在典籍裡的記載相當早，《周易・繫辭下》曰：「斲木為耜，揉木為耒。」〔註 109〕可見早期的耒、耜的材質均為木頭，且「耒」特別需要以揉彎的木材來製作，與《說文》「耕曲木」之說相合。

〔註 108〕圖片來源：〔元〕王禎：《農書》（四庫全書珍本，臺北市：臺灣商務印書館，1975年），卷十二，頁 2。

〔註 109〕見《周易・繫辭下》，卷八，頁 2，總頁 49。

　　典籍裡「耒耜」經常連用，如《儀禮·既夕禮》曰：「用器，弓矢耒耜。」
〔註110〕《禮記·月令》曰：「乃擇元辰，天子親載耒耜，措之于參保介之御間。」
〔註111〕《孟子·滕文公》曰：「負耒耜而自宋之滕。」〔註112〕《呂氏春秋·季
冬》曰：「修耒耜，具田器。」〔註113〕等等，都以「耒耜」連用來通稱農具，
可見耒耜到後來在典籍運用上，無甚分別。

　　然而，其實在察看考古成果與民族學資料之後，就可以知道「耒」、「耜」
在古代是兩種獨立的農具，並非許慎所謂的「枱」是「耒」末端部件而已，因
此何九盈等云：

> 「耒」、「耜」本指兩種不同形制的木質農具。「耒」是仿效樹枝而製
> 成的歧頭發土工具，寫作 $\curvearrowleft$。……「耜」是仿效木棒而製成的齊頭
> 發土工具，寫作 $\curlyvee$。……隨著生產力的進步，「耒」、「耜」也漸漸
> 脫離了它們的原始型態。現有文獻中所記載的「耒」、「耜」已合成
> 爲一種農具。〔註114〕

　　「耒」這一種工具，是從「尖木棒」改良而來的，「尖木棒」在先民的原始
採集活動中，扮演著相當重要的地位，除了可以敲打樹上的果實，也可以用來
挖掘植物的根或莖。先民先是在尖木棒下端安一小橫木，斜著刺入土地之後，
以腳踩踏橫木，然後用手下壓耒上部，利用槓桿原理達到翻動土壤的目的，之
後又漸漸發展爲雙齒耒，以提高挖土功效。

　　在考古挖掘中很少有木耒的出土，但是在西安半坡遺址土壁上中發現有單
尖耒的痕跡，而陝西臨潼縣姜寨和河南陝縣廟底溝等新石器時代的遺址，也都
發現有雙齒耒挖掘過的痕跡，可以確定當時人們早已使用耒來翻挖土壤。目前
雙齒耒仍被人們所使用著，其雙歧的尖頭正與「耒」字的古文字形相合，見圖。
在春秋戰國之後，人們更將金屬套刃安裝在耒的末端，使其更加堅固耐用，湖
北省就有出土過鐵口雙齒耒，見圖。

〔註110〕見《儀禮·既夕禮》，卷十三，頁4～5，總頁138。

〔註111〕見《禮記·月令》，卷五，頁2，總頁47。

〔註112〕見《孟子·滕文公》，卷五，頁9，總頁42。

〔註113〕見《呂氏春秋·季冬》，卷十二，頁2，總頁67。

〔註114〕見何九盈、胡雙寶、張猛：《中國漢字文化大觀》，頁337。

圖 58　雲南怒江地區獨龍族使用的雙齒木耒〔註115〕

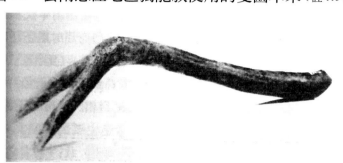

圖 59　戰國鐵口雙尖耒　湖北省江陵縣紀南城出土〔註116〕

　　除了考古挖掘的資料，從其他「从耒」字的甲骨字形也可窺見早期耒具的
形制。如「耤」字，此字在《說文》解釋為「帝耤千畝也，古者使民如借，故
謂之藉。从耒昔聲。」（頁 186）指的是古代天子為了表示對農業的重視，以及
對農民的鼓勵，而親自下田的儀式，《禮記・表記》曰：「天子親耕，粢盛秬鬯，
以事上帝。」〔註117〕《史記・樂書》曰：「耕藉，然后諸侯知所以敬。」〔註118〕

〔註115〕圖片來源：陳文華：《農業考古》，頁 83。

〔註116〕圖片來源：陳文華：《農業考古》，頁 85。

〔註117〕見《禮記・表記》，卷十七，頁 4，總頁 165。

〔註118〕見《史記・樂書》，卷二十四，頁 1230。

在甲骨卜辭中就有天子親耕的記載：「己亥卜貞：王往萑耤，延往？」（甲三四二〇）

「耤」字甲骨文作 、 、 ，象一人手持雙齒耒具，腳向下踩，用力掘土的樣子，字形裡的農具與考古發掘的痕跡相合，可以視爲「耒」形制與「耜」不同的另一證據。

「耜」的掘地原理與「耒」相似，只是將尖頭改成板狀刃，翻土面積更大，效率也更高。除了解釋爲「耒耑」的「枱」字，《說文》另有「梠」字。

梠　《說文・木部》曰：「![梠]，臿也。從木呂聲。一曰徙土輂，齊人語也。![裡]，或從里。」（頁261）

段玉裁於〈臼部〉「臿」字下注曰：「引伸爲凡刺入之偁，如農器刺地者曰鍫臿。」（頁337）「臿」是一種破土的農具，最早是木製，其形制和使用方法與耜相近，在漢代相當流行。《漢書・溝洫志》曰：「舉臿爲雲，決渠爲雨。」〔註119〕商周時代的遺跡已有青銅臿的出土，多作凹字形，〔註120〕見圖。

圖60　商代銅臿　江西新幹縣大洋洲出土〔註121〕

「臿」字本爲農具，後來引伸有刺入的意思，因此段注「梠」字曰：「可以臿地捆土者。」（頁261）「臿地」有刺入土地之意，可見「梠」也是翻土的田器，與「枱」字不僅同有農器之意，兩字又同音（詳里切、一部，見頁261），

〔註119〕見《漢書・溝洫志》，卷二十九，頁1684。

〔註120〕詳陳文華：《農業考古》，頁86～87。

〔註121〕圖片來源：陳文華：《農業考古》，頁88。

字形亦甚相似,因此馬敘倫云:「枱耜實一字異文。」〔註122〕

　　從「枱」、「耜」二字以及典籍「斲木爲耜」〔註123〕來看,「耜」一開始也是木製的,考古挖掘曾在浙江餘姚河姆渡以及羅家角等新石器時代遺址發現木耜,後來更出土許多石耜、骨耜等等,其木柄多半殘缺,見圖。

圖61　新石器時代骨耜　浙江餘姚河姆渡出土〔註124〕

　　耜頭的板狀刃銳利與否會影響到其破土效率之高低,《詩經》有「良耜」詩,便是在歌詠「耜」的鋒利,可知古人對此相當重視,因此在金屬的使用普遍之後,人們便在耜頭加上金屬套刃,使其更加堅硬耐用,後來甚至已直接用金屬製作耜了,《說文》「金部」就收有一大批相關字:「鈶,枱屬也。」(頁714)「鑺,枱屬也。」(頁714)「鉏,臿屬。」(頁713)「鍬,臿屬也。」(頁713)「鍤,臿金也。」(頁713)「鑺,河內謂臿頭金也。」(頁713)

　　耒與耜在古代是相當重要的農具,《管子‧海王》曰:「耕者必有一耒、一耜、一銚,若其事立。」〔註125〕在運用畜力耕作之前,這些工具都是從事農耕必須具備的。使用耒耜時,刺一塊土,起一塊土,向後退一步,依次而耕,重複動作成一行,這就是《淮南子‧繆稱訓》所謂「耕者日以却」〔註126〕之意。

〔註122〕見馬敘倫:《說文解字六書疏證》,卷十一,頁1538。

〔註123〕見《周易‧繫辭下》,卷八,頁2,總頁49。

〔註124〕圖片來源:陳文華:《農業考古》,頁84。

〔註125〕見《管子‧海王》,卷二十二,頁2,總頁128。

〔註126〕見《淮南子‧繆稱訓》,卷十,頁6,總頁71。

3. 钁

钁　《說文・金部》曰：「钁，大鉏也。从金矍聲。」（頁 713）

「鉏」在《說文》釋為「立薅所」，就是可以站著除草的器具，而大型的鉏就稱為「钁」。青銅製的钁在商周遺址裡有所發現，戰國時代稱作「斸」，當時且以金屬為之，《國語・齊語》曰：「惡金以鑄鉏、夷、斤、斸，試諸壤土。」〔註127〕「斸」字於《說文・斤部》曰：「斸，斫斸也。」段注「斫」字曰：「斫斸所以斫地。」（頁 724）可知「钁」乃是翻整土地的工具。漢代之後，「钁」具仍然相當流行，《論衡・率性》曰：「以钁鍤鑿地，以埤增下。」〔註128〕「鑿地」與「斫地」都是掘地破土的意思。

「钁」與「耒」、「耜」、「臿」等整地農具「插地起土」的方法不同，其形制為橫裝木柄，而钁頭為長條形，使用的時候是由上向下掘入土地，然後再向後翻土。

與「耒」一樣，「钁」後來也發展成多齒，以增加挖土的效率，戰國時代有多齒钁的出土，見圖。

圖62　戰國鐵三齒钁　河南易縣燕下都出土〔註129〕

〔註127〕見《國語・齊語》，卷六，頁 10，總頁 57。

〔註128〕見〔漢〕王充：《論衡・率性》（四部叢刊正編，臺北市：臺灣商務印書館，1979年 11 月臺一版），卷二，頁 14，總頁 20。

〔註129〕圖片來源：陳文華：《農業考古》，頁 94。

4. 櫌

櫌　《說文・木部》曰：「櫌，摩田器也。從木憂聲。論語曰：櫌而不輟。」
（頁262）

此字後來作「耰」。《說文》所謂「摩田器」，也就是平整土田的工具，有時也作動詞，如《國語・齊語》曰：「深耕而疾耰之，以待時雨。」韋昭注曰：「耰，摩平也。」〔註130〕

除了整地工具的意思之外，還有「覆種」義，也就是播種之後，用泥土加以覆蓋的意思，例如《論語・微子》曰：「耰而不輟。」何晏集解云：「鄭玄曰：『耰，覆種也。』」〔註131〕《孟子・告子》曰：「今夫麰麥，播種而耰之。」〔註132〕《淮南子・氾論訓》曰：「後世為之耒耜耰鋤，斧柯而樵。」高誘注曰：「所以覆種也。」〔註133〕

其實「摩田器」與「覆種」實為一體兩面之意，段注曰：「……鄭曰：『耰，覆種也。』與許合。許以物言，鄭以人用物言。……許云摩田，當兼此二者。」（頁262）段玉裁認為，許氏所謂「摩田器」，是以器物的角度來解釋，而鄭氏所謂「覆種」，則是從人運用此器物的角度而言。

「櫌」器在目前考古沒有發現實物，現代的「櫌」是一種木製的榔頭，主要用來敲碎土塊，與許慎「摩田器」的意義相合。見圖。

圖63　雲南寧蒗縣瀘沽湖　摩梭人的木櫌〔註134〕

5. 犁

犁　《說文・牛部》曰：「犁，耕也。从牛黎聲。」段注曰：「蓋其始人耕者謂

〔註130〕見《國語・齊語》，卷六，頁4，總頁54。

〔註131〕見《論語・微子》，卷九，頁14，總頁86。

〔註132〕見《孟子・告子》，卷十一，頁7，總頁91。

〔註133〕見《淮南子・氾論訓》，卷十三，頁1，總頁93。

〔註134〕圖片來源：尹紹亭：《雲南物質文化——農耕卷》（昆明市：雲南教育出版社，2000年9月第二次印刷），頁308。

之耕，牛耕者謂之犁，其後互名之。」（頁 52～53）

耕　　《説文・耒部》曰：「耕，䎫也。从耒井。古者井田故从井。」（頁 186）

「䎫」（今作犁）與「耕」字互訓，都是農具的名稱。這種農具一開始是以人力挽拉的，溫少峰等云：

> 甲文有𦎫字，……象以人負引犁而耕之，可釋爲「耕」之初文。人拉犁而耕，可稱之爲「人耕」。〔註135〕

「𦎫」字與現代少數民族的農具有相似之處，因此溫氏等認爲從子從𦎫的「𦎫」字就是「耕」字的初文，卜辭有：「□□卜，亙貞：乎𦎫臽……。」（前六、五五、七）是在卜問是否召呼集合人耕于某地，由此可知殷商時代確有以人爲耕之事。〔註136〕

「犁」這種工具，是在耒、耜的基礎之下改良而來的，耒耜之類的器具，是刺入土壤之後，再往上翻土，屬於小面積的點翻，既費力又緩慢；而犁是用堅硬的犁鏵刺入土壤，並以拖拉方式，使田土以溝狀連續翻出，屬於較大面積的溝翻，使用起來較有效率。

考古挖掘有石犁、銅犁、鐵犁等等的出土，新石器時代的石犁，呈三角形，上面鑿有圓孔，可以安裝木柄使用，見圖。

圖 64　新石器時代石犁　上海松江廣富林出土〔註137〕

商周時代出土的犁鏵材質爲銅，其形制與石犁稍有變化，而且還鑄有紋飾，

〔註135〕見溫少峰、袁庭棟：《殷墟卜辭研究——科學技術篇》，頁 192～193。

〔註136〕詳溫少峰、袁庭棟：《殷墟卜辭研究——科學技術篇》，頁 193。

〔註137〕圖片來源：陳文華：《農業考古》，頁 90。

可見當時人們對犁已經頗爲重視，可惜目前發現的數量相當稀少，見圖。

圖65　商代銅犁　江西新幹縣大洋洲出土〔註138〕

　　春秋戰國之後，鐵製犁鏵大量出現，並且開始以牛隻作爲拉犁的動力，《國語·晉語》曰：「宗廟之犧，爲畎畝之勤。」〔註139〕本來應當作爲祭祀宗廟的犧牲，成了在田地裡勞動耕作的牲畜。人們運用各種技巧或工具，讓動物之力爲人所利用，《淮南子·原道訓》有「穿牛之鼻」〔註140〕。而當時發達的畜牧業，也成爲牛耕重要的發展條件。另外，古代人的名與字相互關聯的習慣，也可以當作旁證，例如孔子的弟子冉耕，字伯牛；司馬耕，字子牛。由此可知當時已以牛助耕，耕田進入了畜力階段，犁具也不停改良成適合畜耕的形制，在漢代之後普遍推行，從當時的畫像石可以看到牛耕的圖像，見圖。

圖66　牛耕小車圖（部分）　江蘇睢寧雙溝〔註141〕

〔註138〕圖片來源：于海廣主編：《圖說考古——追溯文明的星河》，頁33。

〔註139〕見《國語·晉語》，卷十五，頁8，總頁116。

〔註140〕見《淮南子·原道訓》，卷一，頁7，總頁5。

〔註141〕圖片來源：李宏：《永恆的生命力量——漢代畫像石刻藝術研究》，頁103。

圖 67 牛耕點播圖 陝西靖邊寨山〔註142〕

　　在農業活動中，整地是最起始的步驟，爲的是讓作物的種子有良好的土壤與環境，因此古人使用斤斧、耒耜、钁、櫌、犁等工具，來進行砍樹、掘土、摩田、深耕等動作，由上文可知，這些工具與活動在《說文》書中都有反映，而接下來的中耕農具，則多集中在《說文》「金」、「耒」、「木」、「刀」等部首之中。

（二）中耕農具

　　當原始農業還在萌芽的時候，人們往往採取放任的方式，播種後任其自由生長，等到成熟才去田裡收割，因此作物很容易受到外界因素的影響，收成較不穩定，後來人們漸漸有了除去雜草，讓禾苗順利生長的觀念，這些觀念反映在文字裡，如《說文・耒部》曰：「𧤜，除苗閒穢也。从耒員聲。𦔮，𧤜或从芸。」（頁186）

　　「除苗閒穢」，就是除去禾苗之間多餘的雜草，段注曰：「謂苗初生之始也，既成已後，仍有莠及童蓈生乎其間。」（頁186）禾苗長出來之後，雜草會間生

其中，奪取禾苗的水分與養分，可知中耕除草相當重要。

古人很早就相當重視除草助耕，經典多記載除草之事，如《詩經・小雅・甫田》曰：「或耘或耔，黍稷薿薿。」毛傳曰：「耘，除也。」〔註143〕《論語・微子》曰：「植其杖而芸。」何晏集解曰：「除草曰芸。」〔註144〕由此可見，《說文》的「𦔮」字亦作「耘」或「芸」，都指田間除草。

先民以木棒或蚌殼作簡單的農事，這都是採集時代最爲實用的工具。《淮南子・氾論訓》曰：「古者剡耜而耕，摩蜃而耨。」〔註145〕人們手持打磨過的蚌殼進行中耕作業，因此「从辰」之字許多都與農事相關，如「晨」字、「農」字、「蓐」字、「薅」字、「耨」字等等。〔註146〕

中國的農業活動經過很長時間的演變，到商周時期發展出中耕的技術，也開始運用青銅來製作中耕農具，使得除草或鬆土都更有效率，不僅提升了耕土的品質，也增加了作物的產量。之後，這些農具的改良也不斷地進行中，一直到漢代還在變化，人們對中耕活動的重視也反映在畫像石刻當中，見圖。而這些工具的名稱與形制，從《說文》記載也可以獲得資訊。

圖68　除草圖　南陽邢營墓畫像石〔註147〕

〔註143〕見《詩經・小雅・甫田》，卷十四，頁1，總頁100。

〔註144〕見《論語・微子》，卷九，頁15，總頁86。

〔註145〕見《淮南子・氾論訓》，卷十三，頁1，總頁93。

〔註146〕詳見本章第一節。

〔註147〕圖片來源：李宏：《永恆的生命力量——漢代畫像石刻藝術研究》，頁103

1. 錢、銚、鏟

商周時期開始出現中耕農具，《詩經・周頌・臣工》曰：「命我眾人，庤乃錢鎛。」毛傳曰：「庤，具；錢，銚。」〔註148〕這句是說，命令眾人準備好錢、鎛等農器。可知在商周時代，「錢」乃是一種農具。

錢　《說文・金部》曰：「鐖，銚也，古者田器。从金戔聲。詩曰：庤乃錢鎛。一曰貨也。」（頁713）

《說文》「一曰貨也」，說的是財貨的意思，古代以「泉」字代表財貨，在春秋戰國之後，「泉」字在表示財貨時，改寫為「錢」，「錢」字借為金錢之用，如《莊子・徐無鬼》曰：「錢財不積則貪者憂。」〔註149〕因此後來「錢」字農具的意思改由「銚」字來代表。

銚　《說文・金部》曰：「銚，盄銚器也。从金兆聲。一曰田器。」（頁711）

所謂「盄器」，就是炊具，《說文》另外保留了「田器」的意思，這在典籍多有例證，如《莊子・外物》曰：「春雨日時，草木怒生，銚鎒於是乎始脩。」〔註150〕《管子・海王》曰：「耕者必有一耒、一耜、一銚，若其事立。」〔註151〕這種除草器具到漢代之後改稱為「鏟」。

鏟　《說文・金部》曰：「鏟，鏶也。从金產聲。一曰平鐵。」（頁712）

此字有鏟平、剗除的意思，因此後來就以「鏟」字表示這種農具了，《齊民要術・耕田》曰：「養苗之道，鋤不如耨，耨不如鏟。」〔註152〕可見鏟的除草功能是相當好的。

由此可知，「鏟」這種農具，在商周時期稱作「錢」，春秋戰國之後改為「銚」，到漢代之後則稱為「鏟」，三者異名而同物，乃是中耕時候用來除草的用具。

考古發掘方面，木製的鏟早在新石器時代遺址中已有發現，器體寬而扁平，刃部平直或略弧形，需安裝在木柄上使用，見圖。

〔註148〕見《詩經・周頌・臣工》，卷十九，頁7，總頁151。

〔註149〕見《莊子・徐無鬼》，卷八，頁27，總頁175。

〔註150〕見《莊子・外物》，卷九，頁10，總頁196。

〔註151〕見《管子・海王》，卷二十二，頁2，總頁128。

〔註152〕見〔魏〕賈思勰：《齊民要術・耕田》，卷一，頁1，總頁7。

圖 69　木鏟　浙江餘姚河姆渡文化出土〔註153〕

　　殷商之後，人們使用青銅製作各種工具，因此有銅鏟的出現，其形制與木鏟類似，見圖。

圖 70　商代青銅鏟　河南安陽殷墟出土〔註154〕

　　《晏子春秋・諫上》曰：「君將戴笠衣褐，執銚耨以蹲行畎畝之中。」〔註155〕《管子・禁藏》曰：「推引銚耨。」唐玄齡注云：「用銚耨者必推引之。」〔註156〕從這些記載來看，鏟的形制輕巧，把柄應該不長，使用時要蹲在田地裡，向前推引，頗為勞累，不過由於小巧易使，用來鬆土，或者清除田壟間的雜草都是相當便利的，這在現代還被少數民族當作主要的農具之一。見圖。

〔註153〕圖片來源：陳文華：《農業考古》，頁 86。

〔註154〕圖片來源：李欣玲：《從詩經探析周代農業社會》（中正大學中國文學研究所碩士論文，2003 年），頁 142。

〔註155〕見《晏子春秋・諫上》，卷一，頁 20，總頁 11。

〔註156〕見《管子・禁藏》，卷十七，頁 7，總頁 104。

圖 71 雲南景頗族的原始骨鏟 [註157]

2. 鎛、鎒、鉏

商周時期除了「錢」,「鎛」也是重要的中耕農具,《詩經・周頌・良耜》曰:
「其鎛斯趙,以薅荼蓼。」鄭箋曰:「以田器刺地薅去荼蓼。」[註158] 可知「鎛」
乃是刺入土壤,除去雜草的工具之一。見圖。

圖 72 鎛 [註159]

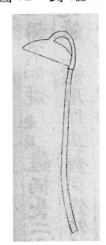

鎛 《說文・金部》曰:「鎛,鎛鱗也,鐘上橫木上金華也。从金尃聲。一曰田
　　器,詩曰:庤乃錢鎛。」(頁 716)

「鎛」字到漢代發展出另一種意義,指古代懸掛樂器或鐘的橫木上的金色
花紋,然而《說文》仍保留了其田器的意思,段注曰:「鄭注攷工記曰田器,正
謂鎒迫地披艸,而有此俈。」(頁 716)可見「鎛」字到後來稱作「鎒」。《詩經・
周頌・臣工》曰:「命我眾人,庤乃錢鎛。」毛傳曰:「鎛,鎒。」[註160]

〔註157〕圖片來源:尹紹亭:《雲南物質文化——農耕卷》,頁 91。

〔註158〕見《詩經・周頌・良耜》,卷十九,頁 16,總頁 155。

〔註159〕圖片來源:〔元〕王禎:《農書》,卷十三,頁 20。

〔註160〕見《詩經・周頌・臣工》,卷十九,頁 7,總頁 151。

檽　《說文·木部》曰：「檽，薅器也。從木辱聲。鎒，或作從金。」（頁261）

「薅器」也就是除草工具，因為其材質不同而有「檽」、「鎒」兩字之別，此字因其為農具故又從耒作「耨」。

鎒與鏄乃一物異名，是形制較小的農具，《晏子春秋·諫上》曰：「君將戴笠衣褐，執銚耨以蹲行畎畝之中。」〔註161〕《呂氏春秋·任地》曰：「耨柄尺，此其度也；其耨六寸，所以間稼也。」〔註162〕可見其形制短小，刃廣僅六寸，使用時與鏄一樣需得蹲身在田裡。見圖。

圖73　耨〔註163〕

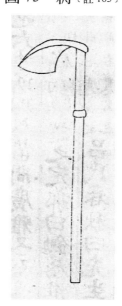

與「鏄」、「鎒」相類的，還有「鉏」。

鉏　《說文·金部》曰：「鉏，立薅斫也。從金且聲。」段注曰：「斤以斫木，此則斫田艸者也。……古薅艸坐為之，其器曰檽，其柄短；若立為之，則其器曰鉏。……俗作鋤。」（頁713～714）

可見「鉏」乃是帶有長柄的工具，鉏頭部分也較大，可以站著除草鬆土，不需跟銚、鎒一樣「蹲行畎畝之中」，因此相較之下省力許多，然而在除草時，古人認為輕巧的鏄與鎒，更能將田間細微的雜草清除掉，因此《齊民要術·耕

〔註161〕見《晏子春秋·諫上》，卷一，頁20，總頁11。

〔註162〕見《呂氏春秋·任地》，卷二十六，頁8，總頁186。

〔註163〕圖片來源：〔元〕王禎：《農書》，卷十三，頁22。

田》曰：「養苗之道，鋤不如耨，耨不如鏟。」〔註164〕

　　到後來人們漸漸作了一些改良，戰國時候出土了一些形制特別的鐵鋤，見圖。這種鐵鋤將原本的長方形削去兩肩，使它呈現六角形，在除草的時候不會碰壞禾苗，也可有效地鬆土，這樣的形制一直到漢代都還很流行。

圖74　戰國六角形鐵鋤　河北易縣燕下都出土〔註165〕

　　由以上可知，中國農業的中耕農具，發展於商周時代，主要種類有「鏟」與「鋤」兩大類，出土的實物也以這兩種為最多，後世並且也有相關文物與許多典籍記載，可見雖然鏟與鋤的發明時代甚早，然而由於其使用方便又容易製作，因此直到現代，人們在鋤地與掘土時，仍然使用著這些工具。

（三）收穫農具

　　一開始，人們徒手摘採穀穗，再加以整理成一束一束，如《說文・又部》曰：「秉，禾束也。从又持禾。」（頁116～117）《儀禮・聘禮》曰：「四秉曰筥」，鄭注云：「此秉謂刈禾盈手之秉也。」〔註166〕又如《說文・秝部》曰：「兼，并也。从又持秝。兼持二禾，秉持一禾。」（頁 332）「秉」字字形表現的是用手執持一束禾，而「兼」字字形則是以一手執持兩束禾的樣子。到了後來，也發展出以石刀或蚌殼之類的工具來收割禾穗。

〔註164〕見〔魏〕賈思勰：《齊民要術・耕田》，卷一，頁1，總頁7。

〔註165〕圖片來源：陳文華：《農業考古》，頁100。

〔註166〕見《儀禮・聘禮》，卷八，頁41，總頁99。

《說文》中有與割取作物有關的字，如「乂」字。

乂　《說文‧丿部》曰：「⿰乂，芟艸也。从丿乀相交。⿰刈，乂或从刀。」段注曰：「芟艸穫穀，總謂之乂。」（頁 633）

「乂」字有農具之意，在典籍中假借作「艾」，《詩經‧周頌‧臣工》曰：「庤乃錢鎛，奄觀銍艾。」〔註167〕可知它與錢、鎛、銍等都是農具的名稱。

而「乂」字的異體「刈」字在《詩經》裡多有割取草木的意思，《詩經‧周南‧葛覃》曰：「維葉莫莫，是刈是濩。」〔註168〕「莫莫」有茂盛之意，「濩」有煮食之意，是說把茂盛的葉子割取下來煮食；《國風‧周南‧漢廣》曰：「翹翹錯薪，言刈其楚。」鄭箋云：「楚，雜薪之中尤翹翹者，我欲刈取之。」〔註169〕

由此可知，「刈」字不僅指農具的名稱，也可表示使用此農具的動作。因此《說文》有一些與穫取禾穗相關的字，其釋語就和「刈」字相關：

穧　《說文‧禾部》曰：「⿰穧，穫刈也。一曰撮也。从禾齊聲。」（頁 328）

穫　《說文‧禾部》曰：「⿰穫，刈穀也。从禾蒦聲。」（頁 328）

至於「刈」是怎樣的農具，《國語‧齊語》曰：「時雨既至，挾其槍、刈、耨、鎛，以旦暮從事於田野。」韋昭注曰：「刈，鎌也。」〔註170〕這樣說來，「刈」就是「鎌」。

1. 鎌

《說文》有許多字與「鎌」這種刀具相關，如：

鎌　《說文‧金部》曰：「⿰鎌，鍥也。从金兼聲。」（頁 714）

鍥　《說文‧金部》曰：「⿰鍥，鎌也。从金㓞聲。」（頁 714）

銚　《說文‧金部》曰：「⿰銚，大鎌也。从金召聲。鎌或謂之銚，張徹說。」（頁 714）

刉　《說文‧刀部》曰：「⿰刉，鎌也。从刀句聲。」段注曰：「周禮雉氏：夏日至而夷之。注云：以鉤鎌迫地芟之也。」（頁 180）

〔註167〕見《詩經‧周頌‧臣工》，卷十九，頁 7，總頁 151。

〔註168〕見《詩經‧周南‧葛覃》，卷一，頁 5，總頁 3。

〔註169〕見《詩經‧周南‧漢廣》，卷一，頁 10，總頁 6。

〔註170〕見《國語‧齊語》，卷六，頁 4，總頁 54。

劋　《說文・刀部》曰：「劋，大鎌也，一曰摩也。从刀豈聲。」段注曰：「謂

　　可切地芟刈也。」（頁180）

　　從段玉裁注語「以鉤鎌迫地芟之」與「可切地芟刈」來看，「鎌」是一種彎
曲的刀具，用來迫地割禾。這種工具是從石刀演變而來，主要用來刈取禾穗，
早在新石器時代就有出土過石鎌，其刃部是磨製，並有細密鋸齒，可見當時製
作之精美，見圖。

圖75　新石器時代石鎌　河南新鄭裴李崗出土 [註171]

　　鎌作為收割工具在古代相當流行，因此歷久不衰，商周時代出現青銅鎌刀，
春秋戰國之後則以鐵製鎌刀為主，並且漸漸改良成更適合收割作物的造型，把
柄加長，形制也不只一種了，見圖。

圖76　後代的鎌刀 [註172]

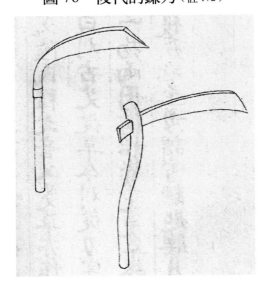

〔註171〕圖片來源：陳文華：《農業考古》，頁102。

〔註172〕圖片來源：〔元〕王禎：《農書》，卷十四，頁3。

2. 銍

還有另一種與鎌相似的收割農具「銍」。《詩經・周頌・臣工》曰：「奄觀銍艾。」毛傳曰：「銍，穫也。」鄭箋云：「銍器可以穫禾。」〔註173〕《說文・禾部》曰：「穫，刈穀也。从禾蒦聲。」（頁328）可知「銍」是一種可以刈割穀類的農具，因此《說文・金部》曰：「銍，穫禾短鎌也。从金至聲。」（頁714）

和鎌一樣，銍是從古代石刀或蚌刀演變而來，主要功能在割除穀物禾稈，與鎌相比，銍形制較為短小，沒有鎌的彎曲特徵，也保留了古代蚌刀的部分特色，見圖。

圖77　東周銅銍　江蘇句容出土〔註174〕

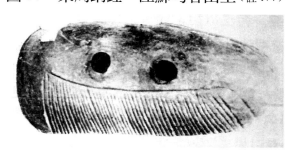

銍在古代也是相當重要的農具之一，《管子・輕重乙》曰：「一農之事，必有一耜、一銚、一鎌、一鎒、一椎、一銍。」〔註175〕這個記載除了表示「銍」在當時是必備的農具之外，也顯示出「銍」與「鎌」是不同的兩種工具。但是到了後來，銍、鎌的名稱分別漸漸不這麼嚴格，也常常連用，而變成收割工具的通稱了，如《呂氏春秋・上農》所說「禍因胥歲，不舉銍艾」〔註176〕便是。

3. 杷、耮

在穀物被收割或脫粒之後，需要曝曬與翻整，這時一些有爪的工具可以協助人們將穀物均勻分散，或者集中收藏。《說文》有「刮」、「捊」、「杷」、「耮」等相關字。

〔註173〕見《詩經・周頌・臣工》，卷十九，頁7，總頁151。

〔註174〕圖片來源：陳文華：《農業考古》，頁102。

〔註175〕見《管子・輕重乙》，卷十四，頁2，總頁145。

〔註176〕見《呂氏春秋・上農》，卷二十六，頁7，總頁186。

刮　《說文‧刀部》曰：「⿰古刂，捋杷也。从刀昏聲。」段注曰：「凡捋地如杷麥
　　然。」（頁 183）

捋　《說文‧手部》曰：「⿰扌啇，杷也。从手㕚聲。今鹽官入水取鹽爲捋。」段注
　　曰：「捋者，五指杷之，如杷之杷物也。」（頁 604～605）

「刮」字與「捋」字在《說文》裡，一釋爲「捋杷也」，一釋爲「杷也」，
都是在說杷地、杷麥的這種動作，有挖掘、聚斂的意思。

杷　《說文‧木部》曰：「⿰木巴，收麥器。從木巴聲。」段注曰：「耒亦杷也。杷
　　引伸之義爲引取。」（頁 262）

耒　《說文‧耒部》曰：「耒，冊又可吕劃麥，河內用之。从耒圭聲。」段注曰：
　　「冊又可以劃麥，即今俗用麥杷也。……謂之冊又者，言其多爪可捋杷也。」
　　（頁 186）

「杷」字與「耒」字指的是用來聚攏或散開穀物的農具名稱，正如段注所
說，此種工具特點在「多爪可捋杷也」，這種帶齒的工具不僅用來收集穀物，有
時候也拿來翻杷土地，至今有些中國農村仍使用杷來收穫穀物，見圖。

圖 78　雲南昆明市臥龍崗村苗族的小釘耙[註177]

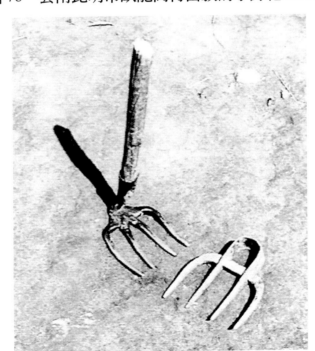

〔註177〕圖片來源：尹紹亭：《雲南物質文化——農耕卷》，頁 310。

第四節　從《說文》看穀物的加工與貯存

　　人們從原始的採集活動中，就對穀物的處理有了基本的認識，他們瞭解大部分的穀類在收成之後是無法直接食用的，在煮成食物之前，必須先加以脫粒、去殼或磨細；對於多餘的糧食，更發展出各種貯存方式。

　　到了農業經濟爲主的時代，這些知識與技巧都有了更大的進步，加工器具不斷地改良，貯存場所也更加多元，這些豐富的內容都反映在《說文》裡。

（一）擊打以脫粒

　　人們以鐮刀、銍刀割下的稻穀多半仍與禾秸相連，需要利用工具使穀粒與禾秸分離，擊打就是最好的方法之一。

叓　《說文・又部》曰：「叓，引也。从又𡰥聲。」（頁116）

　　「叓」字甲骨文作𦘒（甲六七九）、𦘒（甲一七七三）、𦘒（佚八〇六），象一手持禾穀，另一手持杖擊打禾穀之形，當以穫穀爲本義。

秦　《說文・禾部》曰：「秦，伯益之後所封國，地宜禾。从禾舂省。一曰秦禾名。秦，籀文秦从秝。」（頁330）

　　「秦」字甲骨文作𥞻（甲五七一）、𥞻（後二、三七、八）、𥞻（京津三九三七），象雙手持杵類，擊打兩束禾穀之形，與「叓」甚爲相似。

　　擊打禾秸的工具，除了一般的木杖、竹杖之外，還有連枷。

枷　《說文・木部》曰：「枷，柫也。從木加聲。淮南謂之桛。」（頁262）

柫　《說文・木部》曰：「柫，擊禾連枷也。從木弗聲。」段注曰：「釋名曰：枷，加也。加杖於柄頭，以撾穗而出其穀也。」（頁262）

　　這是一種木頭材質的工具，以木條或柳條加在木柄上，利用一揚一落的甩力來打擊禾穗，使其脫粒，見圖。

圖 79　連枷〔註 178〕

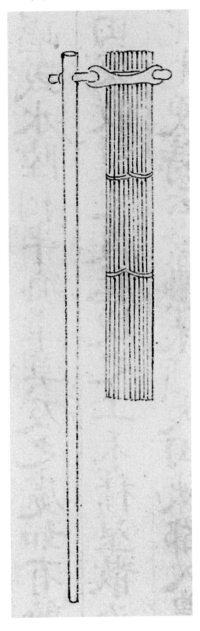

　　這是一種很原始的脫粒工具，但在中國使用很廣，各地名稱也很多種，有
枷、桲、柍枷等，典籍裡往往與農具並提，《國語・齊語》曰：「察其四時，權
節其用，耒、耜、枷、芟。」〔註 179〕至今在一些農村仍有使用連枷來脫粒的習
慣，見圖。

〔註 178〕圖片來源：〔元〕王禎：《農書》，卷十四，頁 28。

〔註 179〕見《國語・齊語》，卷六，頁 4，總頁 54。

圖 80　雲南昆明市余家花園村漢族以連枷打麥〔註180〕

（二）杵　臼

　　先民很早就知道能利用舂打來使穀粒脫去硬殼，《周易‧繫辭下》曰：「斷木為杵，掘地為臼。臼杵之利，萬民以濟。」〔註181〕可知先民以折斷的樹木做杵、以挖掘的凹地做臼，充分取材於大自然。在中國的文字裡也有一些表現使用杵臼的記載。

舂　《說文‧臼部》曰：「𦥑，擣粟也。从廾持杵㠯臨臼，杵省。古者雝父初作舂。」（頁337）

舀　《說文‧臼部》曰：「𦥚，抒臼也。从爪臼。詩曰：「或簸或舀。」𢪝，舀或从手宂。𣍐，舀或从臼宂。」（頁337）

　　「舂」字甲骨文作 𦥑（鄴三下、四三、六）、𦥑（京津四二六五），象雙手

〔註180〕圖片來源：尹紹亭：《雲南物質文化──農耕卷》，頁527。

〔註181〕見《周易‧繫辭下》，卷八，頁2，總頁49。

持杵在臼上往下搗之狀，此字正是先民使用杵臼的圖像，《詩經·大雅·生民》原文乃是「或舂或揄，或簸或蹂」〔註182〕，記錄了人們處理穀物的步驟甚多，可見用杵臼加工穀物之必要。古代甚至有「舂人」一職，《周禮·地官·舂人》曰：「舂人掌共米物。」〔註183〕「米物」指的是去掉外殼、取其精華的子實，可知舂人負責穀物的加工去殼作業，並且供給給王室享用。

另外，段氏於「舀」字下注曰：「或舂或揄，……揄者，舀之叚借字也。抒，挹也。既舂之，乃於臼中挹出之。」（頁337）所謂「抒臼」就是從臼裡取物出來，《詩經·大雅·生民》的「或舂或揄」，指的就是在舂打穀物之後，用手將臼中去殼的穀物取出，與「舀」字字形相合。

杵　《説文·木部》曰：「杵，舂杵也。從木午聲。」段注曰：「舂，擣粟也。其器曰杵。」（頁262）

臼　《説文·臼部》曰：「臼，舂臼也。古者掘地爲臼，其後穿木石。象形，中象米也。凡臼之屬皆从臼。」（頁337）

「午」字爲「杵」字之初文，〔註184〕「午」字甲骨文作↑（鐵七七、一）、↑（後一、五、九）、↑（佚四二六），乃是杵杖之象形，此字後來假借爲干支的名字，因此另造從木之「杵」字來表示杵杖之意。

另外還有「臼」字，《説文》的釋語表現了臼發展的過程，從中國西南地區少數民族使用臼的情況來看也是如此，最早的臼是所謂「地臼」，挖坑之後鋪上獸皮或麻布；稍晚發展爲「樹臼」，在被砍掉的樹幹底部挖一圓坑，倒進食糧後用杵舂打；然後再進一步發展爲能活動的「木臼」或「石臼」。〔註185〕早在西安半坡和餘姚河姆渡等各地的遺址中，就發現有木與石的臼與杵了，可見杵臼的使用在中國相當早，也相當普遍。

杵臼的最主要的功能在使穀物脫殼，並且搗碎子實，一開始的杵臼較小，外型也不規則，可見當時應該尚在發展階段，到商代已有製作精美的玉杵臼了。

〔註182〕見《詩經·大雅·生民》，卷十七，頁3，總頁124。

〔註183〕見《周禮·地官·舂人》，卷四，頁42，總頁81。

〔註184〕魯實先曰：「形象舂具，而爲杵之初文。」見魯實先：《轉注釋義》，頁18。

〔註185〕詳陳文華：《農業考古》，頁108。

圖 81　新石器時代石杵臼　河南省
浙川黃棟樹出土〔註187〕

圖 82　商代玉杵臼
〔註186〕

　　到了春秋戰國時代，人們發明了旋轉形石磨，使用費力且效率較低的杵臼逐漸漸地失去主要地位。

（三）磨

　　在杵臼發明之前，還有一種更原始的加工器具——石磨盤，就是以石盤與石棒的摩擦來脫除穀類外殼，這在舊石器時代末期的採集活動中就已經被人們所使用，進入農業之後，石磨盤更受到重視，新石器時代出土的石磨盤都製作的相當精緻，見圖。石磨盤與杵臼一樣在戰國時代逐漸消退，是因為旋轉型石磨的發明與普及。

圖 83　新石器時代石磨盤　河南
新鄭裴李崗出土〔註188〕

圖 84　新石器時代石磨盤　河北
武安磁山出土〔註189〕

〔註187〕圖片來源：陳文華：《農業考古》，頁109。

〔註186〕圖片來源：王貴元：《漢字與歷史文化》（北京市：中國人民大學出版社，2008年1月第一次印刷），頁105。

〔註188〕圖片來源：陳文華：《農業考古》，頁107。

〔註189〕圖片來源：王貴元：《漢字與歷史文化》，頁105。

礦　《說文‧石部》曰：「礦，石磑也。从石靡聲。」段注曰：「礦今字省作磨。」
　　（頁 457）

磑　《說文‧石部》曰：「磑，礦也。从石豈聲。古者公輸班作磑。」（頁 457）

研　《說文‧石部》曰：「研，礦也。从石开聲。」（頁 457）

礱　《說文‧石部》曰：「礱，礦也。从石龍聲。天子之桷椓而礱之。」（頁 457）

　　上面這些字都與石磨有關，「礦」、「磑」二字互訓，其他字也都訓爲「礦」，指的都是古代一種研磨的工具，也可當動詞使用。

　　石磨是組合上下兩塊圓形石盤，下盤固定上盤轉動，以中間的縱橫齒槽將穀物的外殼碾破，或者磨成粉屑。見圖。

圖 85　磨〔註 190〕

　　旋轉型石磨發明的時代在春秋戰國，漢代之後，農業發展到一定的程度，因此石磨被大量使用在穀物的加工上面，其連續運轉的優點，不僅提高了農業活動的效率，也將當時中國「粒食」的飲食習慣改變爲「粉食」，同時也促進了小麥、大豆等作物的廣泛栽種與食用。後來人們更以水力或畜力來推動石磨，石磨的形制也變化更多了。

────────────

〔註 190〕圖片來源：〔元〕王禎：《農書》，卷十六，頁 5。

（四）碓

碓　《說文・石部》曰：「𥗏，所㠯舂也。从石隹聲。」段注曰：「不用手而用
　　足謂之碓。」（頁457）

　　使用杵臼來舂打穀物相當費力，因此大約在西漢時候，人們發明了一種利
用槓桿原理的工具，可以腳踩踏來加工，這就是段氏所謂「不用手而用足」。

　　以碓加工更省力也更有效率，其原理與結構是以一根立柱橫架著一根木
槓，一端裝圓石，當人以腳連續踩踏木槓另一端時，此圓石便會上下起落，用
以搗碎下方石臼裡的穀物，在漢代畫像石裡可以看到人們踏碓的圖像，見圖。

圖86　踏碓舂米圖　四川新都縣出土〔註191〕

　　使用腳碓時，人們的手還可以一邊操作簡單工作如揀菜、編織等等，大大
提高了工作效率。到後來更發明了畜力碓與水碓，《新論・離事》曰：「宓犧之
制杵舂，萬民以濟，及後人加功，因延力借身重以踐碓，而利十倍杵舂。又復
設機關，用驢贏牛馬及役水而舂，其利乃且百倍。」〔註192〕這裡記載了杵舂如
何發展出腳碓，以及後來的畜力碓、水碓，這些設施對人們著實貢獻良多，可
見碓的發明相當重要。

（五）穀物的貯存

　　在農業進步、農作物增加之後，穀物的貯藏顯得更爲重要，古代最流行的

〔註191〕圖片來源：王平：《〈說文解字〉與中國古代科技》（據廣西教育出版社2001年版
　　　　影印），頁103。
〔註192〕見〔漢〕桓譚：《新論・離事》（四部備要本，臺北市：中華書局，1966年3月），頁
　　　　25。

是「罐藏」與「窖藏」，罐藏就是以陶土製的罐子收藏穀物，在新石器時代河姆渡、西安半坡、東鄉林家等遺址都有出土罐藏的穀物，罐藏優點在拿取或移動都很方便，但是陶製器皿易碎，容量較小，也較易受潮，因此非主要貯藏方式，史前時代最為普遍的是窖藏。

窖　《説文・穴部》曰：「窖，地藏也。从穴告聲。」（頁349）

竇　《説文・穴部》曰：「竇，空也。从穴賣聲。」（頁348）

「地藏」也就是挖掘窖穴，將穀物藏於地下，窖藏與人們史前半穴居的居住習慣有關，在西安半坡、武安磁山、河南安陽殷墟等遺址都發現許多用來貯藏穀物的地窖，為了防火、防潮，古人甚至將地窖的牆壁加以火烤、捶實，使窖壁堅硬乾燥，適合貯藏，因此人們於新石器時代遺址的窖穴當中，常常能發現當時遺留的穀物，可見其保存功效之高。

一直到後代，窖穴的整修挖掘仍是相當受到重視的工作，《禮記・月令》曰：「是月也，可以築城郭，建都邑，穿竇窖，脩囷倉。」鄭注曰：「穿竇窖者，入地，圓曰竇，方曰窖。」〔註193〕「竇窖」為窖藏地穴之統稱，析而言之，則圓形的稱「竇」，方形的稱「窖」。

罐藏、窖藏之外，後來也發展出建造於地上的倉房。《説文》有「㐭」、「囷」、「倉」、「庾」等字。

㐭　《説文・㐭部》曰：「㐭，穀所振入也，宗廟粢盛，蒼黃㐭而取之，故謂之㐭。从入从回，象屋形，中有户牖。凡㐭之屬皆从㐭。廩，㐭或从广稟。」（頁232～233）

「㐭」字甲骨文作 🔲（甲五七四）、🔲（粹九一四），象架構高聳，上有尖頂的建築，《説文》釋為「穀所振入」，本義是收藏穀物的倉庫，典籍很早就提到這種建築，《詩經・周頌・豐年》曰：「豐年多黍多稌，亦有高廩。」毛傳曰：「廩所以藏齍盛之穗也。」〔註194〕以及《史記》裡瞽叟欲殺舜，使之塗廩之事；〔註195〕以及《史記・龜策列傳》正義曰：「方者謂之廩。」〔註196〕可知「廩」

〔註193〕見《禮記・月令》，卷五，頁16，總頁54。

〔註194〕見《詩經・周頌・豐年》，卷十九，頁8，總頁151。

〔註195〕《史記・五帝本紀》曰：「瞽叟尚復欲殺之，使舜上塗廩，瞽叟從下縱火焚廩。舜乃以兩笠自扞而下，去，得不死。」見卷一，頁34。

是一種方形的高大建築，可以貯存大量糧食，很受重視，古代甚至設有「廩人」〔註197〕一職，專門掌管廩事。

困　《說文·口部》曰：「🔲，廩之圜者，从禾在口中，圜謂之困，方謂之京。」（頁280）

「困」字作口中有禾之形，即是穀倉之象形，《說文》釋以「廩之圜者」，乃是強調「困」和「廩」的小異之處，這在典籍的註解當中都能見到，如《史記·龜策列傳》曰：「故曰田者不彊，困倉不盈。」正義曰：「圓者謂之困，方者謂之廩。」〔註198〕以及《詩經·魏風·伐檀》曰：「不稼不穡，胡取禾三百困兮。」毛傳曰：「圜者爲困。」〔註199〕

倉　《說文·倉部》曰：「🔲，穀藏也。蒼黃取而臧之，故謂之倉。从食省，口象倉形。凡倉之屬皆从倉。🔲，奇字倉。」（頁226）

「倉」字甲骨文作🔲（通別二、一〇、七）、🔲（甲二三六九），首字象有蓋器皿，次字象屋簷下藏穀之形，兩者一爲器皿一爲穀倉，都有貯藏之意，漢代出土的地下物表現了「倉」的這兩種意思，見圖。

圖87　漢代陶倉〔註200〕

〔註196〕見《史記·龜策列傳》，卷一百二十八，頁3233。

〔註197〕《周禮·地官·廩人》曰：「廩人掌九穀之數，以待國之匪頒，賙賜稍食，以歲之上下數邦用，以知足否，以詔穀用，以治年之凶豐。凡萬民之食食者，人四鬴，上也，人三鬴，中也，人二鬴，下也。若食不能人二鬴，則令邦移民就穀，詔王殺邦用。凡邦有會同師役之事，則治其糧與其食，大祭祀則共其接盛。」卷四，頁39～40，總頁81～82。

〔註198〕見《史記·龜策列傳》，卷一百二十八，頁3233。

〔註199〕見《詩經·魏風·伐檀》，卷五，頁12，總頁45。

〔註200〕圖片來源：王貴元：《漢字與歷史文化》，頁106。

圖 88　漢代石倉模型〔註201〕

　　「倉」字在典籍用作「糧倉」相當普遍，《周禮》記載有「倉人」〔註202〕一職，《詩經·大雅·公劉》曰：「匪居匪康，迺場迺疆，迺積迺倉。」〔註203〕《詩經·小雅·楚茨》曰：「我倉既盈，我庾維億。」〔註204〕「倉」字後來使用更廣，被用來泛指所有倉廩之類的建築了。

庾　《說文·广部》曰：「庾，水漕倉也。从广臾聲。一曰倉無屋者。」段注曰：

　　「無屋，無上覆者也。小雅楚茨傳曰：露積曰庾。甫田箋云：庾，露積穀

　　也。」（頁448）

　　「倉無屋者」，指沒有屋頂的穀倉或者露天的穀堆，典籍的註解區分得很詳細，如《詩經·小雅·楚茨》的「我庾維億。」毛傳曰：「露積曰庾」〔註205〕《詩經·小雅·甫田》的：「曾孫之庾，如坻如京。」鄭箋曰：「庾，露積穀也。」〔註206〕以及《史記·孝文本紀》的「發倉庾以振貧民」，集解胡公曰：「在邑曰倉，在野曰庾。」〔註207〕

　　以上「向」（廩）、「囷」、「倉」、「庾」等字到後來常有連用的情形，如《韓

〔註201〕圖片來源：王貴元：《漢字與歷史文化》，頁106。

〔註202〕《周禮·地官·倉人》曰：「倉人掌粟入之藏，辨九穀之物，以待邦用，若穀不足，則止餘法用，有餘則藏之，以待凶而頒之。凡國之大事，共道路之穀積食飲之具。」卷四，頁41，總頁80。

〔註203〕見《詩經·大雅·公劉》，卷十七，頁10，總頁128。

〔註204〕見《詩經·小雅·楚茨》，卷十三，頁10，總頁97。

〔註205〕見《詩經·小雅·楚茨》，卷十三，頁10，總頁97。

〔註206〕見《詩經·小雅·甫田》，卷十四，頁2，總頁100。

〔註207〕見《史記·孝文本紀》，卷十，頁432。

非子・初見秦》的「田疇荒，困倉虛」〔註208〕；《史記・五帝本紀》的「與琴，為築倉廩」〔註209〕；以及《史記・平準書》的「都鄙廩庾皆滿，而府庫餘貨財」〔註210〕等等，可見後來人們對於貯存穀物的建築名稱不再嚴格區別，但是從古人對於倉廩的用字之多、分類之細，可以看到他們對於糧食貯藏之重視，也反映了當時農業生產已有了一定的水準。

從少數民族的倉廩來看，他們多半流行架高的杆欄式糧倉，不僅通風防潮，而且也可以防止野獸破壞，有些造型與漢代出土的石倉模型相當類似，見圖。

圖89　雲南曼賀冬寨哈尼族的糧倉〔註211〕

第五節　從《說文》看農田水利的建設

在農業活動剛萌芽時，人們焚燒山林，再經過簡單整理便播種耕種，一開始任其自行生長，沒有所謂灌溉的觀念，後來開始利用簡單容器汲取河水或井水來澆灌，或者在田邊挖掘小水溝，這稱作「溝洫」，田邊的溝洫具有排水或灌溉的重要功能，《周禮・考工記・匠人》曰：「匠人為溝洫。」鄭注曰：「主通利田間之水道。」〔註212〕

經過很長一段時間的經驗累積，人們體認到灌溉對於農業活動的重要，因

〔註208〕見《韓非子・初見秦》，卷一，頁1，總頁3。

〔註209〕見《史記・五帝本紀》，卷一，頁34。

〔註210〕見《史記・平準書》，卷三十，頁1420。

〔註211〕圖片來源：尹紹亭：《雲南物質文化——農耕卷》，頁574。

〔註212〕見《周禮・考工記・匠人》，卷十二，頁18，總頁225。

此隨著整地、中耕的技術漸漸成熟，且在零星小型溝洫建設的基礎之下，古人也發展出一套完整的灌溉排水系統，從田間小水溝，到灌入河川的大水渠，一層一層井然有序，並且各自有相應的文字來命名，《周禮·地官·遂人》曰：

> 凡治野，夫間有遂，遂上有徑，十夫有溝，溝上有畛，百夫有洫，
>
> 洫上有涂，千夫有澮，澮上有道，萬夫有川，川上有路，以達于畿。
>
> 〔註213〕

一夫、十夫、百夫、千夫、萬夫指土地的範圍與大小，而徑、畛、涂、道、路等等則是可供交通往來的道路名稱，至於遂、溝、洫、澮，鄭注曰：「遂、溝、洫、澮，皆所以通水於川也。」〔註214〕

《周禮》更仔細記錄了這些溝渠設施的深度與廣度，《周禮·考工記·匠人》曰：

> 廣尺深尺謂之𤰝；田首倍之，廣二尺深二尺謂之遂。九夫為井，井
>
> 間廣四尺，深四尺，謂之溝；方十里為成，成間廣八尺，深八尺，
>
> 謂之洫；方百里為同，同間廣二尋，深二仞，謂之澮，專達於川，
>
> 各載其名。〔註215〕

「𤰝」即「畎」，此指寬一尺、深一尺的小水道，「遂」是寬二尺、深二尺的水道，在井田之間寬四尺、深四尺的是「溝」，寬八尺、深八尺的稱為「洫」，寬二尋、深二仞的水道謂之「澮」，這種大規模有系統的灌溉設施，據陳文華《農業考古》所說，主要乃北方黃土地區所習用，南方水田的溝洫制度並沒有如此嚴格，這是因為南方地形起伏較大，需依照當地進行規劃；而北方地廣土平，開溝挖洫都容易進行整體規劃，加上黃河流域在夏季往往因為暴雨而氾濫成災，威脅即將成熟的作物，因此北方旱田極需快速排洪的設施。〔註216〕

關於這些溝渠設施，在《說文》裡有「く」、「遂」、「溝」、「洫」、「巜」等字。

〔註213〕見《周禮·地官·遂人》，卷四，頁24～25，總頁72。

〔註214〕見《周禮·地官·遂人》，卷四，頁24～25，總頁72。

〔註215〕見《周禮·考工記·匠人》，卷十二，頁18～20，總頁225～226。

〔註216〕詳陳文華：《農業考古》，頁131。

（一）く

く 《說文・く部》曰：「く，水小流也。周禮匠人爲溝洫，枱廣五寸，二枱爲耦，一耦之伐，廣尺深尺謂之く，倍く謂之遂，倍遂曰溝，倍溝曰洫，倍洫曰巜。凡く之屬皆从く。𤰔，古文く从田川，田之川也。畎，篆文く从田犬聲。六畎爲一畮。」（頁 573）

所謂「水小流」，乃就其大小來說，「く」在《周禮》記載的溝洫系統當中是最小的，字形本象涓涓細流之貌；而「田之川」，乃就其所在與功能來說。「く」篆文作「畎」，古文作「𤰔」，卜辭有：「令尹乍大𤰔。」（合集九四七二正）表現人工造𤰔的情況。《呂氏春秋・辯士》曰：「故畮欲廣以平，𤰔欲小以深。」〔註217〕《史記・夏本紀》曰：「浚畎澮致之川。」集解鄭玄曰：「畎澮，田閒溝也」〔註218〕可知「く」字確是人所建造，用以疏通田間水流的小溝渠，而又小又深的畎是最適當的。

（二）遂

遂 《說文・辵部》曰：「遂，亡也。从辵㒸聲。𨔷，古文遂。」（頁 74）

「遂」在典籍裡是兩倍大於「畎」的水道名稱。《周禮・考工記・匠人》曰：「廣尺深尺謂之畎；田首倍之，廣二尺深二尺謂之遂。」〔註219〕《周禮・地官・遂人》曰：「夫間有遂，遂上有徑。」〔註220〕《周禮・地官・稻人》曰：「以遂均水。」鄭注曰：「遂，田首受水小溝也。」〔註221〕

由此可知，「遂」在溝渠系統中，是深、廣各兩尺的水道，上面有可容牛馬的小徑通過，主要在配水，即分配各個水道間的水量，使之均等適宜。

（三）溝

溝 《說文・水部》曰：「溝，水瀆也，廣四尺、深四尺。从水冓聲。」（頁 559）

〔註217〕見《呂氏春秋・辯士》，卷二十六，頁 10，總頁 187。

〔註218〕見《史記・夏本紀》，卷二，頁 79。

〔註219〕見《周禮・考工記・匠人》，卷十二，頁 18，總頁 225。

〔註220〕見《周禮・地官・遂人》，卷四，頁 24～25，總頁 72。

〔註221〕見《周禮・地官・稻人》，卷四，頁 33，總頁 76。

瀆　《説文・水部》曰：「㵼，溝也。从水賣聲。一曰邑中曰溝。」（頁 559）

　　《説文》「溝」、「瀆」二字互訓，字義相同，「溝」字釋語出自《周禮》，《周禮・考工記・匠人》曰：「九夫爲井，井間廣四尺，深四尺，謂之溝。」〔註222〕指井田與井田之間，深、廣各四尺的溝渠。《周禮・地官・稻人》曰：「以溝蕩水。」鄭注曰：「謂以溝行水也。」〔註223〕

　　「溝」後來成了溝渠的通稱，並往往與其他義近字連用，如「溝渠」、「溝瀆」、「溝澮」、「溝洫」等等，使用相當普遍。

（四）洫

洫　《説文・水部》曰：「㵢，十里爲成，成間廣八尺、深八尺謂之洫。从水血聲。論語曰：盡力于溝洫。」（頁 559）

　　《説文》釋「洫」乃引用《周禮》，《周禮・考工記・匠人》曰：「方十里爲成，成間廣八尺，深八尺，謂之洫。」〔註224〕

　　「洫」是兩倍於「溝」的渠道，寬八尺、深八尺，是方十里的「成」之間的水渠，後來與「溝」常常連用，成爲溝渠水道的通稱，如《周禮・考工記・匠人》的「匠人爲溝洫」〔註225〕，以及《論語・泰伯》大禹「盡力乎溝洫」〔註226〕。

（五）〳〵

〳〵　《説文・〳〵部》曰：「〳〵，水流澮澮也，方百里爲〳〵，廣二尋，深二仞。」（頁 573～574）

　　「〳〵」字相較於「〳」字，作水流較大的樣子，典籍裡假借爲「澮」字，「澮」字本爲水名，《説文・水部》曰：「㶚，澮水出河東彘靃，山西南入汾。从水會聲。」（頁 531）

〔註222〕見《周禮・考工記・匠人》，卷十二，頁 18，總頁 225。

〔註223〕見《周禮・地官・稻人》，卷四，頁 33，總頁 76。

〔註224〕見《周禮・考工記・匠人》，卷十二，頁 18～20，總頁 225～226。

〔註225〕見《周禮・考工記・匠人》，卷十二，頁 18，總頁 225。

〔註226〕見《論語・泰伯》，卷四，頁 18，總頁 36。

《周禮・考工記・匠人》曰：「方百里爲同，同間廣二尋，深二仞，謂之澮。」〔註227〕《周禮・地官・稻人》曰：「以澮寫水。」鄭注曰：「澮，田尾去水大溝。」〔註228〕可知「澮」是方百里的「同」之間的水道，寬二尋，深二仞（皆十六尺），是用來將田間多餘的水流排進川裡的大溝渠。

由此可知，在旱季的時候，灌溉用水從川、澮（巜）、洫、溝、遂、畎（く）依序引入，由大到小灌入農田；而在雨水過多之時，水流則從畎（く）、遂、溝、洫、澮（巜）等依序瀉入川中，這種整齊劃一的灌溉系統，大大增強了土地的利用，以及農產量的增加，如《農書・灌溉》曰：「溝洫之於田野，可決而決，則無水溢之害；可塞而塞，則無旱乾之患。」〔註229〕在這個時期逐漸累積的許多小規模溝洫建設經驗，更成了後世大規模水利工程修建的基礎，戰國之後大型水利工程蓬勃發展，如安徽壽縣的芍陂、河北鄴縣的西門豹渠、四川灌縣的都江堰、陝西關中的鄭國渠等，都是改良、累積古代小溝渠建設的經驗而來。

第六節　小　結

在考察了古文字、考古挖掘、少數民族資料、典籍記載以及先賢研究成果等等材料之後，我們對於中國古代農業活動有了更全面的瞭解。

農業活動源自採集，一開始使用簡陋的蚌殼當作工具，這在《說文》從「辰」的一批文字當中可以得到資訊。而古人喜愛種植的穀類，也從爲數眾多的品種當中選取了幾樣經濟價值較高的來集中培植，而有「九穀」、「六穀」、「五穀」等名稱，這些重要穀物集中在《說文》「禾」、「麥」、「黍」、「米」、「屮」等部首裡面，不僅解釋其字義，也收錄許多不同品種的穀類名稱。在生產工具方面，可分爲整地農具、中耕農具以及收穫農具，集中在《說文》「木」、「金」、「耒」等部首之中，不僅保留許多古農器的名稱，更表現出農具在材質、形制、功能各方面都會隨著時代變遷而改良，甚至淘汰。

穀物的加工貯存方面，撞擊與碾磨是最重要的加工方法，《說文》也記錄了許多工具的名稱，如連枷、杵臼、磨碓等等。貯存的倉房名稱更是種類繁

〔註227〕見《周禮・考工記・匠人》，卷十二，頁18～20，總頁225～226。

〔註228〕見《周禮・地官・稻人》，卷四，頁33，總頁76。

〔註229〕見〔元〕王禎：《農書》，卷三，頁8。

多，顯示當時農業興盛、收成豐富，貯藏的技術受到相當的重視。最後是農田水利的成就，《說文》記錄了許多溝渠的形制與名稱，並保留了這些溝渠的古文字形。

　　《說文》所收與農業有關的字相當多，反映出當時農業的高度發展，以及古人對它的重視。在探索《說文》，並配合各種資料的研究之後，我們對於中國農業活動的起源、工具、作物、加工貯存、水利發展等各方面都能得到全面性的瞭解。

第五章 結 論

在考察《說文》收字、甲骨文金文字形、考古挖掘、典籍記載、先賢研究成果以及民族學等材料之後，我們對於《說文解字》和中國古代農牧漁獵活動有了更全面的認識與瞭解。

一、漁 獵

（一）捕 魚

捕魚方面，《說文》對於魚種類的辨識已達一百零三種，大大超過了《爾雅》所記載的四十三種，並且多了一些具體的說明與解釋，可見古人對於魚的認識有了飛躍性的發展。《說文》對於各式各樣的捕魚方式亦有記載，包括叉魚、射魚、網魚、釣魚、以竹器木器捕魚等等。

表現魚叉的內容有「叉」字，段玉裁注曰：「凡岐頭皆曰叉。」（頁 116）魚叉正是利用若干分歧的尖狀工具獲取魚類。

射魚方面，古人以弓箭取魚，如「矢」字表現箭鏃之形，「射」字所從之「身」乃一弓一箭的訛變，初形為箭在弦上，或拉弓欲射之形。

網魚方面，《說文》「网」字象網子孔目交錯之形，並保存了「罔」、「𦉴」、「𠔿」、「网」等許多異體字。《說文》「网」部更保存了許多捕魚的網具名稱與方法，有手抄網（𦊝字）、覆網（罨字）、抬網（网字）、圍網（罶字）、罾網（罾字）等等，展現了古人運用網具的智慧與技術。

　　釣魚方面，「句」字爲以釣鉤取魚，乃「鉤」字的初文。在考古發掘中，早先出土的魚鉤爲木製或骨製，商周之後金屬運用益廣，出現了金屬魚鉤，因此在「句」字被假借作「章句」義之後，遂孳乳「鉤」字。「鉤」字則強調其金屬材質，表現了時代變遷和魚鉤材料的改良。

　　釣線相關字有「緡」與「罠」，二者爲古今字，前者著重釣線的材質故从糸，後者著重其取魚的功能故从网。

　　魚餌在《說文》有「鬻」字，重文爲「餌」，段注曰：「釣啗魚者。」（頁113），配合《莊子》、《呂氏春秋》等文獻記載，可知人們以餌爲釣起源甚早。

　　以竹器木器捕魚方面，《說文》有「笱魚」、「罩魚」、「罧魚」等方法。「笱魚」就是利用天然或人工築的壩、牆，在出口設置「笱」；「罩魚」是以竹製的無底魚罩當頭扣魚；「罧魚」則是利用木材的堆積，逐漸縮小範圍來捕魚。

　　從上述魚鏢叉魚、弓箭射魚、網罟捕魚、絲線釣魚、竹器木器捕魚這些各式各樣的捕魚方式可知，中國古代的捕魚技術相當精良，運用到的工具也十分多樣化。

（二）狩　獵

　　《說文》捕捉鳥類的相關字很多，分類有網羅捕鳥、弋射捕鳥、媒鳥引誘等。網羅捕鳥方面，包括「羅」、「罻」、「翟」等字，有覆網以取鳥，亦有掛網以取鳥的。弋射捕鳥方面，包括「雉」、「磻」、「鸛」等字，涵蓋了弋射的方式、使用的輔助工具、以及弋射時絲線放散以縛鳥的情狀。

　　另外，以鳥媒捕鳥反映在《說文》「囮」字，表現誘騙獵物的手段；纏套鳥足則表現在「羉」、「翼」二字，是以絲繩設置圈套纏住鳥足的方式。

　　捕鹿方面，《說文》有「麗」字，是覆冒鹿頭以捕之的網具。捕兔方面，《說文》相關字有「罞」、「罝」等等，配合《詩經》等古籍記載，可知這些是靠近地面的網羅，設置於兔子必經之處，使之纏住被擒。捕豖方面，有套足捕之的「羉」，追而捕之的「逐」，亦有射而捕之的「毚」。

　　至於古代狩獵方法，本論文檢視《說文》收字之後，將其分類爲「逐獵」、「射獵」、「網獵」、「阱獵」等等。「逐獵」表現古人獵犬和工具的使用，以及焚燒山林、追蹤獸蹄鳥跡的技巧；「射獵」方面，古人製造並利用弓、弩、矢、彈來狩獵，避開了與野獸正面衝突的危險，並提高了單人狩獵的成功機率。「網

獵」相關字多集中在「网部」，网部之外另有「禽」、「畢」、「離」等字，配合漢代畫像磚、典籍記載和民族學資料，吾人可以瞭解網獵捕鳥捕獸的多樣性。而「阱獵」在《說文》有「臽」、「陷」、「阱」等字，乃是活捉大型猛獸的重要手段。

由上述可知，漁獵活動不僅僅是獲取獵物，還包括各種工具的發明與多樣技術的運用，這些文化內涵反映文字之中，成為我們探求漁獵文化的線索之一。

二、畜　牧

在狩獵活動更為成熟之後，捕獲的野獸有部分被人們馴養並進行繁殖，這就是原始畜牧活動的起源。畜牧雖然不是古代中原地區的主要經濟活動，但在考古發掘及古代文獻都有不少的資料記載，而在《說文》中更保存許多相關文字，蘊含古代畜牧的資訊，包括餵養牲畜時食料的選擇、器皿、畜養場所、馴養工具或方法、品種的改良、閹割技術的發展、畜病的認識與治療等等，可謂相當豐富。

食料方面，古人依照畜種特性和當時的需求，分別予以穀類或草料，《說文》有「芻」、「犓」、「薦」、「豢」、「茭」、「餧」等字；餵食器皿方面，亦有「籨」、「筐」、「筥」、「槽」等種類。

畜養場所方面，以大小可分為兩類，小範圍的畜養包括「廄」、「牢」、「牿」、「圈」、「圂」等，多建造於住家附近，便於保護和管理，注重牲畜的品質以及人畜雙方的安全；大範圍的圈養有「阹」、「囿」、「苑」等字，地點常在地廣人稀的郊野，管理較為鬆散，常以捕獲的飛禽野獸放養其間，供給王孫貴族狩獵遊藝之用，主要用來享樂，因此其目的、功能都與第一類相距甚遠了。

馴養的工具或方法方面，包含「鞭打類」和「牽引類」。二者使用都很普遍，前者《說文》相關字有「牧」、「驅」、「御」、「敕」、「策」、「箠」、「鞭」等；後者有「牽」、「縻」、「繮」、「紮」、「紖」、「銜」、「勒」、「羈」等等。這些工具或方法讓人類克服了氣力微小的弱點，使形體龐大或野性難馴的牲畜為人類所利用，大大增加了勞動力和交通力。

牲畜品種的優劣也是古人很早就開始重視的議題，《說文》的「牛部」、「馬部」、「羊部」、「豕部」等部首中，就收有許多與牲畜品種、毛色、齒齡、特質、

性狀等字,更有一些字表現人們在品種改良上的成就以及從外國引進的特殊品種。

闍割的發明是畜牧活動很重要的技術之一,閹割可使牲畜性情安定、容易增肥,因此古人對於牲畜的性別區分很重視,《說文》裡有大量牝牡區分的字,以及各種去勢動物的專字。

至於疾病治療方面,人們將一般醫術運用在牲畜上面,對畜病的認識也有很大進展,內科有「疼」、「痼」、「餕」、「羸」、「羺」、「殰」、「殰」、「犝」、「狾」、「狂」等字,分別有流行疾病、過勞病、不孕症、過瘦、狂犬病等等;外科有「痒」、「跀」、「牷」、「蝺」、「蟣」、「蟲」,包括足蹄疾病、舌病以及寄生蟲病等。這些字都表現了當時畜病認識與治療的發展情況。

由上述可知,《說文》記載了古代畜牧業的種種內容,表現了古人在長時間的經驗累積後,能改良各種工具或技術,並且以醫療和科學的知識,提升牲畜的品質與健康,使之後的畜牧業更加蓬勃發展。

三、農 業

中國原始農業和採集活動關係密切,最初始的農作器具是石片和蚌殼之屬,因此從「辰」構形的許多字多和農事有關,如「農」、「晨」、「辱」、「蓐」、「薅」、「槈」(耨、鎒)等字。

另外,《說文》在「禾」、「麥」、「黍」、「米」、「艸」、「來」等部首裡,收錄許多重要的穀物名稱和不同的品種,並且也記載了祭祀、釀酒、充飢、救荒等功能,反映當時穀物分類之繁多、以及人們不僅吃食穀物,還多方應用穀物的情形。

生產工具方面,《說文》收字更為豐富,可依照功能分為三大類,分別是「整地農具」、「中耕農具」以及「收穫農具」。

整地農具用來清除石塊、樹枝,以及挖鬆土壤,這些相關字集中在「斤」、「耒」、「木」、「金」、「牛」等部首之中。「斧斤」之類用來砍伐樹木;「欔」用來平整土地;「耒耜」類和「钁」、「犂」用來破土耕田。古人用這些工具整地,並播下種子。

中耕農具主要用來鬆土除草,這些相關字集中在《說文》「金」、「耒」、「木」、「刀」等部首之中。「錢、銚、鏟」是同種農具不同時代的稱呼,是小

巧易使、用來鬆土或除去田間雜草都很便利的工具，器體寬而扁平，刃部與把柄平行安裝爲其重要特色。「鎛、鎒」是同一種器具在不同時代的名稱，爲求除草鬆土之便利，其形制也是短小易使的，然與「錢」的最大差別在於其刃部與把柄乃是垂直安裝的。另外《說文》亦有大型的鎒，稱爲「鉏」，使用時不需蹲坐田間，更爲省力。

收穫農具方面，主要用來刈下穀穗以及整理穀物，因此可分爲刀具之屬和捃杷之屬。刀具包括「鎌」以及「銍」，都是從石刀或蚌刀演變而來的。鎌刀刀身較爲彎曲，銍刀則保留了古代蚌刀的部分特色。捃杷之屬在《說文》有「刮」、「捃」、「杷」、「秸」等字，指的是以有爪工具聚攏或散開穀物。

穀物的加工方面，《說文》有以擊打來脫粒的工具如「枷」、「柫」等字；還有以杵臼去殼的「舂」、「臽」、「杵」、「臼」等字；另外亦有以研磨去殼製粉的「磨」、「礦」、「磑」、「研」、「礱」等字；西漢之後古人更發明了「碓」，是用腳踩踏來代替以手舂打的設施，爲古代科技的重要發明之一。

至於穀物收成的貯藏方面，《說文》有地下窖藏相關字，如「窖」、「竇」，亦有各種形式的地上倉房，如「㐭」、「囷」、「倉」、「庾」等字，分別代表高大的、圓形的、有頂的、露天的等等各種倉庫，表現古人對倉廩的用字分類相當仔細，顯示出他們對糧食貯藏之重視，以及當時農業生產水平之高。

在農田水利方面，古人在長時間的經驗累積之後，從一開始的焚燒山林後的漫田制度，到挑水灌漑，慢慢地發展到完整的溝洫系統，這在《說文》都有記載，如「〈」、「遂」、「溝」、「瀆」、「洫」、「〈〈」等等，這些溝渠在乾旱時節負責將川水引導至田裡進行灌漑，而在暴雨季節則擔負起快速排洪的工作，使得人們漸漸降低了天候對於農業造成的傷害與影響。

由此可知，中國古代的經濟生活，不管在捕魚、狩獵、畜牧，以至農業方面，《說文》書中皆有相當廣泛且豐富的記載，這些記載表現了中國古代生活的文化意涵，以及人們長期累積的智慧結晶，都值得吾人深入探索與研究。

參考書目

一、古代典籍

1. 《集韻》（四部備要本，臺北市：中華書局，1966 年 3 月）。

2. 〔漢〕桓譚：《新論》（四部備要，臺北市：中華書局，1966 年 3 月）。

3. 〔清〕郝懿行：《爾雅義疏》（四部備要，臺北市：中華書局，1966 年 3 月）。

4. 〔漢〕氾勝之：《氾勝之書》（問經堂叢書，臺北市：藝文印書館，1968 年）。

5. 〔清〕吳大澂：《說文古籀補》（臺北市：臺灣商務印書館，1968 年 12 月臺一版）。

6. 〔清〕徐灝：《說文解字注箋》（臺北市：廣文書局，1972 年 4 月初版）。

7. 〔清〕桂馥：《說文解字義證》（臺北市：廣文書局，1972 年 11 月初版）。

8. 〔元〕王禎：《農書》（四庫全書珍本，臺北市：臺灣商務印書館，1975 年）。

9. 《周易》（四部叢刊正編，臺北市：臺灣商務印書館，1979 年 11 月臺一版）。

10. 《尚書》（四部叢刊正編，臺北市：臺灣商務印書館，1979 年 11 月臺一版）。

11. 《詩經》（四部叢刊正編，臺北市：臺灣商務印書館，1979 年 11 月臺一版）。

12. 《周禮》（四部叢刊正編，臺北市：臺灣商務印書館，1979 年 11 月臺一版）。

13. 《儀禮》（四部叢刊正編，臺北市：臺灣商務印書館，1979 年 11 月臺一版）。

14. 《禮記》（四部叢刊正編，臺北市：臺灣商務印書館，1979 年 11 月臺一版）。

15. 《左傳》（四部叢刊正編，臺北市：臺灣商務印書館，1979 年 11 月臺一版）。

16. 《論語》（四部叢刊正編，臺北市：臺灣商務印書館，1979 年 11 月臺一版）。

17. 《孟子》（四部叢刊正編，臺北市：臺灣商務印書館，1979 年 11 月臺一版）。

18. 《爾雅》（四部叢刊正編，臺北市：臺灣商務印書館，1979 年 11 月臺一版）。

19. 《玉篇》（四部叢刊正編，臺北市：臺灣商務印書館，1979 年 11 月臺一版）。

20. 《國語》（四部叢刊正編，臺北市：臺灣商務印書館，1979 年 11 月臺一版）。

21. 《戰國策》（四部叢刊正編，臺北市：臺灣商務印書館，1979 年 11 月臺一版）。

22. 《晏子春秋》（四部叢刊正編，臺北市：臺灣商務印書館，1979 年 11 月臺一版）。

23. 《吳越春秋》（四部叢刊正編，臺北市：臺灣商務印書館，1979 年 11 月臺一版）。

24. 《荀子》（四部叢刊正編，臺北市：臺灣商務印書館，1979 年 11 月臺一版）。

25. 《管子》（四部叢刊正編，臺北市：臺灣商務印書館，1979 年 11 月臺一版）。

26. 《韓非子》（四部叢刊正編，臺北市：臺灣商務印書館，1979 年 11 月臺一版）。

27. 《墨子》（四部叢刊正編，臺北市：臺灣商務印書館，1979 年 11 月臺一版）。

28. 《呂氏春秋》（四部叢刊正編，臺北市：臺灣商務印書館，1979 年 11 月臺一版）。

29. 《淮南子》（四部叢刊正編，臺北市：臺灣商務印書館，1979 年 11 月臺一版）。

30. 《莊子》（四部叢刊正編，臺北市：臺灣商務印書館，1979 年 11 月臺一版）。

31. 《楚辭》（四部叢刊正編，臺北市：臺灣商務印書館，1979 年 11 月臺一版）。

32. 〔漢〕桓寬：《鹽鐵論》（四部叢刊正編，臺北市：臺灣商務印書館，1979 年 11 月臺一版）。

33. 〔漢〕劉向：《新序》（四部叢刊正編，臺北市：臺灣商務印書館，1979 年 11 月臺一版）。

34. 〔漢〕王充：《論衡》（四部叢刊正編，臺北市：臺灣商務印書館，1979 年 11 月臺一版）。

35. 〔魏〕賈思勰：《齊民要術》（四部叢刊正編，臺北市：臺灣商務印書館，1979 年 11 月臺一版）。

36. 〔宋〕朱熹：《詩集傳》（臺北市：華正書局，1982 年 8 月初版）。

37. 〔漢〕司馬遷：《史記》（北京市：中華書局，1982 年 11 月第二版）。

38. 〔漢〕楊孚：《異物志》（叢書集成新編，臺北市：新文豐出版社，1985 年 1 月初版）。

39. 〔宋〕陸佃：《爾雅新義》（叢書集成初編，北京市：中華書局，1985 年一版）。

40. 〔明〕徐光啟：《農政全書》（景印文淵閣四庫全書，臺北市：臺灣商務印書館，1986 年 3 月初版）。

41. 〔明〕董斯張：《廣博物志》（景印文淵閣四庫全書，臺北市：臺灣商務印書館，1986 年 3 月初版）。

42. 〔宋〕范曄：《後漢書》（北京市：中華書局，1987 年 10 月第四次印刷）。

43. 〔漢〕班固：《漢書》（北京市：中華書局，1987 年 12 月第五次印刷）。

44. 〔清〕桂馥：《說文義證》（北京市：中華書局，1987 年 12 月北京第一次印刷）。

45. 〔晉〕郭璞：《爾雅音圖》（臺北市：藝文印書館，1988 年 3 月初版）。

46. 〔清〕王筠：《說文句讀》（北京市：中華書局，1988 年 7 月北京第 1 次印刷）。

47. 〔南唐〕徐鍇:《說文解字繫傳》(北京市:中華書局,1998 年 12 月北京第二次印刷)。

48. 〔清〕徐承慶:《說文解字注匡謬》(續修四庫全書,上海市:上海古籍出版社,2002 年 3 月第一次印刷)。

49. 〔清〕嚴元照:《爾雅匡名》(續修四庫全書,上海市:上海古籍出版社,2002 年 3 月第一次印刷)。

50. 〔清〕劉心源:《奇觚室吉金文述》(續修四庫全書,上海市:上海古籍出版社,2002 年 3 月第一次印刷)。

51. 〔清〕吳其濬:《植物名實圖考》(續修四庫全書,上海市:上海古籍出版社,2002 年 3 月第一次印刷)。

52. 〔清〕段玉裁:《圈點段注說文解字》(臺北市:萬卷樓圖書股份有限公司,2002 年 8 月再版)。

53. 〔宋〕徐鉉校訂:《說文解字》(南京市:江蘇古籍出版社,2003 年 7 月第 3 次印刷)。

二、現代專著

1. 郭沫若:《甲骨文字研究》(臺北市:民文出版社,1952 年初版)。

2. 王襄:《古文流變臆說》(上海市:龍門聯合書局,1961 年 10 月第一次印刷)。

3. 葉玉森:《殷墟書契前編集釋》(臺北市:藝文印書館,1966 年 10 月初版)。

4. 江舉謙:《說文解字綜合研究》(台中市:東海大學出版,1970 年 1 月初版)。

5. 馬敘倫:《說文解字研究法》(臺北市:華聯出版社,1970 年 11 月)。

6. 吳其昌:《殷虛書契解詁》(臺北市:文史哲出版社,1971 年 1 月初版)。

7. 朱芳圃:《殷周文字釋叢》(臺北市:臺灣學生書局,1972 年 8 月)。

8. 《清華國學論叢》第一卷(臺北市:臺聯國風出版,1973 年)。

9. 鄭肇經:《中國之水利》(臺北市:臺灣商務印書館,1973 年 9 月臺一版)。

10. 楊樹達:《積微居金文說 甲文說》(臺北市:大通書局,1974 年 3 月再版)。

11. 李孝定:《甲骨文字集釋》(臺北市:中央研究院歷史語言研究所,1974 年 10 月)。

12. 周法高主編:《金文詁林》(香港中文大學,1975 年初版)。

13. 馬敘倫:《說文解字六書疏證》(臺北市:鼎文書局,1975 年 10 月初版)。

14. 魯實先:《轉注釋義》(臺北市:洙泗出版社,1976 年 5 月初版)。

15. 白川靜著;溫天河譯:《甲骨文的世界——古殷王朝的締構》(臺北市:巨流圖書公司,1977 年 9 月初版)。

16. 郭寶鈞:《中國青銅器時代》(北京市:新華書店,1978 年 5 月第二次印刷)。

17. 日本學習研究社:《世界民族大觀——東南亞》(臺北市:自然科學文化事業公司出版部,1978 年 9 月初版)。

18. 日本學習研究社:《世界民族大觀——北亞與西亞》(臺北市:自然科學文化事

業公司出版部，1978 年 9 月初版）。

19. 日本學習研究社：《世界民族大觀—— 大洋洲》（臺北市：自然科學文化事業公司出版部，1978 年 9 月初版）。

20. 日本學習研究社：《世界民族大觀—— 北美洲》（臺北市：自然科學文化事業公司出版部，1978 年 9 月初版）。

21. 日本學習研究社：《世界民族大觀—— 非洲》（臺北市：自然科學文化事業公司出版部，1978 年 9 月初版）。

22. 日本學習研究社：《世界民族大觀—— 南美洲》（臺北市：自然科學文化事業公司出版部，1978 年 9 月初版）。

23. 日本學習研究社：《世界民族大觀—— 印度與希馬拉雅》（臺北市：自然科學文化事業公司出版部，1978 年 9 月初版）。

24. 商承祚：《說文中之古文考》（臺北市：學海出版社，1979 年 5 月初版）。

25. 羅振玉考釋；商承祚類次：《殷虛文字類編》（臺北市：文史哲出版社，1979 年 10 月初版）。

26. 康殷：《文字源流淺說》（北京市：新華書店，1979 年 11 月初版）。

27. 李士豪、屈若騫：《中國漁業史》（臺北市：臺灣商務印書館，1980 年 8 月臺三版）。

28. 羅振玉：《增訂殷虛書契考釋》（臺北市：藝文印書館，1981 年 3 月四版）。

29. 于省吾：《甲骨文字釋林》（臺北市：大通書局，1981 年 10 月初版）。

30. 高田忠周：《古籀篇》（臺北市：大通書局，1982 年 9 月初版）。

31. 白川靜著；加地伸行、范月嬌譯《中國古代文化》（臺北市：文津出版社，1983 年 5 月）。

32. 溫少峰、袁庭棟：《殷墟卜辭研究——科學技術篇》（成都市：四川省社會科學院，1983 年 12 月第一次印刷）。

33. 張舜徽：《說文解字約注》（臺北市：木鐸出版社，1984 年 7 月初版）。

34. 謝澄平：《中國文化史新編》（臺北市：青城出版社，1985 年 5 月初版）。

35. 周到、呂品、湯文興 等著：《河南漢代畫像磚》（臺北市：丹青圖書有限公司，1986 年臺一版）。

36. 吳曾德：《漢代畫像石》（臺北市：丹青圖書有限公司，1986 年 3 月臺一版）。

37. 容庚、張維持：《殷周青銅器通論》（臺北市：康橋出版事業有限公司，1986 年 5 月）。

38. 胡厚宣主編：《甲骨文與殷商史二輯》（上海市：上海古籍出版社，1986 年 6 月第一次印刷）

39. 張舜徽：《中國文明創造史》（臺北市：木鐸出版社，1987 年 5 月初版）。

40. 白玉崢：《契文舉例校讀》（臺北市：藝文印書館，1988 年 3 月初版）。

41. 徐中舒主編：《甲骨文字典》（成都市：四川辭書出版社，1988 年 11 月第一次印刷）。

42. 王代文主編:《中國重大考古發現》(臺北市:錦繡出版社,1989 年 8 月初版)。

43. 嚴一萍:《戩壽堂所藏殷虛文字攷釋》(臺北市:藝文印書館,1991 年 1 月初版)。

44. 馬承源主編:《中國青銅器》(上海市:上海古籍出版社,1991 年 5 月第三次印刷)。

45. 李孝定:《讀說文記》(臺北市:中央研究院歷史語言研究所,1992 年 1 月初版)。

46. 魯實先:《文字析義》(湖南省:魯實先全集編輯委員會,1993 年 6 月初版)。

47. 李民主編:《殷商社會生活史》(鄭州市:河南人民出版社,1993 年 8 月第一次印刷)。

48. 朱學西:《中國古代著名水利工程》(臺北市:臺灣商務印書館,1993 年 10 月初版)。

49. 上海民間文藝家協會、上海民俗學會編:《中國民間文化──稻作文化田野調查》(上海市:學林出版社,1994 年 8 月第一次印刷)。

50. 戴家祥主編:《金文大字典》(上海市:學林出版社,1995 年 1 月第一次印刷)。

51. 賈蘭坡、杜耀西、李作智:《中國史前的人類與文化》(臺北市:幼獅文化事業公司,1995 年 9 月初版)。

52. 唐蘭:《唐蘭先生金文論集》(北京市:紫禁城出版社,1995 年 10 月第一次印刷)。

53. 黃偉然:《殷周史料論集》(香港:三聯書店,1995 年 10 月第一版第一刷)。

54. 蘇寶榮:《說文解字導讀》(西安市:陝西人民出版社,1995 年 12 月第二次印刷)。

55. 臺灣省文獻委員會主編:《番社采風圖考》(臺中縣:臺灣省政府印刷廠,1996 年 9 月)。

56. 羅鈺:《雲南物質文化──採集漁獵卷》(昆明市:雲南教育出版社,1996 年 11 月第一次印刷)。

57. 朱祖延主編:《爾雅詁林》(武漢市:湖北教育出版社,1996 年 11 月第一次印刷)。

58. 周到、王曉:《漢畫──河南漢代畫像研究》(鄭州市:中州古籍出版社,1996 年 12 月第一次印刷)。

59. 趙榮光:《中國古代庶民飲食生活》(北京市:商務印書館國際有限公司,1997 年 3 月第一次印刷)。

60. 羅振玉:《石鼓文考釋》(叢書集成三編,臺北市,新文豐出版社,1997 年 3 月臺一版)。

61. 徐鴻修:《商周青銅文化》(濟南市:山東教育出版社,1997 年 5 月第二次印刷)。

62. 李玲璞、臧克和、劉志基:《古漢字與中國文化源》(貴陽市:貴州人民出版社,1997 年 7 月一刷)。

63. 張其昀:《說文學源流考略》(貴陽市:貴州人民出版社,1998 年 1 月第一次印刷)。

64. 許進雄:《中國古代社會》(臺北市:臺灣商務印書館,1998 年 11 月第二次印刷)。

65. 蕭瓊瑞:《島民‧風俗‧畫》(臺北市:東大圖書股份有限公司,1999 年 4 月初版)。

66. 何九盈:《漢字文化學》(瀋陽市:遼寧人民出版社,2000 年 1 月第一次印刷)。

67. 周有光:《漢字和文化問題》(瀋陽市:遼寧人民出版社,2000 年 1 月第一次印刷)。

68. 趙誠：《甲骨文與商代文化》(瀋陽市：遼寧人民出版社，2000 年 1 月第一次印刷)。

69. 尹紹亭：《雲南物質文化——農耕卷》(上)(下)(昆明市：雲南教育出版社，2000 年 9 月第二次印刷)。

70. 王平：《〈說文解字〉與中國古代科技》(據廣西教育出版社 2001 年版影印)。

71. 王寧、謝棟元、劉方：《說文解字與中國古代文化》(瀋陽市：遼寧人民出版社，2001 年 1 月第二次印刷)。

72. 胡雙寶：《漢語・漢字・漢文化》(北京市：北京大學出版社，2001 年 8 月第二次印刷)。

73. 蔡信發：《六書釋例》(臺北市：萬卷樓圖書有限公司，2001 年 10 月初版)。

74. 何九盈、胡雙寶、張猛：《中國漢字文化大觀》(北京市：北京大學出版社，2002 年 4 月第三次印刷)。

75. 郭沫若：《郭沫若全集 考古編》(北京市：科學出版社，2002 年 10 月第一次印刷)。

76. 《中央研究院歷史語言研究所藏 漢代石刻畫象拓本目錄》(臺北市：中央研究院歷史語言所，2002 年 12 月初版)。

77. 葛兆光：《中國古代社會與文化十講》(香港：商務印書館，2003 年 3 月第一次印刷)。

78. 譚維四：《曾侯乙墓》(北京市：文物出版社，2003 年 3 月第二次印刷)。

79. 劉志成：《文化文字學》(成都市：巴蜀書社，2003 年 5 月第一次印刷)。

80. 陳紹棣：《中國風俗通史——兩周卷》(上海市：上海文藝出版社，2003 年 6 月第一次印刷)。

81. 劉煒、張倩儀：《文明的奠基——原始時代至春秋戰國》(香港：商務印書館，2003 年 7 月第一次印刷)。

82. 郭沫若：《中國古代社會研究》(石家莊市：河北教育出版社，2004 年 1 月第一次印刷)。

83. 向光忠主編：《說文學研究 第一輯》(武漢市：崇文書局，2004 年 1 月第一次印刷)。

84. 夏麗芳主編：《盧錫波先生收藏考古標本圖錄》(臺東市：國立臺灣史前文化博物館，2004 年 4 月初版)。

85. 陳夢家：《殷虛卜辭綜述》(北京市：中華書局，2004 年 4 月北京第二次印刷)。

86. 張從軍：《黃河下游的漢畫像石藝術》(濟南市：齊魯書社，2004 年 8 月第一次印刷)。

87. 杜正勝主編：《中國文化史》(臺北市：三民書局股份有限公司，2004 年 8 月三版一刷)。

88. 王力等著；董琨、吳鴻清匯編：《中國古代文化史講座》(桂林市：廣西師範大學出版社，2004 年 11 月第四次印刷)。

89. 宋兆麟、馮莉：《中國遠古文化》(寧波市：寧波出版社，2004 年 12 月第一次印刷)。

90. 許智范、肖明華:《南方文化與百越滇越文明》(南京市:江蘇教育出版社,2005年4月第一次印刷)。

91. 白雲翔:《先秦兩漢鐵器的考古學研究》(北京市:科學出版社,2005年4月第一次印刷)。

92. 中國古文字研究會編:《古文字研究 第十輯》(北京市:中華書局,2005年6月第二次印刷)。

93. 許嘉璐:《中國古代食衣住行》(北京市:新華書店,2005年7月第六次印刷)。

94. 陳文華:《農業考古》(北京市,新華書店,2005年7月第二次印刷)。

95. 陸忠發:《漢字文化學》(長春市:吉林人民出版社,2005年7月第一次印刷)。

96. 許嘉璐:《語言文字學論文集》(北京市:商務印書館,2005年8月第一次印刷)。

97. 宋鎮豪:《夏商社會生活史》(北京市:中國社會科學出版社,2005年10月第二次印刷)。

98. 宋兆麟:《中國風俗通史——原始社會卷》(上海市:上海文藝出版社,2006年3月第二次印刷)。

99. 宋鎮豪:《中國風俗通史——夏商卷》(上海市:上海文藝出版社,2006年3月第二次印刷)。

100. 彭衛、楊振紅:《中國風俗通史——秦漢卷》(上海市:上海文藝出版社,2006年3月第二次印刷)。

101. 于海廣:《圖說考古——追溯文明的星河》(濟南市:齊魯書社,2006年3月第二次印刷)。

102. 許倬雲:《萬古江河——中國歷史文化》(臺北市:英文漢聲出版股份有限公司,2006年3月二版)。

103. 錢暉:《中華弓箭文化》(新疆省:新疆人民出版社,2006年5月第一次印刷)。

104. 劉軍:《河姆渡文化》(北京市:文物出版社,2006年7月第一次印刷)。

105. 劉慶柱等主編:《金文文獻集成》(香港明石文化國際出版有限公司,2006年7月初版)。

106. 胡澤學:《中國犁文化》(北京市:學苑出版社,2006年12月第一次印刷)。

107. 于琨奇、庄華峰 主編:《中華文明簡史》(上海市:華東師範大學出版社,2007年1月第二次印刷)。

108. 劉煒、張倩儀:《中國歷史文化精解》(上海市:上海錦繡文章出版社,2007年4月第一次印刷)。

109. 李宏:《永恆的生命力量——漢代畫像石刻藝術研究》(臺北市:國立歷史博物館,2007年11月初版)。

110. 王貴元:《漢字與歷史文化》(北京市:中國人民大學出版社,2008年1月第一次印刷)。

三、學位論文

1. 尹定國：《說文所存古史考》（輔仁大學中國文學研究所碩士論文，1968 年）。

2. 黃慶聲：《殷代田獵研究》（政治大學中國文學研究所碩士論文，1977 年）。

3. 徐再仙：《說文解字食、衣、住、行之研究》（政治大學中國文學研究所碩士論文，1993 年）。

4. 沈銀河：《殷代卜辭中所見田獵方法考》（成功大學歷史語言研究所碩士論文，1994 年）。

5. 薛榕婷：《說文解字人與自然類部首之文化詮釋》（淡江大學中國文學研究所碩士論文，2003 年）。

6. 李欣玲：《從詩經探析周代農業社會》（中正大學中國文學研究所碩士論文，2003 年）。

7. 萬金蓮：《詩經農事技術研究》（玄奘人文社會學院中國語文研究所碩士論文，2003 年）。

四、單篇論文

1. 張哲：〈釋來麥麰〉《中國文字》第七冊，臺北市：國立臺灣大學文學院古文字學研究室編印，1962 年 3 月，頁 759～772。

2. 張哲：〈釋黍〉《中國文字》第八冊，臺北市，國立臺灣大學文學院古文字學研究室編印，1962 年 6 月，頁 927～930。

3. 金祥恆：〈釋廄〉《中國文字》第九冊，臺北市，國立臺灣大學文學院古文字學研究室編印，1962 年 9 月，頁 1019～1024。

4. 謝康：〈許氏說文所見中國上古社會生活〉《中山學術文化集刊》第四集，民國 58 年 11 月，頁 103～176。

5. 戴家祥：〈釋甫〉《清華國學論叢》第一卷第四期，（臺北市：臺聯國風出版，民國 62 年），頁 21～42。

6. 林承：〈中國歷史開展之兩大動力——農耕民族與遊牧民族〉《實踐家政學報》第 5 期，民國 63 年 3 月，頁 61～70。

7. 萬家保：〈試論中國古代鐵的發現和鐵製工具的應用〉《中華文化復興月刊》第 9 卷第 10 期民國 65 年 10 月，頁 11～16。

8. 何烈：〈中國牛耕技術的起源〉《大陸雜誌》第 55 卷第 4 期，民國 66 年 10 月，頁 36～43。

9. 于省吾：〈釋𨷒、鹿、𪊽、屰、凶〉《甲骨文字釋林》（臺北市：大通書局，1981 年 10 月初版）。

10. 阮昌銳：〈殷商時代的社會經濟生活〉《故宮文物月刊》第 1 卷第 3 期，民國 72 年 6 月，頁 20～33。

11. 伍華：〈說"句"〉《中山大學學報》總第 89 期，1983 年第 4 期，頁 112～115。

12. 陳良佐：〈我國古代的青銅農具——兼論農具的演變（上）〉《漢學研究》第 2 卷第 1 期，民國 73 年 6 月，頁 135～166。

13. 陳良佐：〈我國古代的青銅農具——兼論農具的演變（下）〉《漢學研究》第 2 卷第 2 期，民國 73 年 12 月，頁 363～402。

14. 林麗娥：〈商殷農耕文明之探討〉《孔孟月刊》第 24 卷第五期，民國 75 年 1 月，頁 15～25。

15. 宋鎮豪：〈甲骨文牽字說〉，《甲骨文與殷商史二輯》（上海市：上海古籍出版社，1986 年 6 月第一次印刷），頁 65～66。

16. 王福壽：〈重本務農，男耕女織——我國古代悠久的農業文化〉《故宮文物月刊》第 5 卷第 2 期，民國 76 年 5 月，頁 15～25。

17. 何啟民：〈由游牧至農業經濟之摶埴文化〉《東方雜誌》第 22 卷第 1 期，民國 77 年 7 月，頁 11～15。

18. 劉敦愿：〈青銅器上的狩獵圖象〉《故宮文物月刊》第 11 卷第 3 期，民國 82 年 6 月，頁 62～75。

19. 劉興林：〈論商代畜牧的發展〉《中國農史》第 13 卷第 4 期，1994 年，頁 54～62。

20. 王星光：〈工具與中國農業的起源〉《農業考古》1995 年第 1 期，頁 176～182。

21. 馬瑞江：〈細石器與中國畜牧起源〉《農業考古》1995 年第 1 期，頁 282～298。

22. 閔宗殿：〈兩漢農具及其在中國農具史上的地位〉《中國農史》第 15 卷第 2 期，1996 年，頁 29～33。

23. 吳震：〈史前時期新疆地區的狩獵和游牧經濟〉《西域研究》1996 年第 3 期，頁 29～35。

24. 劉興林：〈甲骨文田獵、畜牧及與動物相關字的異體專用〉《華夏考古》1996 年第 4 期，頁 103～109。

25. 劉亞中：〈"耒"的演變與"犁"的產生〉《中國農史》第 16 卷第 1 期，1997 年，頁 95～101。

26. 馮洪錢：〈漢《說文解字》畜病記載考注〉《農業考古》1998 年第 3 期，頁 321～323。

27. 白振有：〈《說文解字》馬部字的文化蘊涵〉《延安大學學報（社會科學版）》第 21 卷，1999 年第 1 期，頁 91～94。

28. 陸忠發：〈再釋幾個有關農具農作物的甲骨文字〉《農業考古》1999 年第 3 期，頁 243～246。

29. 馮好、徐明波：〈甲骨文所見商代擊打式脫粒農具及相關問題——兼釋𠂤、殳〉《農業考古》1999 年第 3 期，頁 247～251。

30. 李仁質：〈中國古代的狩獵典制〉《山西社會主義學院學報》1999 年第 4 期，頁 47～48。

31. 張成安：〈青銅時代哈密地區的畜牧經濟〉《農業考古》2000 年第 1 期，頁 273～303。

32. 黃琳斌：〈周代狩獵文化述略〉《文史雜志》2000 年第 2 期，頁 40～42。

33. 趙曉明、田麗、王玉慶：〈甲骨文 "米" 字源考〉《山西農業大學學報》2000 年第 3 期，頁 305～306。

34. 賈偉明：〈農牧業起源的研究與東北新石器時代的劃分〉《北方文物》總第 67 期，2001 年第 3 期，頁 12～20。

35. 于船：〈漢代許慎《說文解字》有關獸醫古字釋義〉《古今農業》2001 年第 3 期，頁 79～82。

36. 孔昭宸、劉長江、張居中、靳貴雲：〈中國考古遺址植物遺存與原始農業〉《中原文物》2003 年第 2 期，頁 4～13。

37. 張維慎：〈試論寧夏古代狩獵業的發展〉《固原師專學報（社會科學版）》第 25 卷第 1 期，2004 年 1 月，頁 40～42。

38. 色音：〈游牧民族的畜牧文化〉《大自然》2004 年第 1 期，頁 37～40。

39. 陳暢：〈西亞與中國新石器時代動物馴養之比較〉《文物春秋》2005 年第 1 期，頁 21～24。

40. 崔鳳祥：〈賀蘭山岩畫與古代狩獵文化〉《武漢體育學院學報》第 39 卷第 4 期，2005 年 4 月，頁 9～11。

41. 李會娥〈原始社會之飲食初探〉《安徽農業科學》2006 年第 5 期，頁 1038～1039。

42. 申永峰：〈將翱將翔　弋鳧與雁——漫談古代的弋射〉《尋根》2006 年 5 期，頁 80～85。

43. 安麗：〈馬與中國古代北方遊牧民族〉《歷史月刊》第 223 期，民國 95 年 8 月，頁 4～9。

44. 陳燈貴：〈中國古代青銅器拾零〉《臺灣礦業》第 58 卷第 3 期，民國 95 年 9 月，頁 40～49。

45. 柳志青、柳翔：〈新石器時代早期華域先民的漁獵〉《浙江國土資源》，2006 年 9 月。

46. 林庚厚：〈文明動物・動物文明　中國古代社會的家畜〉《歷史月刊》第 225 期，民國 95 年 10 月，頁 68～74。

47. 張曉磊：〈漫話春秋時期的狩獵〉《佳木斯大學社會科學學報》第 24 卷第 6 期，2006 年 11 月，頁 80～82。

48. 孫雍長：〈從甲骨文看殷周時代的田獵文化〉《廣州大學學報 —— 社會科學版》第 6 卷第 1 期，2007 年 1 月，頁 76～81。

49. 李亞明：〈《周禮・考工記》溝洫詞語關係〉《農業工程學報》，第 53 卷第 3 期，2007 年 9 月，頁 49～51。

附錄：本論文收字之各種字形對照

漁　獵

楷體	說文字形	說文部首與頁碼	甲骨文字形	金文及其他字形
魚		魚部（頁 580）	（明藏七二六）、（卜七四九）	（伯魚鼎）、（魚父癸觶）、（魚女觚）
漁		鱟部（頁 587）	（鐵一八四・一）、（六中五七）、（燕五二五）、（乙七一九一）、（後二・三五・一）、（粹一〇三九）	（篆文）、（卣文）
又		又部（頁 116）	（前二、一九、三）、（後二、三七、六）	
鏢		金部（頁 717）		

剹	（圖）	刀部 （頁 183）		
矢	（圖）	矢部 （頁 228）	（圖）（前四、五一、三）、 （圖）（甲三一一七）	（圖）（盂鼎二）、 （圖）（古陶文字徵一、三三）
躲	（圖）	矢部 （頁 228）	（圖）（甲五、五五）、 （圖）（菁七、一）	（圖）（靜簋）、 （圖）（鬲攸比鼎）
网	（圖）	网部 （頁 358）	（圖）（甲二九五七）、 （圖）（佚七〇二）	
罕	（圖）	网部 （頁 358）		（圖）（父丁觶）
罷	（圖）	网部 （頁 358）		
罝	（圖）	句部 （頁 88）		
罶	（圖）	网部 （頁 359）		
罾	（圖）	网部 （頁 359）		
釣	（圖）	金部 （頁 720）		
鉤	（圖）	句部 （頁 88）		
句	（圖）	句部 （頁 88）	（圖）（前八、四、八）	（圖）（殷句壺）、 （圖）（句它盤）、 （圖）（鑄客鼎）
緒	（圖）	糸部 （頁 665）		

罠	圂	网部 （頁 359）		
繳	繳	糸部 （頁 665）		
羀	羀	弼部 （頁 113）		
竿	竿	竹部 （頁 196）		
罩	罩	网部 （頁 359）		
籅	籅	竹部 （頁 196）		
罧	罧	网部 （頁 359）		
獵	獵	犬部 （頁 480）		
羅	羅	网部 （頁 359）	（乙四五〇二）、 （甲二三六〇）	
罻	罻	网部 （頁 359）		
翟	翟	隹部 （頁 145）		
雄	雄	隹部 （頁 145）		
礔	礔	石部 （頁 457）		
弋	弋	厂部 （頁 633）	作（農卣）、 （致鼎）	
歡	歡	隹部 （頁 145）		
吪	吪	口部 （頁 281）		

羉	羉	网部 （頁 358）		
羄	羄	网部 （頁 358）		
麗	麗	网部 （頁 359）	𪓑（前四、九）	
逸	逸	兔部 （頁 477）		
罟	罟	网部 （頁 359）		
罝	罝 罝 罝	网部 （頁 360）		
彘	彘	互部 （頁 461）	𥝩（前四、五一、三）	
逐	逐	辵部 （頁 74）	𧗊（甲二三一八）、 𧗊（前六、四六、三）	
釆	釆	釆部 （頁 50）	𥝆（粹一一二）、 𥝆（甲八七五）	
番	番 番 番	釆部 （頁 50）		
厹	厹 厹	厹部 （頁 746）		厹（虢叔鍾）、 厹（禹敦）、 厹（禽彝）
疃	疃	田部 （頁 704）		
獸	獸	嘼部 （頁 746～ 747）	𤜵（前六、四九、五）、 𤜵（佚九二六）	
狩	狩	犬部 （頁 480）	𤝐（鐵一〇、三）	

臭	𪐴	犬部 （頁 480）		
單	單	吅部 （頁 63）	（乙一〇四九）、 （京津一四二四）	（單異簋）、 （王盉）
焚	燓	火部 （頁 488）	（乙四九九五）	（多友鼎）
燎	燎	火部 （頁 489）		
弓	弓	弓部 （頁 645）	（甲二五〇一）、 （乙一三七）	（父庚卣）、 （伯晨鼎）
彈	彈弓	弓部 （頁 647）	（前五、八、四）、 （乙四〇六五）	
侯	㑃厌	矢部 （頁 229）	（甲二二九二）	作（康侯簋）
弩	弩	弓部 （頁 647）		
禽	禽	厹部 （頁 746）	（鐵一三四・三）、 （津京二五八）	
畢	畢	華部 （頁 160）	（續存七五六）	（段簋）
離	離	隹部 （頁 144）	（前六、四五、四）、 （甲二二七〇）	
臽	臽	臼部 （頁 337）	（續二、一六、四）、 （戩四四、二）、 （丙七三）、 （前一、三二、五）、 （甲八二三）、 （前七、三、三）、	

陷	𨸐	阜部 （頁739）		
阱	𣂪𣂷 𢽱	井部 （頁218）	𣂪（甲六九八）、 𣂷（續三、二六、一）、 𢽱（徵十一、五七） 𢽲（甲一〇三三） 𢽳（前六、六三、五）、 𢽴（鐵二四七、二）	

畜 牧

楷體	說 文 字 形	說文部首 與頁碼	甲骨文字形	金文及其他字形
畜	𤰞𤱄	田部 （頁704）	𤲍（粹一五五一）	
胃	𦞅	肉部 （頁170）		𦞅（吉日壬午劍）
罟	罟	罟部 （頁746）		
豢	𧱖	豕部 （頁460）	𧱖（合集一一二六七）	
牧	牧	攴部 （頁127）	𤘝（甲三七八二）、 𤘞（乙二六二六）、 𤘟（寧滬一、三九七）、 𤘠（存二〇〇六）、 𤘡（古二、六）	

芻	(篆)	艸部（頁44）	(甲九九〇)、(乙六三四三)	(秦一七四、十八例)
牻	(篆)	牛部（頁52）		
薦	(篆)	廌部（頁474）		(鄭興伯鬲)、(弔朕匜)
廌	(篆)	廌部（頁474）		
餘	(篆)	食部（頁225）		
薂	(篆)	艸部（頁44）		
籑	(篆)	竹部（頁197）		
匡	(篆)	匚部（頁642）		
筦	(篆)	竹部（頁197）		
槽	(篆)	木部（頁267）		
廄	(篆)	广部（頁448）	(粹一五五一)、(新四八三一)	(邵王簋)、廏 (雜二九 二例)
牢	(篆)	牛部（頁52）	(甲三九二)、(乙一九八三)、(乙四〇七)	
牿	(篆)	牛部（頁52）		
告	(篆)	告部（頁54）	(甲一七四)	

字	篆文	出處	甲骨文	金文
圈	🔲	口部（頁 280）		
圂	🔲	口部（頁 281）	🔲（京津八九七）、🔲（京津二六五一），🔲（拾一二、三）	
阹	🔲	阜部（頁 743）		🔲（貉子卣）
囿	🔲	口部（頁 280）	🔲（甲三七三〇）、🔲（乙六四三）🔲（前四、五三、四）、🔲（乙四九八）	
苑	🔲	艸部（頁 41）		
駒	🔲	馬部（頁 473）		
驅	🔲	馬部（頁 471）	🔲（前二、八、三）、🔲（前二、四二、三）、🔲（前五、四一、六）、🔲（粹一一九）	
御	🔲	彳部（頁 78）		🔲（班簋）、🔲（令鼎）
敎	🔲	攴部（頁 127）		
策	🔲	竹部（頁 198）		
箠	🔲	竹部（頁 198）		
鞭	🔲	革部（頁 111）		🔲（散盤）、🔲（九年衛鼎）

牽		牛部（頁 52）		
縻		糸部（頁 665）		
纞		絲部（頁 669）		
柒		木部（頁 265）		
紃		糸部（頁 665）		
銜		金部（頁 720）		
勒		革部（頁 111）		
罱		网部（頁 360）	（甲一七九〇）、（粹二四七）	
贏		馬部（頁 473）		
駃		馬部（頁 473）		
騠		馬部（頁 473）		
駒		馬部（頁 474）		
騃		馬部（頁 474）		
驒		馬部（頁 473～474）		
騱		馬部（頁 474）		

牝	牉	牛部 （頁51）	（前五、四三、五）、 （前五、四三、六）、 （鐵一五、一）、 （後二、五、一〇）、 （前六、四六、六）、 （甲二四〇）、 （乙一九四三）	
牡	牡	牛部 （頁51）	（甲六三六）、 （甲二四八）、 （乙一七六四）、 （前七、一七、四）	
牂	牂	羊部 （頁147）		
羝	羝	羊部 （頁147）		
羒	羒	羊部 （頁147）		
豝	豝	豕部 （頁459）		
豭	豭	豕部 （頁459）		
騭	騭	馬部 （頁465）		
豕	豕	豕部 （頁460）	（乙七十二）、 （乙六九二九）	
犗	犗	牛部 （頁51）		

從《說文解字》中探析古代農牧漁獵

羯	羯	羊部 （頁 147）		
羠	羠	羊部 （頁 147）		
猗	猗	犬部 （頁 478）		
豷	豷	豕部 （頁 459）		
騬	騬	馬部 （頁 472）		
疼	疼	疒部 （頁 356）		
嘽	嘽	口部 （頁 56）		
瘏	瘏	疒部 （頁 352）		
餒	餒	食部 （頁 225）		
羸	羸	羊部 （頁 148）		
羺	羺	羊部 （頁 148）		
羵	羵	羊部 （頁 148）		
殰	殰	歹部 （頁 165）		
犉	犉	牛部 （頁 53）		
獅	獅	犬部 （頁 481）		
狂	狂狂	犬部 （頁 481）		
瘷	瘷	疒部 （頁 356）		

楷體	說文字形	說文部首與頁碼	甲骨文字形	金文及其他字形
跈		足部（頁 85）		
牻		牛部（頁 53）		
螉		虫部（頁 670）		
蠌		虫部（頁 670）		
蜋		虫部（頁 672）		

農　業

楷體	說文字形	說文部首與頁碼	甲骨文字形	金文及其他字形
采		木部（頁 270）		
蚕		虫部（頁 677）		
辰		辰部（頁 752）	（鐵二七二、四）、（前三、八、四）	（呂鼎）、（伯晨鼎）
農		晨部（頁 106）	（甲九六）、（前五、四七、五）、（後一、七、一一）	（散盤）、（汈其鐘）、（農簋）
辱		辰部（頁 752）		
蓐		蓐部（頁 48）		
薅		蓐部（頁 48）		
栖		木部（頁 261）		

穀	𣤶	禾部（頁 329）		
禾	朿	禾部（頁 323）	𥝋（甲一九一）、𥝊（後二、六、一六）	𥝊（旨鼎）、𥝊（亳鼎）
黍	𥞵	黍部（頁 332～333）	𥞇（佚五三一）、𥞇（鐵二一九四）、𥞇（甲二六六五）、𥞇（前四、三○、二）	
酉	丣	酉部（頁 754）		
酟	酟	酉部（頁 758）		
𪎭	𪎭	邑部（頁 220）		
黏	黏	黍部（頁 333）		
香	香	香部（頁 333）		
盛	盛	皿部（頁 213）		
齍	齍	皿部（頁 213～214）		
簋	簋𣪠𣪠簋	竹部（頁 195～196）		
簠	簠匤	竹部（頁 196）		
稷	稷稷	禾部（頁 324～325）		

齋	(篆)	禾部（頁325）		
秔	(篆)	禾部（頁325）		
來	(篆)	來部（頁233～234）	(甲)（甲二一二三）、(來)（鐵二四、二）	
麰	(篆)	麥部（頁234）		
稑	(篆)	禾部（頁326～327）		
麥	(篆)	麥部（頁234）	(麥)（京津二二三六）、(麥)（前四、四○、七）	
麩	(篆)	麥部（頁234）		
麲	(篆)	麥部（頁234）		
麷	(篆)	麥部（頁234）		
麮	(篆)	麥部（頁234）		
麵	(篆)	麥部（頁234）		
麴	(篆)	麥部（頁234）		
朮	(篆)	朮部（頁339～340）		
叔	(篆)	又部（頁117）		(叔)（吳方彝）、(叔)（叔鼎）

苔	苔	艸部 （頁23）		
其	其	艸部 （頁23）		
藋	藋	艸部 （頁23）		
稻	稻	禾部 （頁325）	𣞃（乙二五九四）、 𣞃（新五五六）	稻（曾伯霥𠤳）、 䭄（陳公子甗）
稌	稌	禾部 （頁325）		
稷	稷	禾部 （頁325～ 326）		
秔	秔 秔	禾部 （頁326）		
穄	穄	禾部 （頁326）		
麻	麻	麻部 （頁339）		𣏟（師麻匜）
枲	枲	朮部 （頁339）		
朿	朿	林部 （頁339）		
朮	朮	朮部 （頁339）	朮（乙三三九四）、 朮（佚七一○）	
林	林	林部 （頁339）		林（古陶文字徵三、八 二八）
萉	萉 麻	艸部 （頁23）		
芋	芋	艸部 （頁23～ 24）		

冀	冀	艸部 （頁 24）		
斤	斤	斤部 （頁 723）	㇆（前八、七、一）	
斧	斧	斤部 （頁 723）	州（籀文六七）	
耒	耒	耒部 （頁 185～186）		
枱	枱鈶柍	木部 （頁 261）		
耤	耤	耒部 （頁 186）	耤（甲三四二○）、 耤（乙一一一一）、 耤（乙四○五七）	
棡	棡椑	木部 （頁 261）		
钁	钁	金部 （頁 713）		
斸	斸	斤部 （頁 724）		
櫌	櫌	木部 （頁 262）		
犂	犂	牛部 （頁 52～53）		
耕	耕	耒部 （頁 186）		
賴	賴耗	耒部 （頁 186）		
錢	錢	金部 （頁 713）		

銚	銚	金部（頁 711）		
鐘	鐘	金部（頁 712）		
鎛	鎛	金部（頁 716）		
櫓	櫓鑪	木部（頁 261）		
鉏	鉏	金部（頁 713～714）		
秉	秉	又部（頁 116～117）		
兼	兼	秝部（頁 332）		
乂	乂杀	丿部（頁 633）		
穧	穧	禾部（頁 328）		
穫	穫	禾部（頁 328）		
鎌	鎌	金部（頁 714）		
鍥	鍥	金部（頁 714）		
銍	銍	金部（頁 714）		
刉	刉	刀部（頁 180）		
劌	劌	刀部（頁 180）		
銍	銍	金部（頁 714）		
刮	刮	刀部（頁 183）		

掊	（手部）小篆	手部 （頁 604～ 605）		
杷	（木部）小篆	木部 （頁 262）		
耕	（耒部）小篆	耒部 （頁 186）		
嫠	（又部）小篆	又部 （頁 116）	（甲六七九）、 （甲一七七三）、 （佚八〇六）	
秦	（禾部）小篆	禾部 （頁 330）	（甲五七一）、 （後二、三七、八）、 （京津三九三七）	
枷	（木部）小篆	木部 （頁 262）		
梻	（木部）小篆	木部 （頁 262）		
舂	（臼部）小篆	臼部 （頁 337）	（鄴三下、四三、六）、 （京津四二六五）	
臽	（臼部）小篆	臼部 （頁 337）		
杵	（木部）小篆	木部 （頁 262）	（鐵七七、一）、 （後一、五、九）、 （佚四二六）	
臼	（臼部）小篆	臼部 （頁 337）		
礦	（石部）小篆	石部 （頁 457）		
磑	（石部）小篆	石部 （頁 457）		

研	𥐟	石部 （頁 457）		
礜	𥗪	石部 （頁 457）		
碓	𥗀	石部 （頁 457）		
窖	窖	穴部 （頁 349）		
寶	寶	穴部 （頁 348）		
㐭	㐭	㐭部 （頁 232～ 233）	㐭（甲五七四）、 㐭（粹九一四）	
困	困	口部 （頁 280）		
倉	倉	倉部 （頁 226）	倉（通別二、一〇、七）、 倉（甲二三六九）	
庚	庚	广部 （頁 448）		
〈	〈	〈部 （頁 573）		
遂	遂	辵部 （頁 74）		
溝	溝	說文 （頁 559）		
瀆	瀆	水部 （頁 559）		
洫	洫	水部 （頁 559）		
〈〈	〈〈	〈〈部 （頁 573～ 574）